——著

爱吃的人总会相遇

Foodie Alliance

河北出版传媒集团
河北教育出版社

食物如行人。大多数如茫茫一瞥，萍水相逢，不留痕迹；少数的几口惊艳，如银瓶乍破，情深意长，痴念几日，恍若温存；更有极少的，念念不忘，哪怕长空大风，老之将至，回忆起来一种食物，犹如旧情人。

目录

酒肉皆朋友

饭桌即江湖

山川是故人

人间的清单

序

就如同安迪·沃霍尔的时间胶囊

1974 年，安迪 · 沃霍尔已经是艺术圈的超级明星。从这一年开始，他把他认为所有值得收藏的东西放进一个纸箱子里，包括信件、书、剪报、便签、礼品、日常用品……满了，就封起来，从不间断，到他 1987 年离世的时候，他一共积攒了 612 个箱子，他把它们命名为“时间胶囊”(Time Capsules)。

在许多人看来，这算不上什么艺术品，无非就是一堆日常用品，可能是几双鞋，可能是一块蛋糕，庸常以致虚无。但是在安迪 · 沃霍尔死后，这些日常用品就成了探究他日常生活的线索，并且时间越久，价值越大。因为这些箱子里不光光隐藏着安迪·沃霍尔的秘密，也隐藏着那个时代日常生活的秘密。

日常生活，往往是被忽略的。因为它像空气，弥漫四周，而不自知。人们记录的都是“有意义”的事情，日常的、随意的、随手丢弃的、司空见惯的，都“无意义”。人们对“意义”着迷，一个无意义的日常郑重地摆放在他面前，他觉得这是个笑话。比如乌青、杨黎、赵丽华的诗。

然而日常生活中才存留着世界的真相。我喜欢看一本书：《东京梦华录》，作者叫孟元老。他用细细笔触记录下北宋东京的日常生活，细致到每一条街道，每一家店铺，路边的种种小吃食物，樊楼里的酒，皇城边的摊贩。如果没有这些细节，只有《宋史》，我无法想象 1000 年前的生活，摸不到，嗅不到。因为《东京梦华录》，宋朝的东京犹如昨夜，烟花散尽，尚带余温。尽管我也不知道那些菜名具体是怎么制作，什么味道，但是觉得清晰。

1937 年，北平沦陷，齐如山为了解闷，躲在裱褙胡同的一隅，写一本书《北京土话》。70 多年过去了，那些北京土话有许多人都不用了，都陌生了，但是它们都存留在这些文字里。唐鲁孙后来去了台湾，晚年开始回忆旧京的生活，20 世纪 20 年代的北京吃食，细细记述金鱼胡同的福寿堂，什刹海的会贤堂，南城同兴堂的烩三丁，前门外两益轩的烹虾段。几十年过去了，这些红红火火的店面都已经烟消云散，瓦砾不存，但那时的日常生活还在唐鲁孙的文字里鲜活，感觉文字间隙中有一个蓝布棉帘子，门帘一开，就能见到穿长衫的老先生，嗓门亮的堂倌。

2003 年，我到一家报社做美食记者，住在南城菜市口的一个大杂院里。两间屋子，租金 500 元，胡同叫米市胡同。冬天自己生炉子，早上起来去院子里排队接水洗脸。门口就是康有为故居，出门左拐是一个洗澡堂子，右手边是一家小馆子，做便宜家常菜，鱼头豆腐汤好喝，墙上挂着奖状 ：“1984 年宣武区优秀个体户”。10 年之后，这里被拆得荡然无存，成了整片楼房，叫中信城，均价 70000 多元一平方米。当年房东的儿子正在读技校，学开公交车，如果没有意外的话，他现在正在北京某条拥挤的马路上开着公交车。

美食记者做了10年，去过的餐厅有几千家，大多数都关门歇业了，有的店铺倒手许多次，有的由一家狭仄小店发展成现在销售额上亿的餐饮集团。江湖有命数，我见着他们起高楼，见着他们楼塌了。

后来我写美食专栏，当时为了有更强的指南性质，每一篇专栏文字里都会串几家馆子，比如说这期聊一聊涮羊肉，我就来个《涮肉八大家》；下一期聊聊火腿，我就从西班牙火腿到金华火腿到宣威火腿聊一遍，都得有具体馆子，哪里能吃到不错的。再后来，我出书，头一本书叫《100元吃遍北京》，有个俗名，但是好使，许多人随身携带，放在车里，走到哪一翻书，就近找家馆子按图索骥。每年更新，删掉关门的、不靠谱的，增加新发现的、新开业的，如此3年。3年之后，移动互联网大潮兴起，人手一个智能手机，找馆子不再用书。尽管我写的有料有趣有态度，一家家精挑细选，采访拍图，全彩印，铜版纸，也犹如明日黄花，没跟上时代。于是我就懈怠了，就投身到互联网大潮了，就整天想着创业了，风投了，A轮B轮了。

有时候打开电脑，看从前的稿子，会有一点儿沮丧感，都是干活儿，按千字算钱，一个字一个字地养家糊口，挣钱还贷，娶媳妇生娃，从头翻到尾，找不到什么“作品”，都是无意义的字——它们似乎在嘲笑我荒废的时光。

都荒废了吗？那些青春都散落在小馆子的饭桌上，大馆子的包房里，酒肉琳琅的缝隙里，报纸闲散的版面里。那些文章里写的馆子，许多都关门了，我认识的那些餐馆老板、厨师、服务员们，早就藏匿于茫茫人海，纵使相逢应不识。

细细想来，其实没有。就如同安迪·沃霍尔的时间胶囊。

是的，我是第一批 80 后，现在已经 39 岁了。三九不着四六,二五尚无一十。在日复一日的磨损中，渐渐遁入人生险滩，前路不知深浅，回头只剩荒唐。

似乎 1999 年还是 10 年前，2009 年就是昨天。大概是 2001 年前后吧，BBS 正是红火，我们一群人开始在网上写诗，板砖横飞，彻夜不眠，用一行行诗句切割着青春的钝肉。昨天晚上，当年一众写诗的汉子齐聚一堂，每个人都是 39 岁，有的腰椎间盘突出，有的尿酸突出，有的血糖突出，有的头顶突出。

不是伤感，仅仅是感叹白驹过隙，时间不曾饶过谁。

我用三言五语的文字留下了他们的痕迹，尽管这痕迹如同空气，弥漫四周，毫无察觉。他们被封存，在一个个黄标的文件夹里，一段段的叙述里。我每每回望，看到的都不是文字，而是时间，那些日常的，庸常的生活。

于是有了这些文字，也不介绍现在红红火火的馆子，那些照耀着互联网思维的餐厅，只聊那些曾经红火但是风流早被雨打风吹去的过往，那些零散四处的人儿，那些醉了又醒醒了又醉的吃客，那些在饭桌上飘摇的姑娘，那些传奇的饭局，那些江湖的酒意。我把他们，连同这些文字，一起放在时间胶囊里。

谢谢你们，在这样一个年代，还阅读一本纸质的书。谢谢你们，跟我一起把这个年代的吃喝，塞进一枚时间胶囊。

酒肉皆朋友

孤独大师傅

数年之后，大董已经成为中国最有国际声望的名厨。在他所做的菜品被众多米其林三星厨师顶礼膜拜的时候，他回头张望，依然荒芜一片，没有人跟上。

此时大董的孤独，难以言表。

一

有时候我去大董团结湖店的办公室找他，需要从排队等位的人群中挤出一个缝隙，穿过前厅，挑开门帘，进入厨房，这里热火朝天，伙计们进进出出，厨师在灶上忙碌着。沿着一个铁质楼梯上二楼，穿过一条狭长的走廊，大董的办公室就在右手边的一间屋子中。

他的这间办公室已经20年了，那时候这里还叫团结湖烤鸭店。2002年，国企改制，大董倾其所有，东拼西凑，凑了700万，成了这里的主人，把这里更名为“大董”。

屋子里有一张桌子和四面书架，桌子上摆着文房四宝，书架上摆满了书——大多是跟美食餐饮菜谱相关的，还有一些相机的镜头，以及一些老照片，有大董和他的师父王义均的合影，有他年轻时候得奖的照片。那时候大董头发没有现在长，脸上的皱纹也没有现在多。

在戒了十几年的烟之后，大董又偶尔地开始抽烟了，他递给我一根中南海0.1，给我点上，桌子上的两个电话似乎片刻不停，有时会同时响起。有一次我带了个朋友一起来大董的办公室，朋友来到这里满是惊讶：名声赫赫的大董的办公室居然如此简陋，跟大董店面的雅致高贵丝毫不沾边。但是他还没有看到过大董的工作餐，他的工作餐更加将就。

有一次我进去，看到他正在吃一块小枣窝头，塑料袋里装着几块腌萝卜条；有时候我们聊天过了饭点，他会叫厨师做两个菜，最常见的是酱油炒饭和炒饼，有时候是一盘炸酱面，面不过水，需要锅挑儿。

但这个对自己将就的大董一成了厨师，就变了个人。有一天晚上我们在“大董”吃到一款焗口蘑，大家吃后觉得妙不可言，纷纷询问大董这道菜的做法。大董一笑，说这个菜很简单：“你先要有二汤，用二汤煨制蘑菇，然后煨好的蘑菇已经入味，再放在煎锅上用黄油煎，最后加入芝士，放在烤箱里烤就可以上桌了。”所谓二汤，是区别于头汤的。头汤需要头天晚上吊汤，吊汤要用老鸡、棒骨、火腿等多种原料放在一个大桶，文火慢炖一夜即得。头汤过于浓重，适合燕鲍翅等食材，二汤有浓香，又能不掩盖蘑菇本身的香味……

大家纷纷目瞪口呆，如此复杂还叫简单？

有时候我们几个人会在他办公室里吃点儿好的，比如刚下来的松茸，或者经销商刚送过来的鲍鱼，或者一块白松露，会搭配着他喜欢的百富30年威士忌。

在我的视野内，大董是文采最好的厨师，他也写美食专栏文章，文辞雅致，见识深厚，超过许多以此为生的作家，这些文章都是在这个办公室就着威士忌写成的。

我还去过大董的家，是在东五环外一个寻常的小区里。我随着大董的徒弟们跟大董的妻子叫师娘，师娘说，千万不要相信嫁给大厨会有人给做饭，这是最美丽的谎言。那天大董亲自下厨，给我们做了两道家常菜，一道是红烧带鱼，另外一道是炒饭。师娘几十年来吃鱼不会吐刺，有一次甚至被鱼刺卡住去了医院，大董倒也习惯，他会把带鱼的刺一点点儿择干净，再夹到妻子的碗里。

大董，已经越来越少有人叫他的本名了，他的本名是董振祥。出生在北京，父亲也是名厨，曾经在天津劝业场当主厨。而今大董的儿子从美国留学归来，也开始从厨房做起。

前几天，我和大董一起去了黄山，诗人周墙操办的归园雅集，在碧山的猪栏酒吧。那几日空气晴朗得有点儿恍惚，一处安静的山居，一群文人聚在一起喝酒打牌晒太阳。大董身躯硕大，身处其中，坐在院子里喝茶赏花赏月，微风吹过他 53 岁的额头。

归园雅集办了七届，其中一个重要的程序是一群诗人、小说家、艺术家、音乐人，给自己的朋友们颁奖。这次的美食奖自然是大董。

我临时草拟了颁奖词："大董，毫无争议的一代厨神。他开创的中国意境菜，使中国味道有了国际化表达，他将中国文化的精髓融入美食，美轮美奂，令世界尖叫。所以大董同样是诗人——他以食材为语言，以火候为节奏，以装盘为分行，表达着中国最真切的时代的口感。与大董生活在同一个时代，我们的舌头三生有幸。"

二

早年间的大董不是现在这样。如今的大董已经成为中餐的标志性 LOGO，在国际上闪闪发光，美国第一夫人来北京要在这里订餐，日本首相安倍晋三到北京的第一站也是去“大董”吃饭。早年间的“大董”最著名的菜品是大董烤鸭、红花汁鱼翅、红花白菜。

2005 年，我在一家报社做美食记者，第一次到“大董”采访，也正是在那一年，大董蜕变，一点点儿成为如今的大董。

2005 年前后，北京流行起了 Fusion Food，也就是所谓的创意菜，同时招摇的还有私家菜。这几乎成了那两年餐饮行业的包治百病的镀金词汇，如同今天的 O2O，似乎不提这两个词就不显档次。创意菜的厨师往往是摸着石头过河，创意菜有三宝：干冰、大盘、分量少。什么菜都要加上一点儿干冰，弄得仙气缭绕；容器也纷纷变革，从传统的白盘子，变成了各种各样的东西，有的直接上一块石板，有的则是放在一块根雕里，我还见过放在瓦片上的，做成毛笔形状挂在架子上的，生怕别人不明白自己在“创意”。自古丑人多作怪，这些做创意菜的厨师大多没有自己的生态体系以及料理哲学，慢慢在时光中荒芜，照猫画虎反类犬，无源之水，缘木求鱼；要么就是渐渐摸索，奋力进取，寻找自己的食物语言和料理体系。

2005 年，大董受邀去参加西班牙美食峰会，这是一个世界名厨打擂比拼的舞台。他去了西班牙众多明星餐厅，结识了众多国际知名厨师，那时他在中国厨师行业已经赫赫有名，几乎把能拿到的奖拿了一轮，但在与世界对话的时候，才发现根本不在一个频道。大董深受震撼。

那些年，世界上餐饮的风向标在西班牙，其领军人物是“不先锋毋宁死”的费兰·阿德里亚（Ferran Adrià）。他在西班牙北部加泰罗尼亚省的一个小镇上开设的斗牛犬（El Bulli）连续数年获得全球最佳餐厅称号。他甚至被称为“人类历史上最有创意的厨师”，其诀窍在于分子美食。然而如今这个餐厅已经关门，续领风骚的是他的弟子雷泽比（René Redzepi）在丹麦开的餐厅 Noma。

食物不再是功能性的果腹之物，而成为某种生活态度和审美情趣的展示。在全球化的浪潮面前，美食无法独善其身。然而中国的厨师们依然在不紧不慢地雕刻萝卜花，按照师傅传授的经验做一道鱼香肉丝，躲在狭仄的厨房里从来不观望世界，自得于“中国饮食文化博大精深”，在色香味形的道路上渐渐成为孤岛。

在中餐的世界，地道和传承是本分，而对西餐而言，个性和风格才值得赞美。

大董意境菜的出现和演变，也正是基于此。数年之后，大董已经成为中国最有国际声望的名厨。在他所做的菜品被众多米其林三星厨师顶礼膜拜的时候，他回头张望，依然荒芜一片，没有人跟上。此时大董的孤独，难以言表。

连续六年，大董四季菜品品鉴会成为大董的必选动作。一年四季，春歌夏梦秋趣冬韵，讲究不时不食，每一次都要来点儿新的。

今年夏梦的菜单上的姜汁酱薄壳米小嫩豆，用到的是潮汕菜中寻常见的薄壳，在北方少见，潮汕民间当零嘴的薄壳被姜汁蛋黄酱碰撞了一下，顿时有了额外的口感。还有一道菜一上来我就乐了，一只精致的小饺子，一小点儿炸酱面，再配上一个小饼，里面加了鸡蛋，这就是那句北方著名的谚语：头伏的饺子二伏的面，三伏的烙饼摊鸡蛋。民间市井食俗就巧妙地盛在一个盘中。

创新虽然难，更难的是持续的创新。感觉夏梦晚宴的滋味还在舌尖上盘旋，很快就到了秋韵菜品品鉴会。这次秋天的新品也要有点儿特别的。前菜是蟹糊冰激凌，蟹糊本是宁波民间的一种市井吃食，被大董拿来做成精致的冰激凌，澄黄一块，一口知秋。这道菜讲究色彩的搭配，以少胜多，只有黄色，却令人惊艳。同样惊艳的是黑松露墨鱼汁文思豆腐，盛放在一个纯黑的容器里，汤汁因为墨鱼汁的缘故也是纯黑，文思豆腐是淮扬菜的代表之作，讲究刀工。然而在大董，改变了味觉与颜色，黑松露浓郁的香味，令人感觉一下子在嘴里炸开。他也把最寻常的食材经过包装改良，呈现在“大董”的餐桌上，比如红柳枝烤羊肉串，比如糖炒栗子，街头巷尾的寻常滋味，在大董的重新搭配和布局之下，犹如秋菊打完官司重新成为巩俐。

大董特别忌讳别人叫他大师，烹饪大师满天飞，不叫也罢。后来大董跟我说，你以后叫我大师傅吧。这是北方人们管厨师的俗称，重音在“大”。大董大师傅每天都在琢磨菜，有时候开着车，忽然有一个念想，就给徒弟打电话，到了店里就要试菜。

一段时间不去“大董”吃饭，总会发现一点儿新菜，看到新菜，我多半能猜出大董前些日子又去了什么地方了。在“大董”吃到了地道的卤水老鹅头，不用猜，刚从潮汕回来；吃到西施舌，也就是鸡汤氽海蚌，不用说，才去了福建漳港；遇到一个灵巧的小粽子，表皮用的竟然是伊比利亚火腿，自然是从西班牙回来不久。

我有时候想到一些小点子，也会禀报大董。有一次我在宁波一家酒店吃饭，上来一道奉化芋头，旁边搭配了一点儿桂花糖。我猛然觉得这桂花糖搭配小乳鸭应该不错，随手拍了一张照片，发给大董，回来之后，桂花糖小乳鸭就已经登上了晚宴菜单。

三

我跟大董打过几次赌，结果都是我输了。

第一次是在大董工体店开张的前两天，店面还没有最后装修完成，有人在调试灯光，有人在摆布家具，户外的水池里还没有放水，单一麦芽威士忌吧里还没有来得及摆上酒水。整个夏天，大董都在忙活装修这家店，是真的忙活，从设计装修，到搬沙袋干苦力，事事都亲力亲为，一个夏天下来，整个人晒黑了一圈。

这家店实在有点儿大，上下三层，有硕大的草坪花园，我跟旁边热汗直流的大董说：“我预计这个店要三个月才会稳定，要想跟其他几家店一样生意火爆就餐排队要差不多半年。”

如此判断，自然有我的打算：这家店规模太大，8000 平方米的大店要比小店难养许多；高端餐饮在今年普遍业绩下滑，生意不好做；这家店距离南新仓店太近；厨师的配合，人员的磨合都需要时间；而半年之后，春节前后正是餐饮旺季。

在工体店的开业当天，我又去了，我听经理说，包房早就订满了，不敢接太多生意，许多预订都取消了。我还觉得是开业的尝鲜效应。在中秋节当晚，大董约我过去吃点儿特别的，顺便赏月。当我走到门口的时候，发现门口人头攒动，已经有不少人排队等位。我径直往里走，跟领位说："是大董订的位。"领位的姑娘在预订簿上翻了个遍，说:"没有。"这时我看到店里相熟的经理，经理说，大董在外面等位。

我走出去，在人群中寻找大董硕大的身躯，他坐在不显眼的位置，笑眯眯地看着我，跟我说："打赌你输了。"

后来大董店在上海越洋广场开业。这是大董在上海开的第一家分店，大董拉上我一起去玩儿。开业当天，门口摩肩接踵，我得侧着身子往里挤了。据说，当天最后一桌等位的客人等到了八点半。有一桌客人等到位子第一件事是要一瓶啤酒，四个人分了，先干了一杯酒，说："恭喜我们等到位子。"

这个赌我已经不打了，我很愿意做的一个事就是跟大董坐在新开店的一个角落里，看人头攒动。

厨师其实是一个江湖。前不久，大董当选为世界烹饪联合会中餐名厨委员会主席，这其实是一个调和的产物，嘈杂的江湖纷争中，唯有大董能以能力服众，别人哑口无言。这个江湖之混乱，不入其门，无法窥视半分。我曾经受邀当过一届行业比赛的美食评委，一天要品尝 400 多道菜，原本抱着有趣的心态，看看中国厨师的顶级水平，谁知赛程尚未过半，我就已经失望透顶。菜品雷同，不好吃，没创意，完全是瞎搞。到最后也皆大欢喜，想得奖的得奖，想赚钱的赚钱，我们这些所谓的评委，无非是做个陪衬。

江湖乱象的直接后果是真正有水平有见识的厨师不跟你玩儿，跟你的圈子绝缘。市场与食客的认可才是真的认可，不理会你是什么机构、什么组织。

大董临危受命，准备大刀阔斧做改革，从赛制安排，比赛形式上彻底颠覆原有模式。他在自己的视野之内寻找年富力强、见识开阔的名厨做评委，那些德高望重的老江湖只能做顾问。他们一次次召集开会商讨操作细节，从模式上彻底改革。

那天在大董狭小的办公室里，他跟我兴致勃勃地聊赛制安排。聊到兴奋处，他的脸上露出孩子般的表情。我忍不住泼冷水："陋习已久，大伙儿都习惯爬行了，你叫他们跑步，他们可曾学会站立？真正年轻才俊厨师，有过国外留学经验，眼界开阔，他们会不会愿意跟你玩儿？规则虽然定制完整，然而这些评委能否守正中心，不偏不倚？"

大董倒也畅快，他跟我一点点儿讲述他的初衷，未来的赛事不设计金牌银牌，只做厨师排位赛，要分出个子丑寅卯、一二三四。从评价标准上，不再看什么色香味形，不再看什么凉菜热菜冷拼雕刻，只有三个标准：味道、呈现、创意。从标准上要和国际语言接轨。

我问他，你如此用心，究竟想做什么？大董说："我要在任期内，发现真正有才华的厨师，同时告诉他们国际通用的语言，叫他们知道美食应该是什么。"

我想起有一次我和大董在一起吃饭，他提到了一个想法：办一所学校。这所学校只面向23岁以下的有灵气的厨师，脱产3年，在大董的学校里学习烹饪，免学费，分文不取。学校除了传授给他们技术之外，更重要的是传达一种理念和态度，课程设置上要有美术、艺术、经济学，找文化人给讲述文化，找品酒师传授品酒，还让他们在大董的店里实操高端宴席的设计与安排，3年毕业，自由来去。

那一夜，我喝了不少酒，大董在我心中不再仅仅是个厨师，而是一个理想主义者。在这样一个时代，做一个理想主义者比做一个随波逐流者，要困难十倍。

惊悚美食记

我一直在寻找我不敢吃的东西，可是现在并没有找到。

世间食物，并无惊悚二字，无非是尝试二字。

闫涛问我："你有什么东西是不敢吃的吗？"

作为一个以吃为职业的肥肿青年，经常被人问各种各样的吃喝问题，提问比例位于前三的问题分别是：你觉得最好吃的是什么（最难忘的一顿饭）？自己会不会下厨做饭？你不吃什么东西？兵来将挡，水来土掩，问得多了，都有自己的标准答案。关于这个问题，我的标准答案是：我也一直在寻找我不敢吃的东西，可是现在并没有找到。

说完没过一会儿，我就后悔了。他带我走到一家小店，我看到桌子上有一盘奇异的东西：油炸的，田鼠。

"快点来试试，趁热，蘸着一点儿椒盐。"他说着扯下来田鼠的一条腿。我只是一直听说南方人吃老鼠，潮汕人有些地方甚至吃猫肉，并未得见，没料到在广州番禺钟村的一家小店里迎头碰上，有点儿懵。好奇心还是战胜了恐惧，我试着撕下一条腿，蘸了一点儿椒盐，细心咀嚼。

其实没有什么不一样的口感，肉质细腻，还不错。我嘴里说着，还要抑制住想老鼠形态的念头。这时闫涛问我："你知道家鼠与田鼠的区别吗？"我自然是不知道。他取过来一只刚刚去皮没有油炸的田鼠，白白的，看着有点儿恍惚。"你看，田鼠的牙齿，这两只最大的牙齿是从下往上生长的。家鼠相反。"他又接着说，"这种油炸椒盐口味不是最好的做法，把田鼠做成腊老鼠，然后炖一锅才叫香。”

我还在想象一锅炖腊老鼠的时候，闫涛又把我拉到另外一张桌子旁，说：“这才是我们今天的重点，钟村三宝：龙虱、禾虫、桂花蝉。”

我对昆虫之类的食物还是有一定的抵抗力的，以前在云南吃过不少稀奇古怪的昆虫，一般是油炸来吃，高蛋白，倒也算是下酒的好菜。但是我并没有见过鲜活的龙虱和桂花蝉，在盆里簌簌而动。对于密集恐惧症的人来说，这一盆盆黑乎乎的昆虫，简直是噩梦了。

龙虱之前在顺德吃过。龙虱在粤语里叫“水甲甴”（粤语音 ga za），其实就是水蟑螂。一般分为两种，普通龙虱和金边龙虱，金边龙虱背部有两条金线，价格要贵上几倍。《闽中海错疏·介部》说：“龙虱，似蟾螂而小，黑色，两翅六足，秋月暴风起，从海上飞来，落水田或池塘，海滨人捞取，油盐制藏珍之。”

在珠三角一带，乡间常见龙虱，不少消夜档都有龙虱，一般就是拿淡盐水煮一下即可食用，也有的做椒盐油炸，下酒很是不错。

闫涛给我讲解吃龙虱的秘诀：“首先要去掉足翅，然后把头除去，去头的时候要注意轻轻连带拉出连接头部的内脏，不然会有内脏的苦腥味。放入口中，稍微一嚼，不过有点儿鲜味罢了，没有什么肉，无非是过过嘴瘾。”

对于珠三角一带的人来说，龙虱更具有药用价值，有滋阴补肾之功，特别是老人夜间小便频多，小儿遗尿等病症，食用龙虱有奇效。

桂花蝉是第一次见到，它有着一个诗意的名字，但跟桂花和蝉都没有什么关系。蝉从泥土中爬出再上树高歌，桂花蝉一生漂浮在水泽池塘上，两者是完全不同的昆虫，它们只是长得有点儿相似罢了。

桂花蝉学名是大田鳖，即便在广州番禺，桂花蝉也是稀罕物，一般餐厅根本见不到，只有一两家餐厅才能吃到。桂花蝉的体形比龙虱大两三倍，头上长有一对大“眼睛”，身子背后长着两片大翅膀，略呈扁平形状，全身灰褐色，乍看起来宛如一片薄薄的枯黄树叶，犹如一只大形蚱蝉，但比蝉更扁、更阔、更长。头胸部有一对镰刀状的前肢，喙短而有力。但把它身体翻转过来看，其肚子还是比较饱满有肉的。腹部有两对足。尾部末端有根短钝形状呼吸管，据说是在潜水时伸出水面呼吸空气用的。

吃桂花蝉最令人神迷的是那种独特的香味。其实吃第一个桂花蝉的时候，我的心里是抗拒的，但是吃过一个之后很快就有一种欲罢不能的感觉。桂花蝉体内有香腺，散发出一种独特的香味。比桂花香更浓郁，有一点儿薄荷的甘香，旁边一个姑娘说有一种爱马仕尼罗河香水的香。总之是一种容易上瘾的香，吃完后，香气留在手指上，经久不散，第二天我依然可以闻到那种独特的香味。

吃桂花蝉也需要上手，细细掰开，先啃一只脚。闫涛说：“人家说‘腿玩年’，桂花蝉的一只腿能陪一瓶啤酒。”说着，打开一瓶酒，我们坐下来，以油炸田鼠、以桂花蝉、以金边龙虱下酒，搭配上外面的春风，旁边人的粤语。

闫涛这个出生在云南，生活在广州的胖子，悲怆地跟我说，他上个月刚刚辞掉了《南方都市报》的工作。我们刚认识的时候，他在《南方都市报》做美食记者，我在北京《新京报》做美食记者，一南一北，交相辉映，虽然做的是闲差，也曾经被所谓的新闻理想和新闻道德怂恿着前行，内心的热血也曾经澎湃不止。那些往事似乎都还在昨天，转瞬之间，变了天地。时代之变，我们这些自以为掌握着手艺的媒体人，也不过如盘中桂花蝉，徒有香味，也是几近绝迹，啖者知其味，厌者避不及。

世间食物，并无惊悚二字，无非是尝试二字。不能接受的，就一别两宽，能接受的，就上去走两步。我看着闫涛，也忍不住，上去走两步，人间孤独中，吃着一些有点儿怪异的食物，步履有点儿蹒跚，喝一口酒，再假装坚强着往前走。

你有一个叫张勇的朋友吗？

张勇的初衷很简单，一定要好吃，食材不惜成本，也要好吃。他从最开始，追寻的并非商业上的成功，而是对“好”的向往。

一

我们身边总会有一个人叫张勇。

经过网站查询，中国有 20 多万个张勇，他们分布在我们的小学、中学、大学，或者每一个猝不及防的路口。在中国最有名的张勇有两个，一个是阿里巴巴集团的 CEO，一个是知名火锅品牌海底捞的创始人。

我今天要聊的，是另外一个张勇，他藏得有点儿深，哪怕你经常去他们家的餐厅吃饭，也不一定听说过他的名字。这个张勇出生于台州临海，喜欢踢球、游泳、打打太极，酒量不怎好，年轻的时候从事过许多行业，后来专心致志地做餐厅，研究美食。他的店从台州开始发迹，开到了北京、上海、杭州……开在上海的，还成了米其林餐厅，这家餐厅在每一地都有许多拥趸，虽然价格不便宜，生意总是很好。

是的，这家餐厅的名字是：新荣记。

1989 年，张勇还是一个年轻力壮的小伙子，精力无限，在当地也是响当当的人物，因为喜欢吃喝，就顺手开了一家大排档，招呼朋友。当时厨师首选是温州，温州经济发达，自然吃喝讲究。张勇和一群小兄弟平时经常专门包一辆车花四个小时去温州吃阿外楼。阿外楼那时候也是一个排档，海鲜都在路边养着，支起一口油锅，在街边炸鱼排。为了这口炸鱼排，张勇可以不睡觉。

新荣记正式开成酒楼已经是1995年，那时候中国开风气之先的是广东。张勇去了几次中山，当时海港城生意火爆，海港城的当家人麦广帆在那个年代已经被人称为“粤菜南天王”。张勇模仿香港起名的习俗，给自己的餐厅起名“新荣记”，本来是想叫“勇记”，觉得有点儿俗，“荣”和“勇”读音相仿，又有欣欣向荣的意思，于是在前面加了一个“新”。

张勇的初衷很简单，一定要好吃，食材不惜成本，也要好吃。当年粤菜风行，台州本地小海鲜不上台面，新荣记也是粤菜为主。当年新荣记最著名的一道菜是椒盐水蛇，这道菜引得满城出动。后来我还在新荣记北京的店里吃过这道菜，也是当年的松哥亲自来做，30年之后，这道菜竟然也有了人生况味。

当时台州并没有在店里养活海鲜的传统，张勇开风气之先，鲜活海鲜，自助选择。现在看来司空平常，在那时却令人耳目一新。

人在时代的大潮之中，总会有一种冥冥的力量怂恿着前行。许多事情总是“先上车后买票”，张勇以一个刁嘴食客的要求来要求自己的店:海鲜要新鲜，食材要最好的，服务要好，无条件退换。至真则至美，不钻营，坚持这一条线，慢慢地新荣记在台州声名鹊起，然后很自然地开到了杭州、上海、北京。品牌也一点点儿分层：从新荣记，到荣庄、荣府宴、荣小馆。

时代造就英雄，英雄也弄潮时代。当年令张勇辗转反侧的温州阿外楼依然还是一家温州本土品牌，当年台州人都愿意跋涉去温州吃一顿饭，如今温州人都愿意到新荣记吃饭。新荣记以一己之力，令台州菜成为东海海鲜的代名词，在京沪两地，稳稳地成为高端商务宴请的标志性餐厅。

二

这些年，众所周知，高端餐饮不好做，众多投机型、资源型餐饮品牌纷纷折戟。只有两家不但没有受影响，还逆势飘红，殊为难得。这两家一家是大董，一家是新荣记。

大董用全新的国际化表达来呈现中国传统味道，从艺术性和创意性抵达一种极致；新荣记则是以食材为先，本味呈现，踏实本分地尊重传统与民间，用平实的呈现表现味道的极致。大董与新荣记，是一个硬币的正面与反面，一起表达着滋味丰富的中国味道。

我跟张勇聊过许多跟食材相关的话题。聊一个野生大黄鱼，他都可以聊一个小时。

野生大黄鱼，算是新荣记的第一招牌菜，昂贵，但的确精彩。许多人认为只有在东海海域的大黄鱼才是最好的，其实许多海域都有大黄鱼，一年四季，需要寻找不同海域的大黄鱼。

每年 9 月份到 12 月份，东海的大黄鱼品质最好，产区是舟山到大成港；在 7、8 月份封渔期的时候，则是海钓的温州洞头港的大黄鱼品质好，江苏一带也有不错的大黄鱼；而到了春节前后，则是韩国济州岛的大黄鱼品质最佳。采购不同季节的不同黄鱼，才可能保证餐桌上随时可以吃到品质最佳的大黄鱼。

一般来说，养殖的黄鱼身材肥胖，野生的黄鱼身材苗条，表面上外行人一般不容易看出来，但是一入口自然明了。野生大黄鱼口感那种细腻和脂肪的感觉，令人心醉。

再比如一款豆腐，我吃过许多餐厅的豆腐，但是新荣记的白水洋豆腐是我念念不忘的一个滋味。张勇说，白水洋是台州下面的一个镇子，他小时候经常混迹在那里玩。那里有两种食物令他念念不忘，一个是豆腐，一个是萝卜干。豆腐是最传统的盐卤豆腐，细细品还有一点儿柴火的味道。后来他把这道菜放到餐厅的菜单上，也成了招牌。现在北京的店里的豆腐也都是空运而至，为了保证口感的一致性。

许多食材都是精益求精，比如一款餐前水果，涌泉蜜桔。他在涌泉找到了一对老夫妇，包了他们的蜜桔，蜜桔都是夫妇二人一枚一枚挑选的，个头均匀，不大不小，皮很薄，果肉清甜无渣。几年前，我第一次吃到新荣记的涌泉蜜桔，惊为天桔，于是试图在市面上寻找这种桔子，但是买回来的涌泉蜜桔总是不满意，有各种各样的缺憾。后来我亲自去了一趟台州，开车去这家桔园亲自采摘蜜桔，才知道这里好是有缘由的。首先，桔园在半山，平时云雾缭绕，海拔最佳；其次，桔园管理得很好，进去觉得清清爽爽;最后，采摘要有点儿技巧，要找那些不大不小，个头均匀的，长得大的桔子必然不甜。

那次去台州，我还跟着新荣记的厨师去海鲜市场采购，厨师跟所有摊贩都熟悉。他们都会从摊子下面拿出专门为新荣记留出来的特别挑选过的好货。我看梁实秋写过老北京正阳楼的文章，当年外地的蟹到北京，也是正阳楼先选，选剩下的才轮到别家去挑。新荣记在台州的地位是一样的。

张勇跟我说，他们对供货商从来不押款，永远都是现结，有时候甚至为了好货要预付款；跟供货商从不抹零，如果是10050元，也不会说抹零给10000元。对供货商客气尊重，给的价格又好，渠道又很稳定，供货商自然愿意把好货给新荣记。

三

有时候不亲自去一次台州，就不会真正理解台州菜，哪怕在新荣记吃过一顿又一顿美味。只有到了这个地方，听到这里的口音，看到这里的地势，从小吃摊吃到大排档，从椒江吃到临海，去过了菜市场，出了一次海，跟厨师聊过天，像本地人一样生活几天，才会琢磨出一点儿味道。

这是知晓美食的秘密通道，一定要去到当地，才能理解味道的源头。于是，我去了一次台州。

张勇带着我去他小时候经常去的大排档，也去了他在台州的门店。我在大排档里也能看到新荣记菜品的原型，所有的创新都是脱胎于传统，向来没有无根之水。一个地方养育了一种口感，这种口感的记忆直接影响了一家餐厅的味觉。

有一天晚上，我们去了新荣记在台州最大的一家店，在一条江边,江边灯火辉煌,宛如仙境。吃了各种各样的海鲜与食物之后，来到了张勇的办公室。这几乎算是一个私人博物馆，有他从世界各地淘来的餐具和炊具，各个历史时期，随手一指就是价值连城，好东西层出不穷，令人眼花缭乱。

我看着这些物件，忽然在某种通道里迎面撞上了少年张勇。他最开始追寻的并非商业上的成功，而是对“好”的向往。做到极致才是他的性格，而把新荣记做成了一个在全国都很有影响力的品牌，不过是顺手牵羊，不过是搂草打兔子。

在我看来，中国食物有古典主义和现代主义之分，其中界限模糊，又泾渭分明。古典主义时期的菜品，往往过度烹饪，在有限的食材与料理方法中，无所不用其极，成为繁复的食物，又欣然自得，食物本身被一层层包裹，反而面目不清；而现代主义则是呈现与表达，呈现食材最原始的美好、最风情的韵味，用合适的料理方式表现其美好。同时在表达上又有自己的本心，个体对世界的看法，表达是一种风格。

虽然我们都生活在互联网时代，有时候思维却还在农耕时代。关于食物，不同的人自然有不同的喜好，不同地域会有不同趋同的口感。我们只是试图拨开雾霾，见识一下真滋味。

肥肠委员会

当我们面对肥肠时，我们没有敌人。

我们有一个神秘的组织，叫“肠委会”，全称是：中国中老年非常（肥肠）危机解决委员会。

“肠委会”人员不固定，临时拼凑为原则，但整体上“凑单不凑双，凑男不凑女，凑肥不凑瘦，凑老不凑少”。解释一下，饭局人数以 7 人为佳，上限 9 人，喝酒点菜划拳，表决不容易产生分歧；在伟大的肥肠事业上，女性心理承受能力偏弱，当然也有某一些女性经受得住非常（肥肠）考验，要看组织讨论研究而定，按照既往经验，“肠委”中最多有一位女性，多了之后不好管理；常年饱受非常（肥肠）摧残的人生，往往以像我这种破罐破摔的胖子为主，体脂率在 20% 以下的，BMI 指数（Body Mass Index）在 25 以下的，原则不考虑，要看其向组织表忠心的程度决定；最后，我们的另外一个额外饭局议题是中年非常（肥肠）危机，如何养老，中年人隐秘的情欲，扒开肥肠见肝胆等议题，不适合正处于奋斗期的年轻人。但是我们也遵循“七上八下”的原则，岁数最大不能超过 67 岁。

我们的“肠委会”，麻雀虽小，五脏俱全。前些日子在海淀区的一家餐馆聚餐，当天主持工作的“肠委”是杨胖子，是这家餐厅的老板。他是我们坚定的肥肠战士，满足我们所有的苛刻条件：男性、胖且松弛、老而弥坚、善做肥肠，竟然祖籍四川——

要知道四川料理肥肠的手法之多种多样，胜过杨胖子这辈子做过的所有保健。

杨胖子长得张飞相，确有绣花心，自称“有心事的小杨”，娇羞中似乎有点儿妩媚。

那天他安排厨师做了肥肠十全宴，从温拌肥肠、卤肥肠、粉蒸肥肠、干炸肥肠、香辣肥肠、回锅肥肠……最后一道端得惊乍：鱼头肥肠煲，有心事的小杨将其称为“肥肠佛跳墙”。从第一道菜到最后一道菜，小杨口若悬河，滔滔不绝地讲解各种肥肠的妙处：“这批肥肠不是北京市面上的肠子，常见的肠壁都太薄，口感不行，我这是专门从四川找的土猪肥肠。”“很多人大肠小肠不分，姓资姓社不分，这样的人不配享受肥肠。大肠就是大肠的做法，肠头就是肠头的做法，小肠就是小肠的做法，坚持这个不能动摇。”“有人跟我说肥肠含胆固醇高，那是他不懂，胆固醇是人体必需物质，用来合成生物细胞膜，胆固醇也有好坏之分，肥肠那都是优质胆固醇。”

在座的肠委们，哪里有空听他说这些有用的没用的，风卷残云，铺天盖地，既生瑜何生亮，道可道肥肠道，风老莺雏，雨肥梅子，金鸡一肥天下白，蓬莱宫中日月肠。

当天肥肠的间歇，小杨脑洞大开，何不就此开一家肥肠专门店，每日排肠队，吃肥肠，把猪大肠的品鉴文化形成一个香腻的“肥肠梦”。名字都起好了，就叫“杨肥肠”，看着这个名字犹如一骑绝尘，杨肠而去，花间醉，不如肠中眠。

所以你真的有可能在不久的将来，在北京的某处繁华地，遥遥看到一块匾，写着几个大字——“杨肥肠”。你可以径直走进去，找有心事的小杨，他如果笑脸相迎，你可以悄悄地说上暗语：“我需要解决一下中年肥肠微饥。”他就懂了，是自己人，各种看家的肥肠都要上。

其实我们的“肠委会”依然是一个神秘的吃喝组织，小杨只是第一个暴露目标的，更多的人常年潜水，不见肥肠不撒鹰，不见肥肠不回头，不见肥肠不上岸，不见肠肥不落泪。这“四个不”原则，这些人秘密遵守，矢志不移。

肥肠是我们的接头暗号，什么都不用说，饭桌上上了肥肠，相互对一下眼神，就露出革命般友谊的微笑。比如我们“肠委会”的亲密战友黄先生，在家组织各种盛大的流水席，以此闻名天下，谈笑间肥肠灰飞烟灭，羽扇纶巾，肥肠初下锅。我但凡在桌子上坐定，黄先生跟我对一下眼神，就知道安排保姆加两道肥肠。

有一日，他给我做了一份肥肠面，那是在晚饭之前，许多客人都还没有到，我们两个人枯坐在黄昏里，黄昏综合征都快犯了，一碗肥肠面在手，忽然就感觉到了春风般的温暖。我吃着肥肠面，感觉死生契阔。

我才不会告诉你，这位“肠委”叫黄珂呢。

另外一位肠委姓万，年轻时写诗，长得帅，被姑娘们惊为天人，称其“万天人”。万天人平时在家侍弄家宴，不理江湖恩怨，肥肠史上扫地僧。我们每次去，都会做几款肥肠菜，比如鸭血肥肠煲，比如双刀肥肠。鸭血肥肠煲，取新鲜鸭血，与肥肠共处，烧得你侬我侬，才见英雄本色；双刀肥肠其实有一典故，双刀酱是万天人亲自做的一款辣酱，麻辣双绝，一麻一辣犹如两把尖刀插入口腔，故称双刀酱。这款肥肠被欲火焚身，麻辣双修之后，竟然露出纯情之味。此时应该有一款百富 30 年，或者麦卡伦 18 年，一肠欢喜一肠梦。

另外一位肠委，长得黑，姓陈，坐在肥肠面前，犹如一盏黑暗的灯。我跟他一起去成都，他曾经用一次吃 6 个结子（猪小肠打成结）击败了肥肠粉的老板，老板纳头便拜，称之为“肠神”；还有一次去川北，赶上汶川地震余震，他坐在小店里吃肥肠面，地震山摇，面不变色，老板都跑出去了，只剩下他一个人岿然不动，默默吃肥肠面，其状犹如天神，余震消了，店老板回到店里纳头便拜。这位黑叔叔的名言是：个把个女人算什么，这可是肥肠啊。

另外有一位姓周的艺术家，玩泥巴，烧陶瓷，上次我去他在景德镇的工作室，看到他摔了许多黄泥炮，烧成了艺术品。我心里想，这有什么难的。周泥巴跟我说：“你只看到了泥巴，我却看到了偶然。你只看到了静止，我却看到了飞翔。它可以是泥巴，也可以是一个个肠头。”我听了纳头便拜，这哪里是泥巴，简直是在中国当代艺术史上制造一段盲肠，切下来可以下酒。

前几天，我百无聊赖，周泥巴给我发了五六张肥肠的照片，环肥燕瘦，莺莺燕燕。我问他哪个最好？他说肥肠烧猪脚最好。我看着照片，肥肠是 0，猪脚是 1，其中似乎别有含义，不忍细想。

我们还散落着许多其他区域分会。比如汕头分会的张善人，是肥肠帮的亲善大使，潮汕卤水大肠堪称妙物，但是最妙的是脆皮大肠，大肠要经过油炸才别有风韵。入口焦香，微脆，脂香明媚，像是在口腔中响起卡洛斯克莱勃指挥维也纳爱乐演奏贝多芬 C 小调第五交响曲命运作品第 67 号第一乐章，砰砰砰砰。后来张善人又给我来了一款升级版本：龙穿虎肚。其实是一道很传统的潮菜，把鳗鱼塞进猪大肠里，那种吃了之后可以在恍惚中抵达味觉高潮。

“肠委会”的组织还在不断扩大，我们相信，星星之火，可以烧肠。水可煮粥，亦可做肥肠面。因为肥肠的因由，我们聚集在一起，不畏三高，强行欢笑，努着力量欢腾在人世间，把中年非常危机生生变成了肥肠微饥。

当我们面对肥肠时，我们没有敌人。

诗人无饭

放在那

轻轻的

五十克拉

昨天

在月光下

我捡到它

晨光里

我亮出它来

满满的一把

——竖《轻轻的五十克拉》

我坐最晚的航班从上海回到北京，在摇摇晃晃的摆渡车上，时间过了零点。这几乎成了常态：当天往返京沪，去开一天的会议，跟不同的人聊不同的事，口若悬河，喋喋不休，没空吃饭，早餐和晚饭都在机场吃快餐解决。

以前不是这样，每次去上海，总是惦记着几个朋友，提前几天就约饭，喝酒总会到深夜，最多是在静安寺，也会在武康路，或者在巨鹿路。街边的小馆子里，几个男人聊到萎靡，这时候竖就会在杯子里倒满酒，斜斜地举向我。是的，我们又喝了一杯。

竖，一个天才的诗人，我曾经的同居密友，在十几年前，我们喝过的酒有一卡车那么多，或者有一个游泳池那么多。

竖是笔名，在写诗的小圈子里赫赫有名，他本叫侯献波，上海人，比我年长几岁。大概 2000 年前后吧，我刚刚混论坛写诗，看到这样一个古怪的名字，被他的诗深深打动。生命的交叉小径上，有些人注定相逢。很自然地见面，聊天，喝酒，厮混。回想起来，那时似乎是一个黄金年代，那些灿若流星的人们用分行的文字互相温暖，网上板砖横飞，线下酒肉横飞。

年轻时候的竖，是个落拓的帅哥，长得瘦高，笑起来一口四环素牙，早年间做乐队，可以唱抒情至死的歌。一群因为文字互相取暖的年轻人，都把自己当成木柴，凑在一起，似乎可以度过寒冷，现在往回看，木柴早成了灰，只残存着一点儿理想的烟。

平时的饭桌上，似乎只有诗这一件事，反复打磨，耐心争辩，在酒精的浸泡下，闪着亮晶晶的光。有一次在通州的一处小馆子，我们从中午一直吃到凌晨，十几个小时漫长的饭局，只聊诗一件事，所有人都兴致盎然，火车从旁边经过，带来微微的震颤。

那些年，或许是饭局满天的年代，许多神人异士在饭桌前走动，江湖骗子、落魄导演、十八线演员、书商、民谣歌手、刚刚有点儿钱的艺术家、光头、脏辫儿、说北京话的老外、酒吧老板……这群人聚在每一个可以耗过零点的小店里，虽然没有钱，但是我们有的是时间。

那也是一段乌托邦的时代，诗人总会住在一起，一群年轻人，似乎劣迹斑斑，似乎游手好闲，每天聊一些别人不以为然的虚幻的事。2006 年的时候，我和竖搬到了一起住，是在西直门的一处院子，两间平房，我们一人一间。两个单身汉，偶尔会吆喝朋友们来聚餐，竖做饭也是一把好手，不费事就可以整出一桌秀气的菜，啤酒买够。

我至今觉得啤酒是最有少年气质的酒精饮料。只有啤酒，在欢腾的餐桌上，陪伴在你身边，可以细水长流，一杯一杯复一杯。绿色的啤酒瓶如同栅栏，分隔开白天与黑夜。在微醺中，这些绿色的啤酒瓶犹如一只温顺的小马，可以载着你到任何地方。一群人在一起喝酒，我觉得最美好的时刻是：起身去卫生间走肾，恍惚间，不小心碰到了地上堆积的啤酒瓶，它们叮叮当当互相撞击的声音。

竖在那个时候除了是一个天才的诗人，也是一个天才的酒鬼。有时候我们各喝各的，在夜色阑珊中奔赴各自的饭局，我回到小院沉沉睡去，他还在饭桌上酣醉，他清早起来去一家图书公司上班，我还没有醒来，以至于虽然住在一起，却一周见不上一面。有时候会一起赴约，饭桌上来来回回的老脸，相看两不厌。

日子总是陷入虚无，再从虚无中挣扎着出来。嗜酒之后狂欢和表演似乎可以释放一些什么，人们相互刻薄，以展示才华。2007 年，竖离开了北京，借口是父亲得了喉癌，需要照顾。

他的父亲年轻的时候是一个水手，也是一个文艺的酒鬼，这一点他和父亲一脉相承。年轻时互相怨恨，当死亡悬在触手可及的地方，两个人开始和解。

我也慢慢地学会和生活和解，从竖离开之后，荒唐的岁月戛然而止。我买房、上班、写软文赚点儿散碎银两，谈恋爱、结婚、当父亲，居然还开始创业……那些酒肉狂欢的岁月消失得不着痕迹。其实不过是从一个烂醉的酒局转移到一个更加虚无的人生酒局罢了。

我每次去上海，都会惦记着找竖喝酒聊天，许多无法对人言的话也找他倾诉。他的父亲终于还是去世了，他终于找了一个稳定的女朋友，居然还学会了开车，后来结了婚，当了爸爸，跟我一样，生的都是女儿。他终于还是辞掉了工作，转身成了一个手艺人，在嘉定的上海工艺美院学习雕版印刷，用一把刻刀在木板上屏息凝神地刻字。

这几乎是一种快要失传的技艺，竖住在学校，不用交学费，还有一些微薄的补助,到现在已经可以教授学生了。回到上海的竖，似乎变了一个人。他信了佛，戒过几次酒，也戒了烟。从北京乌烟瘴气的饭局上彻底消失了，有时候还会有人提一下，但是下一杯酒就忘记了。

原本我们都以为还有大把的时间荒废，可以去很多地方，可以写很多诗，可以千秋万代名、寂寞身后事。其实见一次少一次，见一次老一次。竖越来越瘦，剃了头发，像一个老僧；我越来越肥肿，扮演一个二流的美食家，因为一篇专栏文章在网上被群殴，沦落到猥琐中年的境地。

其实越见越少，我们仅仅是曾经交叉的小径，终于各奔东西。他最近一次来北京，是因为他主演的一个电影要去欧洲参加影展，是十几年前他和导演睢安奇在新疆拍的，讲述了一个诗人闲逛的状态，其实没有什么情节，只是用竖的诗串联起一种情绪。电影的名字叫《诗人出差了》，拍了十几年之后，睢安奇重新翻出来，剪辑,加工,成了一个不一样的电影。这个独立电影得了不少奖项。

那年冬天，我看了这个片子。看朋友拍的电影总会出戏，那年竖 30 岁，我认识他不久，他还是一个帅气的小伙。在影片里，他闲逛、吃饭、喝酒、念诗，仿佛旧日重现，仿佛回光返照。

在那个电影里，竖用上海话念自己的诗：

轻轻的五十克拉

放在那

轻轻的

五十克拉

昨天

在月光下

我捡到它

晨光里

我亮出它来

满满的一把

用酒肉杀死时间

我们需要一个万能的饭搭子，在北京，这比一张填写着你名字的房产证更能带来安全感。

夕光正照耀在北京的 CBD。

从窗户往外望，每一栋水泥盒子建筑里都有各种各样的人呼吸走动，写 PPT 做方案，每一个窗户里都有人叫外卖发快递不知道一会儿吃点儿啥。我知道，再过一个小时，天色会准时黯淡下去，街灯亮起，长安街上堵车，汽车的尾灯连缀起来，如同红色珠链。

即便像我这样的“饭局交际花”，也有不知所终的纠结，似乎把吃饭当职业的“吃喝走马灯”，也有轮空的间歇，你只能面对空荡荡的饭桌，踟蹰独行，孑然一身，鼓点儿已经响起，被硬生生地推向舞台，总还要走两步。

这时你翻开手机通讯录，微信朋友圈，满屏熟人，却没有一个可以随时拉出来陪你吃顿饭。硕大的空虚犹如落日余晖一般降落肩头，是的，在 3000 万人口的北京，没有人在意你黄昏恐惧症时的哀伤。

终于我们都可以修炼的顽强，不需要饭搭子也能吃饱饭，把自己淹没在加班里，掩饰在一杯酒的慌张里，在夜里醒着，等太阳重新升起。

即便如此，我们也需要一个万能的饭搭子，在北京，这比一张填写着你名字的房产证更能带来安全感。所谓“万能饭搭子”无非就是：招之即来，来之能战，战之能胜，败则不馁。

我思索良久，我的万能饭搭子是陈晓卿。

陈晓卿的人生，大体可以分为两个时期：前舌尖时期和后舌尖时期。前舌尖时期大致是2011年之前，相对闲散自由，是个纪录片导演，只是爱吃，只是黑，黑得发红；后舌尖时期则是《舌尖上的中国》播出之后，盛名之下，赞誉与浑水，期待与忙碌，被人称为“美食家”，属于红得发黑。

好在我们都没有入戏太深，也不怎么把自己当盘菜，该吃吃该喝喝，两个人临时起意也能出去找个小馆子喝一杯，一群人的大饭桌上也能心无挂碍酒肉宽敞。

其实细究起来，我们常去的小馆子无非那么几家。选择餐厅的标准也类似：一是不难吃。其实并不追求什么极致口感，不过是找个地方聊聊天吃吃饭，不难吃就足够能把我们打发了。二是不难找。交通方便点儿，停车好停点儿。三是不很贵。四是有肉吃。我们吃不下轻食沙拉汤汤水水，更偏爱大口吃肉的畅快与吃完之后的负罪。五是比较熟。常去就成了常客，你大概知道厨师是什么风格，厨师也大概知道你的喜好，不求有什么特别待遇，坐在里面自在一点儿。

前些日子惦记着去吃一口羊蝎子。我说去满恒记吧，但是别饭点去，人太多，如同春运，排队的人从屋里排到大街上。于是订了晚上九点的第二场。满恒记的小满人高马大，铜铃大眼，恍如异族。店里新换了菜单，档次提升了不少，菜名比以前长了很多，比如一道炒红果，现在的名字是：手工冰糖炒兴隆红果。加了许多手法与原产地，顿时觉得大方了很多。几个人点一锅羊尾尖，搭配着麻豆腐，芝麻糖饼，几瓶啤酒，就是一局好饭。

有时候也会去羊大爷，专门去吃涮肉。我们都是羊肉爱好者，一起涮过的涮肉店包括牛街排队两个小时的聚宝源（基本上要提前两个小时找人排队拿号）；光明楼的情谊草原，这里的野生韭菜花和包子都很诱人，有时候运气好能吃到“三胃”，指牛的第三个胃，里面装上各种馅料，端桌上，用刀划开，汁水鲜美；还吃过天桥老金的涮肉，地方不大，却有着老北京的腔调与脾气；也去过天坛南门的南门涮肉，粗犷、不吝，却也热火朝天。后来我们吃涮肉基本上定点羊大爷，这里肉不错，摆盘各种讲究，吃肉论米，喝酒论碗，串好的羊肉串也能直接放锅里涮。老板姓蔡，人称羊大爷。他本是电影世家，喝酒畅快，一大海碗啤酒刚好是两瓶，一口气鲸吞而下，才是进了自家门。

有时候也会在胡同里面找吃的，最多去的是东四五条的翠清酒家，是湖南菜，陈晓卿执着于其中的小炒猪肝和臭鳜鱼。也会去东四二条的百米粒，一家湖南小馆子，女主人叫淡淡，古灵精怪，以前这家店还有二楼，二楼有一个包房，包房里面有一张不规则形状的桌子。后来开墙打洞，二楼被拆，只剩下一楼的散座。这里的招牌除了剁椒鱼头，还有一款苦瓜牛蛙。如果赶巧都在西边，就去西四北八条的八条一号，一半云南菜，一半北京菜，这家餐厅在网上毁誉参半，我时常惦记着这里的烙饼卷肘子肉和加了薄荷的酥炖牛肉。

我和陈晓卿都算是小馆子爱好者，在小馆子里似乎更如鱼得水。有时候我们也会找一些日式小馆子打打牙祭。陈晓卿喜欢去新城国际的 Geba+，几乎没有门脸儿，里面的日本小吃都顺口顺心。也会去一家叫“慢走”的居酒屋，这里清酒种类繁多，我们在这里一点点儿清酒入门，喝下了不知道多少款稀奇古怪的清酒。不过最近“慢走”也出了点儿小状况，去的不多。另外一家深夜食堂是大德酒场，在好运街，特别是冬天，我们两个粗壮的老爷们儿在街头盘旋，不知所终，就会在这里聚集，需要往下走，走到地下一楼，温暖和烧鸟就会如约而至。

万能饭搭子，无非是用酒肉杀死时间，以无用排遣块垒，很少在饭桌上“谈点事儿”，都是有一搭没一搭，有上句没下句。正因为此，才觉人生有味。

陈晓卿比我大 15 岁，我出生后没多久，他就以一个天才少年的身份考上了大学。他拍摄纪录片《龙脊》的时候，蹲守在广西的深山里半年多，那时我只刚开始学习写小学生作文。十几年前，我们在饭局上相遇，他的儿子还是六七岁的男童，如今晃晃悠悠，身高早已经超过其父，标准一枚美少年。以前我们是一个青年和一个准中年，如今我的中年惶恐蓦然垂下，陈晓卿反而越来越像个孩子似的，年过五旬。

时间都如此虚度。在不同的餐桌上，倒也彼此见识了互相的人生。一场独角戏，还有一个孤独的观众。我像是他的过往，而他像是我的将来。

爱吃的人总会相遇

我们的原则是醒时同交欢，醉后各分散，英雄不问出处，但求吃好喝好。身边的人来来往往，心知肚明，熟人多，朋友少，有一个，算一个。

2016 年是我的本命年。36 岁，属猴，不大不小，挂在人生的单轨列车上。想十几年前的事，仿佛就在昨天，想十几年后的生活，也眉目清晰，没有什么悬念。在这个岁数，不再热衷于社交和饭局，对交新朋友这件事，也没有多大信心。身边的人来来往往，心知肚明，熟人多，朋友少，有一个，算一个。

可是生活总会有一些波澜，在唐突的饭桌上，总是可以遇见一些新人。2015 年年底，我们几个人商量着做了一个和吃喝相关的新媒体：一大口[1]美食机构。没有风起云涌，却也度年如日，一晃就是一个冬夏。我们做了一个美食旅行团，带着爱吃的人们四处觅食。一年的时间里，大大小小组了几十个团，吃喝的足迹遍布了各地。

如果按照互联网产品的硬性要求，这不算是一个好产品，每个人都能指出其中的不足。产品不能标准化，吃喝这件事各有喜好，你觉得美妙无边的，他觉得不过如此，你之蜜糖，他之砒霜；过分地强调人的重要性，吃到什么饭，远远不及遇到什么人重要；决策成本高，这不是冲动消费，动动指尖，过几天东西就寄到你面前，而是要花时间出门，事实上，人们最缺的就是时间。

---

① 一大口，美食家小宽于 2015 年创立的美食机构。

即便知道种种困难，我们还是乐此不疲，一次次上路，有点儿任性。的确是因为每次都可以有一个全新的世界打开。这一年，遇到了许多餐桌上萍水相逢的人，都成了朋友。遇到的许多饭桌喧腾的事，都成了传说。

不指名道姓，以字母来计算吧。我回望这一年的经历，其实具体吃什么都忘了，只记得一张张面孔，以及酒肉畅快之后的欢愉。

A是一个银行工作者，武汉人，博士，高管，未婚，威士忌爱好者。我们去厦门，他带过去一瓶高年份威士忌，与大家分享。他心态年轻，却是百晓生，什么都知道，甚至知道我年轻时聚集过的很小众的BBS论坛。厦门一晚酒醉，一起去KTV唱歌，到了房间倒头便睡，在唱《千千阙歌》的时候，猛然惊醒，抄起麦克，高歌一曲，竟然音质雄浑，俨然有巨星风采。回北京后，也常聚常欢，有一次我们约了在一家日料吃饭，饭后从朝阳门一直走到安贞桥，聊了两个小时意兴盎然，相逢恨晚。颇有陌上开花，缓缓归矣的架势。

从此后，我们成了好朋友，我们的活动如果有时间，他一定参与，每次都带着好酒。去汕头的时候他在东京，需要坐飞机到上海，再转路汕头，不小心迷迷糊糊去错了机场，到了汕头已经是深夜。被我拉出去消夜吃蛇肉，那一顿吃得酣畅淋漓。有一次去泉州，他的新手机被车门碾碎，他也自我安慰说，刚在关帝庙里求了一个下下签，这也算破解了。小沮丧总是赶不上大快活，如今他寻了一个温柔可人的女朋友，我们一群人帮他参谋，叽叽喳喳，只是希望这个可以长久些。

B 是一个霸道总裁，最开始的时候，只觉得他器宇轩昂，不是凡辈，却并不知来路。我们的原则是醒时同交欢，醉后各分散，英雄不问出处，但求吃好喝好，不求闻达于饭局。慢慢才知道，他当年也是汽车工业的一方诸侯，只是风流总被雨打风吹去，现在只是笑说从前罢了。

我们在一起聊的话题有点儿老旧，聊历史与现实，聊中国经济……来来回回不过是梁漱溟的发问：这个世界会好吗？作为乐观的悲观主义者，我们且吃且喝。从他身上，我看到了 20 世纪 60 年代出生的一群人身上的理想主义精神，虽然过了知天命的年纪，体内的核却越来越坚实。后来，他给我看他女儿给他制作的一段视频，父女之情的柔软与亲昵，看完之后，觉得自己都快化掉了。我又看到他柔软的一面，那一瞬间，我也想带着我的女儿走遍天涯。

C 是一个美女，90 后，天生尤物，身材妖娆，令人爆炸。远远地看她走过来，就是一团行走的荷尔蒙。她是素人美女，不施粉黛也傲然于世。智商高，情商也高，没有脂粉气，隐隐却有一股阳刚气。有她的地方，总会有故事，一个眼神就可以把老男人弄得五迷三道，以至于成了我们美食团的吉祥物。

她自带网红体质，有时候会即兴做一场直播，看得我们瞠目结舌。我回想我 20 多岁傻乎乎的年纪，不及她半分。她会把自己的迷惘与惆怅跟我们说，我们假装过来人给她生活的意见，其实哪里需要，她自然会有自己波澜壮阔的人生。

D 是著名体育记者，大姐，爽快，湘妹子，是我们专属摄影师，有她在的地方，就有笑声。她很偶然地参加了我们的活动，很必然地跟我们熟稔，在饭桌上不动声色地盘旋，她是一个黏合剂，能把所有人照顾好，从不喝酒，也能自然嗨。

F 也是湖南人，来自长沙，被我们称为故事大王，用长沙普通话讲段子一流，跟我一样是秃头。有一次我们两个人上街买橘子，被别人抓拍的一张照片，那感觉就像是两个和尚准备回寺庙。他以前当过警察，也经过商，满腔热血，是典型的湘人本色。我们爱听他聊故事，当年那些神奇经历，听着都是笑话，回想起来却也有悲凉。

G 是一个有点儿腼腆的男生，苏州人，在英国读书，学建筑设计，在扬州的饭局上，他出现在我们面前，说自己喜欢美食。是啊，来到我们身边的都是喜欢美食的人。当时人多，他帮我张罗照顾着，很妥帖。后来我回了北京，他跟我说，想加入“一大口”。我有点儿错愕，一个学建筑的小伙子，本来可以有更可知的生活，没有必要加入一个风雨飘摇不知道什么时候就活不下去的新媒体。我跟他说：“我们可能随时会死的。”他说：“没有关系，我就是想试试。”他奋不顾身地来了北京，租了房子，开始了一段跟吃喝相关的职业生涯。上手很快，做活动井井有条，写文章也是一出手就叫人惊艳。他现在就坐在我隔壁。

H 是一个传奇的大姐，带黑框眼镜，穿粗布衣裳，爱马仕的包感觉背着像去买菜，上万的丝巾也曾用来给大伙挡雨。第一次参加我们的活动是在黄山，她到得晚，我们开始消夜，有人喝酒，有人大声叫嚣，感觉到了一个江湖现场。后来她跟我说，第一印象是这都是些什么人啊。我们后来在黄山的村子里游荡，去菜市场，去看做豆腐干，去隐蔽的小馆子吃吃喝喝，也去当地最有格调的酒店里入住，这才慢慢熟悉，原来是自己想象的样子。后来她只要是有时间，就跟我们四处吃喝，感觉打开了一扇门，可以最直接地寻找到当地的口感，寻找出中国不同地域的味蕾分布。

还能回想起很多故事，一年到头，能记得的不过是几顿饭，一些人，几件事。这些人貌似萍水相逢，之前没有什么关联，职业五花八门，年龄老小有别，如果不是因为这张流动的饭桌的缘故，可能一生茫茫。醒时同交欢，醉后各分散，这群人相遇在四处，吃喝中见情义，杯酒中得江湖，能吃到一起的人，才有可能成为朋友。

加减成厨

在方寸的厨房里是生长不出来好厨师的，一个好厨师总是要在路上。

1990年的冬天，王勇从江西赣州信丰县回到了上海，这一年他18岁。

王勇是众多回沪知青子女中的一个。学者朱孔芳和韩毅做了人口统计调研，那一年上海人口抽样调查，市区青年人口为2722994，其中回沪知青子女占将近5%。[①]

回沪知青子女，是尴尬的一代人，他们的父辈响应国家号召，去了新疆、东北、贵州、云南……他们出生在那里，在当地，别人把他们当上海人，落实政策回城之后，上海人把他们当外地人。一家人只能有一个孩子回城，王勇的哥哥把这个机会让给了他。

王勇出生在江西赣州，当地以客家菜为主，小时候工厂里的邻居都是上海知青，从小吃百家饭，杂糅着长大成人，他的口感上没有乡愁。小时候每隔一两年就会回一趟上海，家里的亲戚们各尽所能，招呼他们一家人。"小时候印象最深的是大闸蟹，我舅妈做的面拖蟹非常好吃。"王勇说。

上海，对王勇来说是"熟悉的陌生人"。他不会讲上海话，18岁一个人回到上海，寄居在姨妈家的楼道间里，床旁边摆满了暖水壶，晚上睡觉不敢剧烈翻身，怕踢翻了开水。

---

① 朱孔芳、韩毅《回沪知青子女生活状况研究》。

原本是要安排王勇去公交公司的，机缘巧合丢了户口簿，没能去成公交公司。他又百无聊赖地待了一段时间，街道居委会的人问他：“有一家餐厅需要临时工，愿不愿意去？”当然愿意了，至少有一些收入不用爸妈从江西寄钱了。姨妈数落他：“你看，因为丢了户口簿，那么好的公交公司去不了，现在只能去餐馆当个临时工！”

餐厅叫百乐饭店，上海静安区粮食局下属的三产。王勇去做服务员，兼酒水库管。餐厅里的临时工几乎都是回沪知青子女，一群人感觉很亲热，小宁波、小新疆，而他是小江西。

酒水管理叫王勇几乎崩溃，每天都对不上数，啤酒有时候少三五瓶，有时候少十来瓶，最多的一次少了 60 瓶。都知道是怎么回事，一群虚无的年轻人，在打烊后的深夜，总要有点儿东西来麻醉。

过了一段时间，餐厅经理找到王勇，问他：“你想不想去厨房，学习做菜？”王勇非常兴奋，他觉得在厨房炒菜是一件非常体面、特别来劲的工作。他满口答应，乐不可支。经理说：“去厨房工作之前，把楼道清理干净。”

二楼到三楼，厨房到大厅的楼梯，是老式木质楼梯，常年没有人打理，台阶上都是污渍和油泥。王勇带着小铲刀，钢丝球和碱面，一点一点地清理，从早到晚，直到楼梯光亮如新。他知道：这是他进入厨房的通行证。

20 世纪 90 年代的上海滩，粤菜兴起，一个香港厨师的月薪可以有一万多元，一个讲着白话的广东厨师，月薪也有三四千，相对比当时上海的工薪阶层，可谓天价。王勇在后厨学习杀鸡，宰鱼，打下手，连灶台都摸不到。那时他的工资是两三百元。

后厨有一个姓陈的老师傅，新中国成立之前就是厨师，见过旧上海的繁华。他也有着老派的作风，对年轻人管教甚严，对仪表、动作都有极高的要求。他见王勇聪明伶俐，很喜欢他，慢慢叫他上灶烧菜，开始只能做清炒蔬菜之类的小菜，慢慢地也开始做响油鳝糊、红烧肉等大菜。

餐厅经理也有远见，花钱叫几个年轻厨师去粤菜餐厅学习。去了一周，学习回来几道传统的粤菜，这给王勇很大的震撼：原来粤菜的味道可以有这样的变化，相同的食材，只是因为料理手法和调味的不同，最终呈现方法原来也不一样。

整个 20 世纪 90 年代，王勇都是在烟火灶台边度过的。从一家店到另外一家店，从小厨师到厨师长，从小店到大店，再从大店到小店。做宁波菜，做本帮菜，做粤菜。生意红火时，一张桌子要翻六次台，连饭都来不及吃，下班之后，衣服早已经被汗水打湿，路都走不动了。

上海夏日的后厨，颠勺声、排风扇声、煤火声、厨师叫骂声……混合在一起，贯穿了他最日常的生活。“你知道吗？许多厨师在夏天是不穿内裤的。因为出汗太多，容易淹裆。”王勇说。王勇还记得第一次拿到 2000 块钱工资回到他寄居的姨妈家的情景，姨妈反复问：“小勇啊，哪里来的这么多钱？你可千万别做违法的事情啊。”

似乎日子可以一直这样下去了。他在上海买了房子，把父母从江西赣州接回上海，他试着融入这个城市，哪怕依然讲不好上海话。20年前的上海并没有现在这么多的西餐日料，也不必要做太多的创新和时尚，就踏踏实实做好了。直到有一天，他去了一家新餐厅，这家餐厅开在外滩，名字叫黄埔会。

黄埔会的主厨梁子庚来自新加坡，他把一种全新的理念带到中国。中餐的内容可以和世界流行的方式接轨，中国本土的食材还可以玩出各种各样的花样来。王勇忽然发现，自己不会烧菜了，出品形式的变化，给他打开了一扇大门。

这股Fashion food的风潮从2002年开始流行中国，从上海到北京，但凡新潮一些的餐厅，总会在凹造型上下文章，被统称为“创意菜”，和创意菜一起流行的还有另外一个名词：私房菜。有人开玩笑说，创意菜有三宝：干冰、大盘、分量少。一阵风潮过去，总会遍地狼藉，从中悟道，并且形成个人风格的厨师，寥寥无几，更多的是跟风，照猫画虎罢了。

有一天，他生命中另外一个重要厨师找到他，说：“杭州有一家酒店要开，你想不想去试试？”

王勇说：“可以。”

这个厨师是卢怿明，他正帮杭州四季酒店组建厨师团队。他们白天各自工作，下班之后，就聚在一起研究菜品，尝试新菜，每天都工作到凌晨一两点钟，如是再三。临近酒店开业，卢师傅对王勇说：“希望你去那边做厨师长。”

“当时我有点儿懵，我从来没有做过酒店餐厅的厨师长，这是第一次。”王勇回忆说。于是王勇来到了杭州，成为杭州四季酒店金沙厅的厨师长。那是 2010 年。

在杭州四季酒店，王勇终于可以加减成厨，按照自己的想法尽情发挥了。许多人对杭州味道的理解都是模糊的、片面的，王勇研究着他心目中的杭州味道。葱油饼，做成小巧的一份，其实旁边配着一点儿鹅肝；龙井茶，他拿来做一道小甜品：焦糖龙井茶冻；粉蒸肉也是传统的杭州菜，但是在上面铺满了白松露，忽然就生动了许多；做白芦笋，有一道菜叫白芦笋玉带凉皮包，他用咖啡豆熬了油，做了那道凉皮包，这个菜脱胎于越南的米纸包。

王勇借助四季酒店这个平台，有了更高的眼界，他可以有许多时间四处游走。在方寸的厨房里是生长不出来好厨师的，一个好厨师总是要在路上。每每出行，都可以借回来一些灵感，每一道菜都是反复打磨成为现在的样子。如果你现在去金沙，可以从许多菜中看到泰国菜的影子，那种酸爽的独特滋味若隐若现，这是因为他前不久刚去了一次泰国。

有许多菜品为人称道，比如杭州最贵的一个包子，是蟹黄包，在包子里塞进去两只大闸蟹的蟹膏蟹黄和蟹肉，硕大丰满，一口入魂。有客人吃了好，马上准备打包 100 个，王勇出来求情：“做完您这 100 个包子，后厨就没有办法做蟹菜了。”比如杭州最贵的一份炒饭，用的是云南老腊肉，加上顶级干巴菌，炒饭一上，满屋浓香，那种香味令人眩迷，经久不散。

他也把四季金沙做成了杭州最传奇的餐厅，消费虽然很贵，竟然还一位难求，要提前三四天才可能订到房间。

杭州七年，王勇渐渐成了杭州人。作为回沪知青子女的青涩与彷徨早已消退，他和父母也回过赣州去看当年居住过的地方、他的知青父母做了半辈子的文具厂职员的地方。那里早已荒废，只剩断壁残垣。一代人的青春和泪水，不值一提。他有时候也会和当年一起回沪的知青子女聚聚餐，当年分配到公交公司的人，早早下岗，当年的厨房伙伴，不知所终。

只有王勇，从一个莫名其妙进入厨房的小伙子，到如今的饱受赞誉的名厨，一直没有改变过职业与梦想。

这一场梦，27 年。

曾经沧海，难为炸酱

手艺的情感无法在流水化作业的厨房里调配出来。人们感怀一些吃食，一些小时候的味道，回忆妈妈的滋味，也不过是那些食物中间的情感记忆。

“你中午有事吗？来我家试试各种不同的炸酱？”小伟给我打电话的时候，我正在收拾行李，准备去机场。“我今天准备了六款不同的炸酱，从1号到6号，每一种都风情万种，都别出心裁，你真的不想来试试吗？”我盘算了一下路程和距离，说：“等着我，我马上到。”

小伟是一个已经苍掉的前任帅哥，早年混迹于文化圈电影圈广告圈，最后他的梦想是开一个面馆。面馆里自然要有一款炸酱面，炸酱面是最得北京风骨的一碗面，这碗面与胡同相宜，与冰水里的西瓜相宜，与鼓楼的火烧云相宜，与郭德纲的相声相宜，与护城河边的风筝相宜，如果这碗炸酱面不妥帖，很难说这面馆靠谱。

我到了小伟家，他正在厨房里忙活，厨房里传来一种浓郁的酱味，我朝里面探了一下头，被深深地震撼了一下。但见，黄豆酱与甜面酱一色，干黄酱与味噌酱齐飞，间或夹杂着五花肉、大料、葱花，甚至还有韩国的豆酱……小小的厨房被生生整成了炸酱实验室。

小伟跟我说这其中一共有6款不同的酱：“1号酱是海天黄豆酱打底，里面有甜面酱，酱先蒸熟，再下锅炒，放黄酒，放五花肉；2号酱用的是六必居的干黄酱加甜面酱，这是最传统的老北京做法，但是在处理上我有了一些变形，在里面加了一些红葱，提香；这3号酱用的是韩国的豆酱，味道有一点儿不一样了；这4号用的日本的红味噌；5 号酱是北京版本和日韩版本的嫁接体，我用了四种酱混合；第 6 号是创新了，我在里面还加了一些西式调料，比如鼠尾草和迷迭香。”

他一款一款地给我解释，我一款一款地品尝，他还煮了面，拌好。每一款都有一些细微的差别,有的讲究骨骼,有的讲究形体，有的讲究打扮，黑乎乎的酱，犹如选美，环肥燕瘦各有不同。

小伟给我细心讲究每一款酱的制作初衷，不同酱的比例，不同肉的比例，下锅的时机以及讲究，那种种沉迷，犹如一个风月老手跟我讲他一一失落的真爱。

曾经沧海，难为炸酱。我还记得我第一次做炸酱的情景，那是 1992 年的夏天，我读小学，放学回家，家里无人，需要自己给自己弄点儿吃的。看到有面条，有酱，有肉，我就试着做了一把。经常看着奶奶做炸酱，我也学会了三五成。然而第一次，还是做糊了，不懂得小火，不懂得干炸，也不懂得时时刻刻的搅拌，黑乎乎的炸酱，配上一碗夹生的面，我艰难地吃下了自己做的第一份“苦果”。

我读中学的时候住校，每个周日晚上返校，宿舍里的小伙伴们都会从家里带来各种零食，更少不了的是各种炸酱。生活贫瘠，炸酱不是零食，而是下饭菜，买两个馒头，再有一勺酱，就可以是一顿饭。各家的酱都不同，有的是加肉块，有的是加花生米，有的是西瓜酱，还有加黄瓜丁的，鸡蛋酱自然也少不了……林林总总，在那些年，我吃过十里八乡的巧手妈妈们做的种类繁多各有风格的炸酱。那是清贫年代的珍贵礼物，知道在柜子某一个角落还有半罐炸酱，心里觉得不慌。

然而到了北京，去到面馆里吃到炸酱面，反而会觉得不适应。北京有众多的炸酱面馆，多是走的“仿古路线”，堂倌都是小伙子，进门的时候高声招呼：两位里边请！穿着对襟的布衫，只把北京当北平。上面的时候也是迅速而夸张，叮叮当当把各种菜码倒入碗之中，然后配上一小碗浓郁的炸酱，许多人向你介绍这碗炸酱的时候，总少不了几个关键词：小碗干炸、六必居的黄酱、手擀面。众多餐厅里的炸酱面往往失于形式，酱总是油大味重，菜码也是囫囵吞枣，面条筋道往往筋道得过分，即便是坐在雕栏画柱的仿古四合院里吃一碗面，旁边再配上老北京琴书，也不过是被展览的一个景儿，得着了北京的皮毛，没有生动的劲头，粗线条，感觉是硬生生的一扇门，却不知道怎么才能打开。

直到我吃过朋友自己在家做的炸酱面，才改变了这个印象。老友阿坚，是个诗人，善于做一些稀奇古怪的吃食，做炸酱面有一套，他做的是香菇肉酱。炸酱面一道，“兵熊熊一个，酱熊熊一窝”，那日正是夏末，我们在小院子里喝啤酒，吃西瓜，光着膀子等阿坚的炸酱面。做炸酱面少不了黄酱，黄酱会有一些讲究，六必居与天福号总会有咸淡差别，也少不了五花肉，有人会在里面加酱油，有人则不。做炸酱类似做红烧肉，人人都有自己的一套，阿坚选择在里面加香菇，并且用到了泡发香菇的水；肉丁用五花肉，肥瘦分开，加入葱花，细火翻滚；面是从菜市场买回来的手擀面，其实按照最规范的做法应该是抻面，这项老北京家庭主妇人人掌握的和面技术已经趋于失传。面煮好过两遍冷水，浇上酱，拌上蒜，搁上码儿，我们自备了花生米和拍黄瓜，以及冰啤酒，坐在板凳上吃面，风来回在我们之间穿梭，记不得那晚聊的什么，反正面是真好吃。

在我看来，食物分为两种，一种是社交型食物，一种是家庭型食物，炸酱面、饺子、春饼都属于后者。两者再融合，也有泾渭分明之感，后者总是充满家庭的温馨，其中手艺的情感无法在流水化作业的厨房里调配出来。人们感怀一些吃食，一些小时候的味道，回忆妈妈的滋味，也不过是那些食物中间的情感记忆。

后来我又在许多人家里吃过妈妈爸爸们做的炸酱面，普遍来说，爸爸们做炸酱往往更好吃，这似乎暗含了男人的审美：酱、油、肉、香，其实也暗含了北京的气质：大气，有点儿不吝，初看粗糙大而无当，细看温情款款，给你许多个如同绒毛的细节。

吃多了也会自己做，甚至试过最复杂的做法，自己在家和面，刀切，做小刀面。炸酱面初看粗糙，里面却有门道，学无止境，每一次小小的变化，都会有不一样的味道。而这种细微的口感变化无法在外面的餐馆里体验得到，炸酱面这种吃食的存在感就是在其中慢慢析出，带着香味，弥漫在这个夏天的傍晚。

我虽然每次做的方法都不太一样，但是基本套路是相仿的。我做的并非是最传统的老北京风格的炸酱，而是依照各路朋友的建议和我个人的口感总结而成的。

一、准备物料

海天黄豆酱 500 克、六必居干黄酱 500 克、六必居甜面酱 400 克、黄酒（绍兴塔牌花雕）1 瓶。

大葱（只取葱白）300 克、红葱头 400 克、干香菇 6~7 朵、去皮五花肉 3 千克。

二、制作过程

1. 六必居的干黄酱用温水泻开，与黄豆酱和甜面酱搅拌均匀，上锅蒸熟。

2. 在蒸熟酱的期间，要炼葱油。葱白和红葱头混合在一起，在锅里炼制一小碗葱油。炸好的葱油备用。

3. 去皮五花肉下锅炒。关于放多少肉，不同的人有自己的看法，我曾经问过大董的厨师，他们的炸酱我很是喜欢，他们肉和酱的比例是 3 ∶ 1，三斤肉一斤酱，我折中了一下，比例是 2 ∶ 1，两斤肉配一斤酱。

4. 肉煸炒，出油，出油之后，将猪油沥出。再将蒸好的炸酱和水发香菇倒入其中。

5. 小火，不停翻炒，大致需要 20 ~ 30 分钟，颜色和火候都差不多了，倒入之前的葱油。礼成。

我把我自己的做法，称为“小宽炸酱”。那天，为了给小伟的炸酱多加一个 7 号，我把这整套程序做了一遍，小伟吃得颇为感动，他决定把那家面馆里的炸酱面，起名为“小宽炸酱面”，同时决定用最快的速度送我去机场。那一天,从小伟家到机场,用时 17 分钟。

从此醉，向来痴

在金庸的武侠江湖中，总是有人天赋异禀，得到失传的武林秘籍，成就一番伟业，然而在现实厨师江湖中，没有武林秘籍，只有反复尝试，像打磨一件玉器一样，反复调整菜品的味道，最终得出一枚晶莹剔透的钻石。

“便在此时，只听得一个女子的声音轻轻一声叹息。霎时之间，段誉不由得全身一震，一颗心怦怦跳动，心想：这一声叹息如此好听，世上怎能有这样的声音。”这是金庸小说《天龙八部》中，段誉与王语嫣的初相逢，只见一个背影，闻到一声叹息，就心有所属，那一章的题目叫“从此醉”。

在《天龙八部》中，段誉以“痴”立身，他有一番自述：

“爹爹妈妈常叫我‘痴儿’，说我从小对喜爱的事物痴痴迷迷，说我七岁那年，对着一株‘十八学士’茶花从朝瞧到晚，半夜里也偷偷起床对着它发呆，吃饭时想着它，直瞧到花谢了，接连哭了几天，后来我学下棋，又是废寝忘食，日日夜夜，心中想着的便是一副棋枰，别的什么也不理。”

我要说的此段誉，非彼段誉，这个段誉是一个厨师，他本名非段誉，而是段金玉，只是人们叫着习惯了，都叫他段誉，他也顺水推舟，也成了一代才俊厨师段誉。《天龙八部》中的段誉是情痴，此间的段誉是蟹痴，同是一个痴字，却生出各自精彩的事端。

厨师段誉是河南人，少年清贫，怎么看都不是做厨师的样子，如果不出意外，段金玉的一生可能是这样的：初中毕业，成绩一般，勉强上了县城里的高中，暗恋班上的一个姑娘，高考落榜，或者考上一个专科，家里人找了各种关系，到了县城里的某个事业单位上班，攒钱，买房，娶了媳妇，不是那个姑娘，生了孩子，偶尔去一次郑州，老婆孩子说："'十一'了，咱们去趟北京中不中？"段金玉想着故宫天安门烤鸭涮羊肉，说："中！"

偏偏是亲戚在村口开了一家小饭馆，段誉去帮忙，忽然发觉自己最喜欢的事情是做饭，仔细研究菜谱，就像《天龙八部》里的段誉，"废寝忘食，日日夜夜，心中想着的便是一副棋枰，别的什么也不理"。

后来段誉来到北京，拜在鲁菜大师屈浩门下，从普通厨师做到厨师长，从社会餐饮酒楼一直做到五星级酒店，对于一个从河南乡下出来的厨师来说，这基本上算是鲤鱼跳龙门。种种机缘巧合，一步一步的艰辛历程，不亚于《天龙八部》中的段誉学习凌波微步、六脉神剑。

厨师也是江湖，江湖之中有门有派，有等级，有规矩，要一点点儿打怪兽长段位增加经验值买装备，除了机缘，更要靠悟性，以及用心钻研，对厨艺的痴迷。我第一次见到段誉的时候，他刚刚到北京南城的一家五星级酒店做中餐厨师长，在那一天，我吃到了段誉做的熟醉蟹。

醉蟹，是中国南方常见的一种做法，江南一带的醉蟹酒香中带着甜美；宁波则是盐炝蟹：用盐把新鲜的东海梭子蟹腌上一天，就可以得到一种细腻肥美的香味；而在潮汕，我吃过更为绝妙的生腌大闸蟹，当地美食家称之为"毒药"，最妙是稍微冰一下再吃，口感犹如世间最绝妙的冰激凌。种种吃法，都离不开一个"生"字，吃的是那种新鲜的口感，无论是腌还是醉，令人陶醉的都是那一生的温柔。

北方人骨子里对生吃的东西心怀畏惧，因为北方自古苦寒之地，鲜活水产不多，经过长途运输而来的鲜活水产丧失了灵气与新鲜，生吃往往会腹泻，只有烹饪加工之后，吃起来才放心。所以北方人的口感可以重浓厚，但是忌生冷。

熟醉蟹其实在南方也有不少，我去过扬州迎宾馆，迎宾馆的一道名菜就是熟醉蟹，畅销十几年，而段誉的熟醉蟹也是从上海的一家餐厅吃到的。念念不忘，必有回响。

当时段誉正在新筹备的五星级酒店，新菜单上需要一道招牌菜。做过餐厅的人都知道，一道招牌菜得来不易，需要市场认可，又有独特的辨识度，还要成本与价格合适，可谓“千军易得，一菜难求”。段誉试图把这道菜转移到北方，其中最关键的步骤在于先蒸后醉，少不了用黄酒，他当时试遍了浙江绍兴大大小小的黄酒品牌，做出来口感普遍偏酸，最终他寻找到一款产于安徽的古南丰黄酒，这种黄酒口感甜，终于觉得口感对了，然而又觉得酒香味不足，于是还加入了一些茅台提浑厚的酒香。在蒸的时候也需要慢慢摸索经验，最终确定了旺火急蒸再迅速冷却的方法，保持蟹膏蟹黄的口感；然而腌制多久，也是一个反复尝试的过程，最终确定的时间是 48 个小时，腌制入味的效果最佳。

如同做实验，反复摸索，最终确定配方，用了数百斤黄酒，几千只大闸蟹，得来一只独特味型的熟醉蟹。在金庸的武侠江湖中，总是有人天赋异禀，得到失传的武林秘籍，成就一番伟业，然而在现实厨师江湖中，没有武林秘籍，只有反复尝试，像打磨一件玉器一样，反复调整菜品的味道，最终得出一枚晶莹剔透的钻石。

那天我在段誉主理的餐厅，吃各种美味，宴席到高潮时，段誉端上硕大一盘熟醉蟹，满座皆惊，空气中的味道有些凝固，那是一种大闸蟹独有的蟹香，掺杂着浓郁的酒香，温润甘美，那一刻，时间似乎静止。的确，大闸蟹总是一种容易叫饭桌冷场的食物，人们都专注细细啃噬一只芳香的螃蟹，之前的段子与笑话都甩在身后。我还记得当时吃蟹的氛围与味道，至今回忆那个画面，依然觉得很美好，那是一种不能言表的吃货的幸福。

有人一战成名，有人一蟹千里，段誉这道熟醉蟹短短时间内传遍江湖，吃男吃女，互相见面的话题是:今天，你叫段誉蟹了吗?说完，满脸娇羞，目光迷离。从此，段誉的北派醉蟹的名头响亮，他早也不蟹，晚也不蟹，偏偏在这个时候，蟹了。

有段誉的地方就有熟醉蟹，我们都亲切称呼他“醉蟹哥”，一人乐不如众乐乐，一道好菜与一件好商品其实还相距很远，幸亏这个互联网时代，这个电商时代，好东西虽然可能被埋没，但是不会永远被埋没。段誉找朋友开发加工这熟醉蟹，可以网上下单，快递到家，这个过程顺理成章。

这是一个处处都想 O2O 的时代，我认识的一大票朋友都开始做小龙虾创业了，可能他连个土豆丝都炒不好。段誉等一票年轻有为的厨师也开始创业了，他们把自己的手艺不局限在局促厨房，而直接面对更广泛的消费者，对接更广阔的平台。比如我们都亲切地称之为素素的赵斌，一个北京最牛的素菜大师，开始自己做酱肘子，也是风生水起。我给素素的肘子做过评语：大荤之人持大素之念，大素之手调大荤之味。我心目中的中国厨神大董，人人都知道他家的烤鸭与海参一流，但是我亦深爱他做的炸酱，在大董的微店里可以买到大董出品的炸酱，这是我家冰箱常备神物，懒了煮点儿面条，本来是灰头土脸的东西，加入一点儿炸酱，顿时风姿绰约，登堂入室。

当一个厨师不仅仅是厨师，而是味觉发起人，是美味开发商，我们这个时代，会变得美好多一些。当许多厨师从厨房跳出来，加入这个行列，那种精彩是我所期待的，而且我相信，这个时间不会太长。

饭桌即江湖

茶泡饭

吃平常的茶泡饭，坐二等的硬座火车出行，住三流的快捷酒店，穿四线品牌的衣裳，往来于五线城市的老家之间，这是在这个六流时代的寻常生活。

一

“你吃过的最奇怪的东西是什么？”经常有人这样问我，我总是不知道怎么回答。在许多人看来，一个美食记者理应吃过更多别人没有吃过的东西，事实上，一个做了10年的美食记者不一定比一个处级干部吃过的东西更奇怪。直到有一天，万夏给出了一个答案。有人问万夏：你吃过最奇怪的东西是什么？万夏回答说：香椿拌折耳根。

这个回答犹如禅宗公案，万夏如此解释：香椿很常见，折耳根也很常见，但是很少有人会想到把这两种东西放在一起拌，这也是家里的保姆择菜放混了，他说，别动，就这么吃。风马牛不相及的两种食材放到了一起，于是有了一个奇怪的味道。

可是哪两种食材就有天然的联系呢？西红柿偶然遇见了鸡蛋，芫荽也是偶然遇见了肚丝，土豆也是偶然遇见了牛肉，丁宝桢偶然发现了宫保鸡丁，而王致和也是偶然发现了臭豆腐。

我也是偶然地认识了万夏。

所有的偶然都是必然，我在读初中的时候，疯狂地喜欢上了诗歌，当老师在讲台上讲三角函数的时候，我在默默地写诗；当别人踊跃地购买辅导题的时候，我在默默地买诗歌刊物。后来我知道了第三代诗人，自然知道了各路豪杰：李亚伟、万夏、杨黎、何小竹……

万夏是最像诗人的诗人，我早已经忘了第一次见到万夏是什么时候，估计是10年前吧，我刚刚来到北京不久，热衷于盛大的文艺联欢晚饭，各路牛鬼蛇神吃饭喝酒掏心窝子，第二天又忘得一干二净。或者是在某一个大酒局之上，应该是有谁向我介绍："这是万夏。"我应该是抱着"久仰久仰"的心，干了一杯酒。

10年之后，万夏已经过了50岁生日，我也娶了媳妇当了爹，听到大饭局头就疼。10年飞逝如闪电，那时的梦想都灰飞烟灭，"吃遍地球"的妄想也悄然变成了跟三五好友随便吃点儿什么。万夏家里房子大，经常侍弄家宴，每次都是四五人，喝酒聊天，相对无言了，再在地下室里听听古典音乐。万夏热衷于抄写《金刚经》，如今已经快抄了30遍了。

万夏是叫人摸不着头脑的巨蟹座，这时还坐在你身边跟你聊苏格兰泥煤味的单一麦芽威士忌，转瞬就不知道去哪了。细细找，原来跑到厨房，去看看掰好的圆白菜还有没有水迹，看冰桶里的白葡萄酒冰没有冰好，或者花园里有蚊子，他正在四处翻找驱蚊器。

万夏比我大将近20岁，但是我们都已经过了寻找"奇怪"的年纪。吃点儿奇怪的，远远不如吃点儿平常的，"百菜还是白菜好，诸肉还是猪肉香"，吃遍世间千般美，人生至味是平常。把平常的食材弄得不平常，这才是正途。

万夏是成都人，许多人都贪恋成都的安逸，有人问万夏为什么离开成都到了北京。万夏的回复也是令人莞尔：不会打麻将。他说在成都你要是不会打麻将，就没有朋友没有交流，很孤独，因为所有人都在打麻将。然而成都的底子是改不了的，比如他喜欢吃茶泡饭。四川有句俗语："好吃不过茶泡饭，好看不过素打扮。"茶泡饭简单，用剩下的米饭，加入热茶，稍微泡一下，这是一种清贫的美味，米香混合着茶香，简单悠远，不上台面，却是大酒之后的消夜、沉醉之后的早餐之最佳搭档。有一天，我晚上醉了酒，凌晨口渴，迷糊糊地醒来，喝水，又觉得有点儿饿了，刚好厨房有米饭，拿热茶泡了，囫囵吃下，回床沉沉睡去，梦里似乎有清甜。

二

茶泡饭，颇有"此间乐，不足为外人道也"的玄机。有一年我去日本，坐在福冈的居酒屋里，随便吃，点了一个"お茶漬け"，其实就是茶泡饭。制作得稍微讲究一些，小小的一碗，里面加了昆布、琐碎的芝麻，还有一点儿海苔，茶是绿茶，切碎了，有些清苦滋味，有回甘。

那时候我已经看过小津安二郎导演的电影《茶泡饭之味》，黑白映像，公映于1952年，节奏缓慢，画面温情。人到中年，家庭生活，细水长流，茶泡饭只是一种道具，其中有老派的温情。

茶泡饭在日本的起源与涮羊肉在中国的起源相似，都是行军打仗时候的"路餐"。日本武士在行军路上，用热茶泡饭，加上作料，就是一顿潦草的充饥饭；而中国的士兵在行军途中，把头盔摘下，里面放了水，切好羊肉涮食，蘸着作料，也是饱餐一顿。所以茶泡饭在日本有个别号：武士之食。

无论在哪里，茶泡饭都是起于清贫。完全不用高妙料理，也无须太多食材，简单一泡便可。在我心中，日本最好的俳句诗人不是松尾芭蕉，而是小林一茶。这个江户时代的俳句诗人一生悲惨，句子中有大悲悯。他写过茶泡饭："谁家莲花吹散，黄昏茶泡饭。"莲花吹落，搭配上黄昏，茶泡饭似乎也有了一种细腻的凄美。

茶泡饭的前身似乎是水泡饭，冬天便是开水泡饭，夏天便是冷水泡饭，这种吃法在中国古而有之，到如今还有。我问过淮扬菜大师周晓燕先生，他说在淮扬一带，至今还有水泡饭的习俗，当成家中最日常的早点。而当地也把这个叫茶泡饭。

在《影梅庵忆语》中，董小宛也惯常用温茶淘饭，取其清香。"冒妾董小宛精于烹饪，性淡泊，对于甘肥之物质无一所好，每次吃饭，均以一小壶茶，温淘饭，此为古南京人之食俗，六朝时已有。"有一些乡间，过年不能吃茶泡饭，因为意味着"泡汤"，没有好含义。随着时间变更，茶泡饭在中国少了一些清雅的意思，多了一些残羹急就的含义。上海菜泡饭往往是寻常人家的早餐，多少有了零碎与苟且之感。无非是将隔夜的饭，与一些剩菜，用开水烫一下，或者一起在锅里煮一下，就是早上的一顿早餐。

泡饭不是粥，没有那么黏稠，也不是饭，没有那么爽利。介乎二者之间，有了一种清澈，最适合大醉初醒或者深夜独食。

有一段时间，一部日本电视剧在吃货之间流传，这就是《深夜食堂》，其中有一集说的也是茶泡饭。那一集出现的人物是三姐妹，大龄未婚剩女，三个人都还相信爱情，就如同三个人都喜欢茶泡饭。一个喜欢梅子，一个喜欢鲑鱼，另一个爱加鳕子。都是寻常物，其中却有另一种味道。

吃平常的茶泡饭，坐二等的硬座火车出行，住三流的快捷酒店，穿四线品牌的衣裳，往来于五线城市的老家之间，这是在这个六流时代的寻常生活。

三

其实我从来没有见过万夏吃茶泡饭，这不适合朋友的喧哗，适合穿着内衣在家里食用。我是北方人，没有吃茶泡饭的传统，倒是在小时候吃过不少折箩菜。

折箩菜是一个过去式的词汇，许多人已经不知道这个词的原始含义了。《北京土语词典》中对“折箩”的解释是：“酒席吃罢，剩下的菜肴，不问种类，全倒在一块儿，称为折箩菜。”从前红白喜事是大事，能吃到平时吃不到的鸡鸭鱼肉，剩饭剩菜舍不得扔掉，第二天混杂在一起，残羹剩饭别有一番滋味。折箩菜似乎只是清贫年代的吃食，其实最有名的折箩菜是传统相声里的“珍珠翡翠白玉汤”，这是皇上的救命菜，无非是一锅剩饭做的杂烩。

在我小时候，还吃过折箩菜。红白喜事的第二天，各种剩菜热一下上桌，绿色的是蒜苗、红色的是灌肠、白色的是豆腐、黄色的是鸡蛋，间或夹杂着肉丝。折箩菜别有风味，种种味道混杂，有一种酸酸的口感。我喜欢吃剩菜里的蒜苗，入味，有点儿软塌塌，筋道。也喜欢用剩下的鱼汤蘸油条。那时天光敞亮，爸爸妈妈都还年轻，坐在窗户边吃剩菜，窗户开着，猫蹲在脚底，不时丢给它一点儿，老猫叼起肉片迅速跑远，跑到院子里，蹲在柿子树下细细吃，外面有风，吹动柿子树，日光透过叶片斑驳泄露下来，那时或者是初秋，手指肚大小的青柿子已经挂在树梢，我吃着折箩菜，想象着再过一个多月，火红的柿子将挂满枝头。

据说在 20 世纪三四十年代的北京，有的店铺专门卖折箩，往往是二荤铺，都是从大饭庄里买来剩菜，挑着捡着，做成折箩，供穷苦人开开荤。如今这已经很难想象，倒是不少餐馆里剩下的潲水被人收走，提炼了回收油，重新回到我们的餐桌。而乡间办红白喜事的，也没有人再把折箩菜送给邻居，剩饭剩饭都拿来喂狗了。到如今，人们越来越重视健康，夏季的剩菜在高温环境下容易产生亚硝酸盐，亚硝酸盐与蛋白质结合，能产生致癌的亚硝胺。

餐桌上的折箩菜渐渐消失不见，然而我们面对的世界无非是个更大份的折箩。世界的酒局沉闷而夸张，我们似乎在其中觥筹交错，人生恍惚，一切都是剩余的，二手的，过时的，剩余的生活不过一盘折箩，我们拼命吃下各种不洁物，做出种种胜利的姿态。

哪有什么胜利可言。“谁家莲花吹散，黄昏茶泡饭”而已。

四

我们总是想找点儿特别的。北京的天气干燥，根本没有办法做四川的腊肉，但是万夏有办法，每天仔细地给腊肉喷水，天天不间断，于是在北京也能吃到地道的腊肉；四川的泡菜在北京做也难以成功，万夏也有办法，从四川带回来引子，一点点儿呵护。他善于做各种锅，牛肉锅、羊肉锅、海鲜锅，院子里随处种了藿香，也有迷迭香、百里香，随便抓一把洒在里面，也是别出心裁。

一个诗人如果掌握了烹饪的秘密，那他不会成为一个烂厨子。诗歌是语言精细的搭配，需要精确到标点的运用，在哪一个词后面分行，如何提一口气，该从哪一个字开始，在哪里停下来，如何叫每一个字都在它应该在的位置，如何拿掉不该出现的词。而烹饪是食材与火候的搭配，不同的食材，不同的调料，多一些还是少一些，火候大一点儿还是小一点儿，什么时候放盐，什么时候收汁，如何叫菜品不俗，怎么把两种不相干的食材调配到菜里。一通百通，写诗并不比做菜更神奇。

茶泡饭不是长诗，而是三言两语的俳句。我总想跟万夏一起吃一顿茶泡饭，现在这个心愿还没有达成。

有一年，我去了福建永定，那是一个客家的县城，县城不大，最著名的建筑是土楼。我在土楼里与一位老头吃饭，老头年过八旬，瘦骨嶙峋，目光如炬，他曾经参加革命，扛过枪打过仗，老了落叶归根，老境不能说惨淡，却说得上凄凉。儿孙纷纷搬到城里，老伴亡故多年，他一个人孤零零守着祖辈留下来的土楼。老爷子做了一点儿腊鸡，炒了个青菜，我陪他喝两口小酒，老爷子谈兴颇浓，从祖上做生意造土楼开始讲起，讲到他第一次打仗，头一次负伤，如何被俘，又如何死里逃生，如何艰苦度日。不知不觉，到了深夜，他转身出去，借着昏暗的灯光，端来一份茶泡饭，又悄然离去，随着木板的嘎吱声，端来一份腌萝卜。

万夏也曾经跟我讲过一个故事，在 20 世纪 80 年代，万夏乘船渡江，与船老大在船上吃鱼，是江里刚刚捕上来的江鱼，船老大先是把盐粒热锅炒熟，炒出香气，加水炖鱼，什么调料都没有，那一餐却是吃得绝妙。我能想象那一晚的长江，船头的灯亮着，江枫渔火对愁眠，江湖夜雨十年灯，这鱼忽然有寂寥之味。

如果以后再有人问我吃过的最奇怪的东西，我也有了自己的答案：我 10 岁时候的厨房尝试。那是一个孤独的黄昏，我一个人在老房子里，家里没有人，我需要自己解决晚饭。我能找到的是凉馒头、一根大葱、几头蒜。热锅倒油，葱花炝锅，在里面加入酱油，然后把蒜片放进去，小火，然后盛出黑乎乎的一小碗。拿这些贫穷的酱油蘸着馒头，我吃得孤独而满足。那是我 10 岁的黄昏，1990 年的黄昏，万夏那时应该被关在重庆的看守所里，听着长江里的汽笛，吃着馒头和白菜汤。

如果说奇怪，真正奇怪的是这个世界，我们游走其间，正常无比，正常得都叫我觉得有点儿难为情。

青春饭

青春和朋友都是最好的下酒菜。

一

1996年春节，我读初三，是一名寄宿生。寒假并没有结束，我们都纷纷回到学校，你知道的，补课。还有半年就中考了，需要抓紧一切时间，上课上课。

回学校的那天是正月初六，刚刚下完了一场雪。90年代的雪似乎比现在要盛大，县城空荡荡，夜里有零星的鞭炮响，学校门口堆积了一堆鞭炮屑。门口是一排小门脸，从左到右排列着礼品店（一对夫妇带着一个女儿，那时流行千纸鹤和纸做的星星）、文具店（里面有各种笔记本和圆珠笔）、各种小吃（主要是烧饼夹肉，又衍生出烧饼夹藕，兼卖包子）、小卖铺（老板娘总化着浓妆，丰满风骚）、服装店（那时候县城青年们流行穿李宁运动鞋）、照相馆（我们每个人毕业的时候都在那里拍了一套俯首弄姿的艺术照）……空荡荡的校园，只有几个毕业班的学生上课。晚自习没有老师盯着，靠自觉。我们当然不是自觉的学生，踩着雪，跑出去喝酒。一群十五六岁的半大孩子，大家凑了点儿钱，学校附近的小饭馆都没有开张，每一家餐馆都关着门——县城的餐馆往往要等到正月十五才营业。

我们蹒跚着去远一点儿的一家东北菜馆，老板没有回老家过年。具体是什么名字我早忘了，位置还记得，在益津市场里，一个不大的二层楼，一层是散台，二层是包房。小馆子是夫妻店，老板娘在前面忙活，老板在后厨做饭。

我们点了糖醋里脊、大拌菜，炖了一只鸡，东北的乱炖，咕嘟咕嘟的一大锅，当然还有啤酒。喝酒，还是青春的忌讳，平时没有机会喝，偶尔哪个同学过生日，悄悄喝一点儿。但是酒和姑娘一样令人上瘾。很快，我们每个人就干掉了面前的一瓶啤酒。

再每人来一瓶。从第二瓶开始，话有点儿密，我几乎忘了那天的话题，但是想来也无非是评论老师，聊聊班里的女生，谁和谁好了，过年在家里遇到的种种事情。十五六岁，我们已经不拿自己当小孩子了，幼稚，是一个贬义词，我们纷纷厌弃。所有人都开始迅速长高，身材高挑，身子板却轻薄，嘴唇边有了浓重的绒毛，开始变声，喉结开始凸起，夜里有人遗精，第二天偷偷洗内裤。几本黄色小说偷偷在宿舍里流传，那几年流行武侠小说，所有黄色小说都打着“卧龙生”的招牌，每每看到“卧龙生”这三个字，几乎就能下体膨胀。

后来又上了第三瓶啤酒，这时有的小伙子已经不胜酒力，有点儿高了。菜已经不够了，又上了一份糖醋里脊，一份可能不够，于是点了两份糖醋里脊。糖醋里脊做起来简单，无非是里脊肉切成条，裹上干淀粉，下油锅炸熟，外焦里嫩，然后再用番茄酱炒。这是 1996 年的美味，你看，我们连着点了三份。

渐渐地有人醉了，因为每个人又喝了一瓶啤酒。酒量也有情窦初开的时候，第一次醉酒来得太猛，以至于大家猝不及防。许多人都是在那一天第一次醉酒。当然也包括我。

忘了怎么回宿舍了，应该已经很晚了，我们一群青少年醉汉，互相搀扶着，在雪地里走，有时候会摔倒。一个人丢了鞋子。并排着在雪堆里撒尿。

喝酒是会上瘾的，接下来的几天里，我们每天都盼望着天黑，能够集体出去喝酒，去那家东北小馆，点乱炖、锅包肉和糖醋里脊，喝冰凉的啤酒。喝得有点儿微醺，控制一下，终于控制不住，继续喝，喝高了，断片了，跑到门口对着一堆脏雪呕吐。

大家日日下馆子喝酒的结果是：我们花光了生活费，连同假期里的补课费。

二

初中毕业那一天，我们都喝多了。去的是中心市场边上的一家小酒馆。男生女生去了一堆。小酒馆的杯子不够用了，喝酒用碗，凳子也不够用了，老板从旁边家借来不少椅子。我估计喝到最后，酒也不够了，需要现从小卖部里买酒。

在之前，我们偷摸喝酒的都是男生，并且以住校的男生为主。学校门口有一家小馆，平时做烧饼、焖饼、烩饼、鸡蛋汤之类的小玩意儿，老板姓汪，个子不高，我们管他叫老汪。老汪的店有一个后门，可以直接通往学校内部，我们下了晚自习，学校的大门关了，就集体溜到老汪的后门，敲敲门，老汪就知道我们来了。他打开门：“今天给你们准备了鱼头。”

他总能捣鼓一些有意思的吃食，有时候是砂锅炖鱼头，有时候是陈皮牛肉，做得没有多精彩，只是个心意。我们坐在小屋里陪他喝酒，有时候还会抽根烟。

在中心市场的小酒馆，我们都喝多了。平时在班里总考第一的女生也大口喝酒，这令我感到吃惊。在我心目中，她连课间休息的时候都在认真读书，每次考试都是第一，这次中考也是第一，不食人间烟火的样子。她喝酒的时候用碗，一大口就干掉，然后哭着说：“你们瞧不起我，觉得我成绩好就不愿意理我。”然后跟我们每一个人拥抱，似乎压抑了三年，在这天的酒里全部倾诉。

我们还从门口买了许多烤羊肉串，三毛钱一串，手里捧着大把的羊肉串，像是举着大把的花。那家小店做什么我早就忘了，只记得一道肉丝拉皮和一碗嚼不动的朝鲜冷面。后来大家都在拿着大碗喝酒，有的姑娘喝多了，我们偷偷在碗里倒上凉水，她们也一饮而尽。

门口聚集了许多看热闹的人，夏天的晚上，许多人在那条街上纳凉，我们大叫声与大哭声传出去很远。到后来，有人找来了学校的老师，一场盛大的散伙饭终于散伙。

班上许多成绩好的学生上了中专。在20世纪90年代的县城，中专才是明晃晃的招牌，统招分数线要超过重点高中几十分。他们有的去了师范学校，有的去了石油技校，有的去了粮食学校……

中专的诱惑在于两三年之后可以安排工作就业，并且是分配。

那天晚上一起喝酒的许多人以后再也没有见过。都是听说，谁去了天津上班，谁到了乡下当小学老师，有一个人在石油技校学习焊接专业，后来经常满世界跑，有时候是中东，有时候是北非，都是在荒无人烟的戈壁上。班里成绩优异的那个女生也上了中专，几年之后，我在县城的一家超市见到她，她做了收银员。

到如今，我最好的几个朋友也都在那天晚上的饭桌上喝醉。苗卫中考上了律师，却没有当律师，自己做了点儿小买卖；赵建凯学了计算机，现在成了一个财经记者；张涛在劳动局上班，老婆是个老师；高丽后来去了马来西亚，又去了英国留学，她的身影遍布世界各地，经常在校友录上见到她在美国、挪威、瑞典、印度的照片，现在回到了天津的一家外企。而我，那时候偷偷写诗，梦想着成为一个诗人，最后成了一个靠写吃喝玩乐为生的闲散记者。

三

空荡荡的青春似乎值得一书再书，然而真的回想起来，确是白茫茫一片。故事都是相似的：暗恋、青春的打斗、喝酒、上课、考试、逃学、无聊的时光。

后来，我在北京认识了而戈，贵州人。他说在他上高中的时候，学校旁边是一个酿酒厂，厂长的儿子是他同学，他们每日闻着酒糟的味道上课，放学之后就跑过去喝劣质的白酒。

青春在酒精里浸泡过，才有一点儿灵魂的光。我已经上了高中，初中与高中有一路之隔。宿舍是平房，有一个院子，夏天的晚上，一群小伙子浑身精光地站在杏树下面洗澡，如果你从宿舍门口经过，会恍惚来到了男生浴室。

院子里有一个小卖部，老板叫大力，他老婆胸部丰满得有点儿过分，夏天穿着 T 恤，一对硕乳呼之欲出。我们放学之后，去大力的小店里买酒、买烟、买几根火腿肠下酒，顺便观摩一下大力媳妇的胸器。如果有人过生日，就是吃喝的好借口，我们去大力那里搬来成箱的啤酒，预备好各种零食，除了啤酒总是会有一点儿小二，在上最后一节晚自习的时候，开始魂不守舍，互相勾兑眼神，一晚上的喧哗必不可少。

冬天的时候屋子里冷，我们总是要准备一些木柴，找一个铁脸盆，在里面点上篝火，狭仄的宿舍里顿时光明，酒菜都备好了，只等开席。青春的酒局没有程序，直接灌倒，刀枪棍棒，一起动作。在不停地干杯中，脸盆里的火苗慢慢黯淡，我们又出去找了一些木柴，续上。

我能回忆起当时的醉态，早已经忘记了那时的下酒菜。应该有哪个同学的妈妈做的素什锦和肉酱，应该有几包榨菜，一捧花生米，也可能有在食堂做的几个小炒，或者在学校南门买的烧饼和包子，都是破落物，谈不上滋味，重要的是下酒，青春和朋友都是最好的下酒菜。第二天我们挣扎着起来，去跑步，去上六点半的早自习。

在我毕业后的第一年，新的高中盖好了，所有人都搬到新学校。有漂亮的教学楼，塑胶跑道的运动场，豪华的图书馆，以及几座宿舍楼。换了校长，扩大招生，以前的荒诞与肆意都成了传说。学生们穿上规矩的校服，上白下蓝，肥大的裤腿遮住张狂，男生不许长发，女生禁止染头，学校里的小卖部禁售烟酒，准时熄灯，按点休息，每天晚上有人查宿舍……跟我们上学的那时候完全不一样了。

我们的高中时代，更像是一群放养的公鸡，任意打鸣嘶叫。学校里有一个保卫，戴着瓶子底一般高度眼镜，他很少管学生，跟混得好的学生称兄道弟，有时候我们会给他送点儿酒。

到了现在，这群高中同学都已经成家立业，还是会定期聚会，大伙轮流请客，每次喝酒，都会找一个硕大的包房，20 个小伙子团团围坐，经常会喝醉。每次喝醉都是一次往返跑，一次次跑回 1998 年的那个夏天。

四

我还记得乡下盛夏的样子。高考结束之后，我们有一段醉生梦死的生涯，蹒跚的脚步迈过县城大大小小的餐馆，每一个乡镇同学家的院子。

那时的高考更加随意，没有家长来陪考，每一场考试结束之后，门口也没有那么多翘首以盼的身影。上午考完试，我就会和曹岩去不远的一家胜芳肉饼铺吃肉饼，顺便喝一瓶啤酒。肉饼铺不大，从里到外弥漫着肉香，如今想来，那里的肉饼味道算不上优异，只是便宜顺嘴。掌柜的是两口子，老板娘眉清目秀，长得沉着，平时不太笑，如果在大街上见到，你会觉得她应该是个公务员或者中学教师，并不像整日与肉饼为伴的厨娘。这里狭仄，盛夏的时候，屋子里开一个旧电扇，吹来阵阵热风，曹岩是个胖子，还没有坐下，就已经汗流浃背，我们说："老板，来两瓶啤酒。"

高考之后的夏天，些许的放纵犹如在菜里多加了辣椒，嘴边嘶嘶冒火，需要迅速以啤酒压惊。那个时候还有毕业留言簿，人们在花花绿绿的本子上写下祝福的话语，许多人给我写：希望你成为一个真正的诗人。没有预料到的是，我成了一个吃货。留言簿上往往留下家里的电话，我们顺着这些七位数的电话号码互相联络，凑齐了一群人马，就租几辆出租车，去某个同学家猛吃一顿。

有的在家吃，父母们就会给我们做一桌饭菜，准备好啤酒饮料，在吃饭的时候悄悄离开，怕我们拘束。有的在餐馆吃，到镇子上的餐厅订好位子，有时候同学的父亲也会跑过来敬酒。高中毕业似乎是个仪式，在这一天之后，我们可以成年，可以明目张胆地喝酒，有的在学校里偷偷摸摸的校园情侣这时也大大方方地携手出现在家长面前。不少校园情侣走到现在，结婚生子，更多的是散落天涯，不知去处。

我还陪着不少人喝过分手酒，有男生也有女生，都是迅速把自己喝高，但求一醉。在学校附近的小胡同里，有一家小馆子，夫妻俩，还有妻子的妹妹，三个人打理餐馆。我们管老板娘叫二姐，管她妹妹叫三姐，熟络了，每次去都会送几个下酒的凉菜，没有钱也可以赊账。在我的 18 岁，在这个小屋子里喝过不少酒，说过不少酒话，吃过不少炖吊子。这里放置了我们几个人的青春。

餐馆早就不在了，在我们毕业之前，三姐也已经结婚，怀了孕，大腹便便地为我们端上拍黄瓜以及绿瓶红星二锅头。

我们的另外一家食堂是东海小锅馆，沿着人民商场向东，一个二层的白色小楼，老板的儿子叫刘东，是我的同学，一群人经常步行前往，吃小锅，喝小酒。小锅算是当地特色的一种，小铁锅里面炖着鲶鱼、排骨之类的硬菜，周围贴着饼子和卷子。我们每次在东海小锅馆都会点几个小锅，加上豆豉鲮鱼油麦菜和窝头腊肉。刘东黑瘦，眼神晶亮，聪明绝顶，直到现在我们都是兄弟，当年他的外号是：东海小龙王。

偶尔去旁边古街上吃羊蝎子，这是一家父子店，老爷子消瘦，儿子却肥硕彪悍，小店不大，羊蝎子味道浓厚。这里还有刀削面，小伙子手持面块，小刀嗖嗖，面片入锅，转瞬既熟，浇上各种浓厚的卤子，味道奇绝。这家小馆在小城颇有名气，日日排队，我们也经常约好来此打牙祭，吃完削面之后跑去旁边的录像厅，里面经常放香港的警匪片，门口挂着厚重的门帘，音响放在门口，音响里刀光剑影。

最常看的是周润发、周星驰，有些片子看过不止三遍，两块钱一张门票，有的录像厅到了深夜，会播放一些三级片，一群半大小子看得热血沸腾。录像厅，是小镇青年最早的文艺洗礼，我第一次看王家卫的《东邪西毒》是在录像厅,第一次看《重庆森林》也是在录像厅，当然了，看杨思敏与单立文的《金瓶梅》也是在录像厅。从录像厅出来的深夜,有时候天气冷,路边的烧烤还旺盛,羊肉串五毛，我和几个小伙子就着羊肉串喝下几瓶啤酒，不远处经常传来打斗声，我们往往默默起身，悄悄消失在夜色里。

高考日还是7月份的7、8、9日三天，9日最后一科是英语，考前我们就约定了中午的饭局，在一家小锅馆，没有等到上齐菜，我们已经酒过三巡。这次喝的是白酒，所有关于中学时代的印迹，在这之后消磨殆尽。那一顿酒似乎预示着青春的完结，至少当时是那么想的。所有人都频频举杯，后来火强在饭桌上现场直播，呕吐物从嗓子眼儿里喷薄而出，其壮观程度犹如瀑布，所有人都惊呆了。这一个场景，十几年之后还被我们聚会的时候反复提起，的确，在之后的岁月中，我们谁也没有见过这样的喷射。

那些在县城里穿梭的日子，那些在玉兰树下发春的日子，那些在校园里偷偷抽烟喝酒的日子，早就过去了，那些去过的餐馆早就关门了。那些荒废的，那些闪亮的，是我的青春饭。

异乡饭

回忆中的故乡不复存在，只能在舌尖上复活。

它不在任何地方，它只在你回想的时候，在舌尖上醒来。

一

有一年我去了法国，是一次美食美酒之旅，从巴黎出发，经香槟，到勃艮第，再去博若莱、普罗旺斯，一路上美景无限、美食无限，米其林的厨师，城堡酒店，各种酒庄，在酒窖里品酒……算得上一次美差。十几天下来，最后在返回巴黎的火车上，同行的一个小伙子从包里取出两包榨菜，我们惊声尖叫，亲切无比，像是排队领圣餐一样，一根根平均分配，就像上甘岭的那枚苹果。我把榨菜丝卷在面包片里慢慢咀嚼，其实不怎么好吃，但依然吃得津津有味，这在超市里几毛钱一包的榨菜哪里是榨菜，分明是乡愁一种，在咸咸的榨菜丝里析出来。如果我们再在法国住上一个月，遇到一瓶老干妈辣酱能把它当成精华露抹在脸上；如果三个月见不到任何中餐，路边见到一个炸油条的大锅，甚至有把自己炸了的心。

对故乡食物的忠诚，举世皆然。19 世纪的中国，住在通商口岸的外国人的日子远远没有我们想象的安逸，其中痛苦之一就是吃不到家乡味。后来成为英国驻华公使的哈里·帕克斯 13 岁就来到了中国，吃了无数中餐，胃依然是英国胃。他 1850 年回到英格兰，第一站就是找了一家上等牛排店，点了一份英式牛排，同时还要了炸薯条和啤酒。在日记中，他这样写道："但说实话——这是个秘密——因为我催得太紧，牛排做得很差，薯条还有些生。尽管如此，我依然认为这顿饭实在是美味极了。"

在那个时候，中国的食物对西方人来说，简直是噩梦。他们居住在通商口岸的租界之内，在他们看来中国食材实在是不够卫生。对于19世纪的西方人看来，中国蔬菜不能吃，因为是用粪便浇灌的（现在看起来，多么有机）；而肉类也无法吃，因为屠宰场的卫生条件极差（现在看来，那些肉里没有瘦肉精，土猪土鸡，多么天然原生态）；而且很难喝到新鲜的牛奶，即便有牛奶也被勾兑，一个住在汉口的英国人曾经在送的牛奶里发现了一条活的小鱼。

到了19世纪后期，条件才有了改善。一个在上海的英国医生描述了当时上海租界内西方人的日常饮食：饭前喝浓汤、雪莉酒，接着是借着香槟消灭一两份沙拉，然后是主菜，牛肉、羊肉、禽肉或者培根，同时喝下更多的香槟和啤酒，而后是米饭、咖喱和火腿，接着是野味、餐后甜点，布丁、果冻、奶油，最后是奶酪、沙拉、面包，以及一杯波尔多葡萄酒。

这个菜单今天看上去也丰盛，甚至有点儿奢侈。那时候随着东西方通商的便利，许多西方的食材已经能运达中国口岸。19世纪70年代之前，通商口岸的租界区组织分发西方的食物。然而在更遥远的时代，最早来到中国的传教士们，日子并没有那么好过。他们不得不用"两根木棒"吃下中国食物，对他们来说，中国人的吃食不可思议，“他们吃青蛙，这在欧洲人看来是很恶心的，但他们认为味道很好。吃老鼠似乎也很正常，蛇羹甚至享有盛名”[①]。

二

上面讲述的那些故事都是从一本书上看来的，这本书的名字是《东食西渐：西方人眼中的中国饮食文化》，作者是英国人A.J.G.罗伯茨。我跟他有着相似的兴趣，想了解不同人的饮食偏好，以及不同的人对另外一种陌生饮食文化的看法。

一方面，随着交流的通畅与信息的无碍，关于饮食的芥蒂慢慢消弭，在北京也能吃到地道的法式大餐，在纽约吃到一家川菜的餐厅，味道比四川还四川。而另一方面，随着城乡二元体制实际上的消解，故乡的概念也慢慢消逝，有时候我回到那个我生活了十几年的老家，处处都在拆迁，搞房地产、修路、城市建设……回忆中的故乡不复存在，只能在舌尖上复活。

一个人小时候的口感，决定了他一生的口味偏好。我喜欢看汪曾祺回忆故乡吃食的散文，讲野菜，讲乡愁，可是看他讲北京的烤肉和豆汁，文字固然清淡雅致，字里行间却少了那种种细腻的故乡感。

我有不少吃货朋友，我喜欢听他们讲故乡的吃食。有一个姑娘，

① 引自英国人约翰·洛克曼的《耶稣会士书简集》。

出生在甘南、成长在云南、工作于北京，她吃着北京的烤鸭，细细怀念甘南的美味。那个地方盛产羊肉，回民做的羊肉与藏民做的羊肉就有许多不同，两大锅摆在面前就会有区别，主要是形状上的区别，“回民习惯切成长条，藏民则是切成方块”。每天早上卖羊肉的市集上人声鼎沸，但是挑选羊肉又是个学问，她的小舅是此中行家，他挑选的羊肉就是比别人买的好吃。甘南盛产沙棘，拿沙棘捣成酱，放在一个罐头瓶里，加入一点儿蜂蜜，做成沙棘酱，每天早上用温水冲服……种种生活的细节，似乎可以见到 20 世纪 80 年代甘南景象，以至于我都十分想在今年夏天去一次甘南，在拉卜楞寺边上，找一个向阳的山坡躺下，晒着太阳，嘴里嚼着一根青草，旁边是一群孩子嬉闹，远处有牛羊和风。这个姑娘就混迹在这群孩子中间，衣服有点儿脏，脸上的皮肤被晒得有点儿高原红，没心没肺地傻乐，我跟着他们去吃手抓羊肉，喝一点儿青稞酒，醉了之后跟藏民一起唱歌。在我幻想的时候，我的甘南姑娘跟我说：“如果你要从兰州坐大巴去甘南，路上会路过一个临夏的地方，那个地方有一种面，叫大卤面，不是北京的打卤面，特别好吃，一定要下车去吃，吃两碗，替我吃一碗。”

事实上，即便我去了甘南，也找不到那个女孩回忆中的甘南了。就像即便我穿越到 1988 年的故乡，轻轻敲我们家的房门，年纪尚轻的妈妈给我开门，热情地欢迎我这个陌生人，热情地给我准备白菜汤，同样加了胡椒粉和辣椒油，我也不会吃到小时候的那种感觉，甚至会觉得不怎么好吃。

回忆总是能美化现实，食物也是一样，被时间的滤镜柔化，当年的折箩菜也胜过如今的大龙虾。有一次，我陪着我的老婆回到她上高中的校园，去找她读书时经常吃的麻辣烫。是在一个老旧的小区里，叫城建新村，麻辣烫在一栋楼的一层，狭仄而破败。做麻辣烫的阿姨居然还认识她，还记得在十多年前，她和一群小姑娘整天混迹在这里吃麻辣烫。当时是一毛钱一串，几块钱就能吃得很饱。

我们又点了麻辣烫，据说味道没有丝毫变化，还是旧时的味道，不是那么辣，而是有点儿甜，她吃得津津有味，最后还打包了一点儿作料。其实有那么好吃吗？她也仅仅是从中吃到了自己十几岁时候的滋味，心生感慨罢了。至少这些打包的带回去，没有吃，就顺手丢掉了。

人在异乡，回忆故乡的吃食，回忆小时候的味道，这是人生固定程序，证明自己活过爱过。

三

许多人都消匿在历史中，比如孟元老。他的身世经历都不可考，却留下了一本书《东京梦华录》。在北宋南迁之后，他细细回忆东京的生活细节种种，我最喜欢看的是那些与食物相关的篇章，北宋东京的繁华似乎都在舌尖复活。

那时东京城里酒肆林立，最有名的是樊楼，除此之外，还有州东宋门外仁和店、姜店，州西宜城楼、药张四店、班楼，金梁桥下刘楼，曹门蛮王家、乳酪张家，州北八仙楼，戴楼门张八家园宅正店，郑门河王家，李七家正店，景灵宫东墙长庆楼。在京正店七十二户，此外不能遍数，其余皆谓之“脚店”。其中一家乐丰楼，如果能穿越回宋朝，我都想与孟元老在此共饮一杯。这家店开在马行街，这条街几乎就是东京城里的“香榭丽舍大街”，连接着皇宫，这家馆子太豪华了，“各有飞桥栏槛，明暗相通，珠帘绣额，灯烛晃耀”，甚至可以在这里看皇宫，这可比海景房牛多了。

在这里可以吃到酒醋白腰子、三鲜笋炒鹌子、烙润鸠子、燉石首鱼、土步辣羹、海盐蛇鲊、煎三色鲊、煎卧乌、焐湖鱼糊、炒田鸡、鸡人字焙腰子糊、燠鲇鱼、蝤蛑签、麂膊、浮助酒蟹、江姚、青虾辣羹、燕鱼干、燉鲻鱼、酒醋蹄酥片、生豆腐、百宜羹、燥子、炸白腰子、酒煎羊、二牲醋脑子、清汁杂、炬胡鱼、肚儿辣羹酒炊淮白鱼……菜品太丰富了，看字面意思已经大多不知道是什么，但读起来每一样都美味。

吃正餐之前先喝汤，百味羹、头羹、新法鹌子羹、三脆羹、果术翅羹、盐豉汤、血羹、粉羹、瓠羹、豉羹、石肚羹……且一样一样吃来。打来一点儿酒，叫焌糟嫂嫂烫酒，喝完了再满上。再来一点儿下酒菜，红丝水晶脍、软羊、旋炙猪皮肉、鲊脯……看名字还是一头雾水，先吃吧。在酒楼里边吃边喝，听着歌妓唱“杨柳岸，晓风残月”，看着皇宫吹着风。吃完了可以去夜市。

皇宫正南朱雀门再往南就是东京最大的夜市了。当街水饭、爊肉、干脯、王楼前獾儿野狐肉、脯鸡、梅家鹿家鹅鸭鸡兔、肚肺、鳝鱼、包子、鸡皮、腰肾鸡碎，每个不过十五文。夜市上的吃食甚多，多到令人惊讶，于是不由得发出感慨：北宋的市民比北京的市民舒服多了。在这里孟元老又细细琐碎地报菜名，那些回忆中的美味似乎在每一样食物的名字中悄悄渗出来：旋煎羊白肠、鲊脯、燉冻鱼头、姜豉、䐑子、抹脏、红丝、批切羊头、辣脚子姜、辣萝卜、夏月麻腐、鸡皮麻饮细粉素签、砂糖冰雪冷元子、水晶皂儿、生腌水木瓜、药木瓜、鸡头穰、砂糖绿豆、甘草冰雪凉水、荔枝膏、广芥瓜儿、咸菜、杏片、梅子姜、莴苣、笋、芥、辣瓜儿、细料馉饳儿、香糖果子、间道糖荔枝、越梅、锯刀紫苏膏、金丝党梅、香枨元，皆用梅红匣儿盛贮。冬月盘兔、旋炙猪皮肉、野鸭肉、滴酥水晶鲙、煎夹子、猪脏之类，直至龙津桥须脑子肉止，谓之杂嚼，直至三更。

吃完消夜，已经是深夜了，可是街上的摊贩还没有散，各种食物依然琳琅满目：燋酸𪎊、猪胰、胡饼、和菜饼、獾儿野狐肉、果木翘羹、灌肠、香糖果子之类。“至三更，方有提瓶卖茶者。盖都人公私荣干，夜深方归也。”“夜市直至三更尽，才五更又复开张。如要闹去处，通晓不绝……”

有不少人细细考究这些菜到底是什么，具体烹饪方法如何，我光看着这些菜名就觉得好吃，北宋风华在一道道菜名中复活，这都是孟元老的乡愁。

与孟元老相似的还有不少作者，1949 年之后，许多文人去了台湾，或者浪迹海外。看唐鲁孙、白铁铮、齐如山、高阳、梁实秋等众多文人的美食文章，字里行间都写满了乡愁。

许多人都写过追忆食物往事的文章，我最爱读的是一个女人写的，叫李玉莹，她的丈夫是知名学者李欧梵，在这本《食物的往事追忆》的扉页上，还写着“献给我的馋嘴猫丈夫李欧梵”。李玉莹之前没有写过文章，她的身份是一个保险公司的从业人员。她小时候住在香港九龙城的一栋旧楼里，她和哥哥、外婆住在里面，那些与外婆相关的吃喝经历，娓娓道来。她讲小时候天天吃外婆做的猪油捞饭，看外婆如何把猪网油一点点儿切开，熬猪油，“撑开的网状脂肪令我联想起做棉被的棉纱，条条棉纱纵横交错连成网状，也是纯白色的，仿佛织成一个接着一个白色的梦。”许多年之后，在元朗她又吃过一次，已经和小时候的味道有许多出入，因为小时候贫寒的时光、外婆的温情、等待猪油捞饭的渴盼都不存在，那种奇异的滋味只在回忆中珍藏。

四

在写这段文字的时候，我正在大海上航行。是一艘游轮，从上海出发，到日本的冲绳，再到福冈，最后抵达韩国釜山，最后返程回上海。船上的人来自五湖四海，每天晚上我们坐在船里的餐厅里吃着大同小异的西餐的时候，最开心的环节就是讲各自的方言，叫别人猜测是什么意思，再有就是讲述故乡不为人知的吃食。

一桌人分别来自上海、武汉、四川、南京、天津、广州、北京、扬州、湖州……我这个北方人吃亏，听不懂他们的方言，而我又没有什么方言可以供他们猜谜。只有聊吃了，这个我还算在行，可以从豆汁聊到卤煮，从羊汤聊到烤肉，我从来没有觉得这些吃食在一艘公海的游轮上能有这么大的魅力。

其实我不是北京人，而是河北人，久居北京，直把他乡做故乡了。

我老家在河北霸州，离北京有一个多小时的车程。即便当地美食乏善可陈，我也能细细揪出几样。比如素冒汤，里面是炸好的豆腐丸子和小面片，酥脆，一碗汤浓稠，加了淀粉，以及大量的胡椒，有一些醋，回口泛酸。素冒汤是当地的早餐汤，一碗汤，两个烧饼，就能饱餐一顿。如果是冬天，坐在靠窗的位子，窗户上都是蒸汽，喝一碗汤，浑身舒爽。我们经常去的一家叫陈记小吃，原来在菜市场的一角，如今鸟枪换炮，已经有了更大的门脸。

比如红烧茄子，与许多地方的烧茄子不同。此处常见的是硬烧，茄子上裹上鸡蛋与面粉做成的糊，在油锅里炸透，再烧，做好的茄子酸甜口，酥脆。当地有一个镇子叫苏桥镇，镇子上有一家小馆做这道菜算是一绝。我还常常怀念堂二里镇子上的葱花饼，硕大一张，酥软浓郁。

这些小玩意也是在童年的记忆中来回闪现，十几年没有吃过了，不知道再吃还是不是从前的味道。

许多事情，相见不如怀念，食物犹如旧情人。而今我四处奔波，许多时间都在路上，去全国各地，寻找各地隐匿已久的吃食，每个月都会出几次远门，去江南、去西部、去云贵川。走四方，吃四方，每到一地都觥筹交错，饭菜鲜美，各种好吃的东西应接不暇。

太热闹了，反而忘了清冷的滋味。就如同现在，我们乘坐的游轮行驶在海面上，坐在阳台上可以看见海浪，天气有点儿阴霾，波浪轻缓，这些海水似乎是永恒的，它们不曾去过异乡。我有点儿饿了，此刻最想念的吃食是奶奶做的面条。那是在 1985 年秋天的午后，我在老房子午睡，奶奶在外屋和面、醒面、抻面，做面条，打卤用的是茄子和肉丁，还有一碟花椒盐水，切了黄瓜丝、豆芽菜、青萝卜丝，我的奶奶个子不高，微微发胖，头发银白，光滑妥帖，在脑后梳了一个发揪。我醒来，已经是黄昏。啊，1985 年的黄昏，打卤面，掺杂着一点儿夕光的味道，院子里种满了花，奶奶在花香里穿行，逐渐远去，而故乡，它不在任何地方，它只在你回想的时候，在舌尖上醒来。

年夜饭

越长大，越近乡情怯，明知时间变了，怀旧于事无补，但依然期待一顿团圆的饭桌。坐在桌子边的父母都老了，一年一年地老去。

一

1910年春节，宣统二年，末代皇帝溥仪那年四岁。按照惯例，皇室会在太和殿举行国宴，招待王公贵族和外国使节，出于礼节，皇帝只会亲临而不进食。宴会菜品极尽奢靡，据记载，“太和殿大宴原设宴桌210席，用羊百只、酒百瓶”。事实上，四岁的溥仪也没有吃什么东西，因为他还太小。

春节之食，即便在动荡的帝国之末，也未曾改变其面貌。阖家、祭祖、团圆、互道新禧，都是必然的路数。对于大部分人来说，美食是奢望，能够吃一顿饱饭已经是安慰。1935年，一位作家写下一段关于中国人与食物之间的文字。他说：“如果说中国人非常重视某种东西，那既不是宗教也不是学习，而是食物。”这个人是林语堂。

同样是在1935年，林语堂写下了一篇文章《我过新年》：“我不觉回忆到我的童年。当我接触到水仙的香味，我的思想便回到那红对联，年夜饭，爆竹，红烛，福建蜜橘，早晨的道贺和我那件一年只许穿一次的黑缎大褂。”

在100多年前的1912年，孙中山就任中华民国临时大总统，宣布改用公历。那也是一个一切求新的年代，旧的，传统的，皆要废除，包括旧历中的新年。原指阴历岁首的元旦和新年被用来指公历 1 月 1 日，阴历岁首则叫“春节”。政府发出告示：“凡各地人民应将废历新年放假日数及废历新年前后所沿用之各种礼仪娱乐点缀，如贺年、团拜、祀祖、春宴、观灯、扎彩、贴春联等一律移置公历新年前后举行。”

同样是 1935 年，鲁迅也写了一篇文章《过年》：“我不过旧历年已经二十三年了，这回却连放了三夜的花爆，使隔壁的外国人也‘嘘’了起来，这却和花爆都成了我一年中仅有的高兴。”从 1912 年开始，鲁迅就没有过过旧历年，过年对他来说，无所谓节日，更无所谓年夜饭，只是年纪大了，喜欢和孩子们一起放鞭炮。在之后 1936 年春节，那也是鲁迅生命中最后一个春节，他在日记里写道：“阴历丙子元旦。雨。无事。晚雨雪。”

鲁迅不是一个喜欢过年的人，但是在他的小说《祝福》里，也是以过年为开头：“杀鸡，宰鹅，买猪肉，用心细细地洗，女人的臂膊都在水里浸得通红，有的还带着绞丝银镯子。煮熟之后，横七竖八地插些筷子在这类东西上，可就称为‘福礼’了，五更天陈列起来，并且点上香烛，恭请福神们来享用，拜的却只限于男人，拜完自然仍然是放爆竹。”

与如今的人们一样，那时候的人们也是更加怀念儿时的年夜饭，在某种程度上，春节属于童年。梁实秋写过一篇文章《北平年景》：“吃是过年的主要节目。年菜是标准化了的，家家一律。人口旺的人家要进全猪，连下水带猪头，分别处理下咽。一锅炖肉，加上蘑菇是一碗，加上粉丝又是一碗，加上山药又是一碗，大盆的芥末墩儿，鱼冻儿，肉皮辣酱，成缸的大腌白菜，芥菜疙瘩，一一管够。初一不动刀，初五以前不开市，年菜非囤积不可，结果是年菜等于剩菜，吃倒了胃口而后已。”

饺子也是必需品，梁实秋写道："北平人称饺子为‘煮饽饽’。城里人也把煮饽饽当作好东西，除了除夕消夜不可少的一顿之外，从初一至少到初三，顿顿煮饽饽，直把人吃得头昏脑涨。除夕消夜的那一顿，还有考究，其中一只要放进一块银币，谁吃到那一只主交好运。家里有老祖母的，年年是她老人家幸运地一口咬到。谁都知道其中作了手脚，谁都心里有数。”

那时的年饭标配是暖锅，就是梁实秋说的“一锅炖肉，加上蘑菇是一碗，加上粉丝又是一碗，加上山药又是一碗”;上海称作“全家福”；到了安徽，则是胡适家的“一品锅”：一只大铁锅，口径差不多有二尺，热腾腾的端了上桌，里面还在滚沸，一层鸡，一层鸭，一层肉，点缀着一些蛋饺，底下是萝卜白菜；而到了广东的客家，则是盆菜，各种食材分门别类，层层堆积，里面的内容没有一定之规，一般会有萝卜、猪皮、鱿鱼、冬菇、鸡肉、炆猪肉，上层总会是精贵的食材，下面是吸收汤汁最佳的食材，一层层的团圆着吃。

二

1949 年 9 月 27 日，中国人民政治协商会议第一次全体会议决定沿用公元纪年法,将公历 1 月 1 日定为元旦,农历新年定为“春节”。

1950 年的春节，成都过得有些安静。往年要祭灶，这一年人们担心共产党不讲迷信,这个活动就取消了;大户人家往年要舞狮,耍龙灯，这一年也停了，有的甚至换上旧衣服，吃咸菜，以标榜自己是无产阶级；鞭炮自然是不敢放，怕被混淆成枪炮；年夜饭也都吃得安安静静，怕被当成地主老财，革命对象。

在“文革”期间，年夜饭也变得更加简朴，要忆苦思甜，一家人围坐在毛主席像下吃饭，吃饭之前往往还有一个斗私批修家庭会。日常生活在革命的名义下变成了政治生活，原本阖家团圆的年夜饭，也只能悄无声息地进行。春联还在，而传统的吉祥语言不在了，取代的是“翻身不忘共产党，幸福不忘毛主席”“东风浩荡革命形势无限好,红旗招展生产战线气象新”之类的政治语言。

与革命联系在一起的还有饥饿与物资匮乏。这是经历过 20 世纪 60 年代的中国人的普遍记忆。在 1957 年 2 月 3 日出版的《北京日报》上，提及了一户普通人家的年夜饭：“我们买了几斤肉、一只鸡、一条鱼，加上点青菜、豆腐，够我们一家子快快活活地吃几天的了。”然而到了 1958 年的春节，国家对猪肉、牛羊肉、鲜蛋、红白糖、粉丝、糕点等种种副食品实行凭票定量供应。每月每人供应猪肉 6 两，牛羊肉 5 两 。另外“五一”节供应鲜鱼，端午节供应粽子，供应日期在 3 天至 7 天以内售完为止。到了 1959 年，市场副食品供应全面紧张，对大白菜、萝卜、葱、蒜、糕点、糖块也按人口分配，限量供应或凭票证供应。

曾任新华社高级记者的李锦是江苏射阳人，他写了一系列回忆饥饿年代的文章：“大概过去一个多月，米就看不到了，从北方运来一批地瓜干，吃完了，便是整锅的胡萝卜缨子，后来便吃淀粉圆子，那是把玉米皮与杆子碾碎磨成面做的。这时候，便吃榆树皮了，榆树从底部到顶梢是一片白，都被人们吃光了。”1959 年春节，李锦家里吃的是一锅胡萝卜：“大年三十晚上，我们吃的是胡萝卜饭，很少很少的米，也没有菜，是切碎的胡萝卜里撒上一把盐。”

到了 1970 年，年夜饭上可以选择的食物要多一些了，那年的春节期间的《人民日报》报道说：“北京春节期间粮、油、肉、蛋、水果、茶叶供应充足，市场上还出现了如黄瓜、西红柿、豆角等一些夏令蔬菜。”

上海美食作家沈嘉禄回忆 70 年代的上海春节食俗，年糕是家家户户都要吃的。“买年糕也要排队，还要凭户口簿，小户多少，大户多少，还煞有介事地盖个章，防止有人多买。有些人家连年糕也买不起，户口簿就借给邻居买，邻居烧了汤年糕，盛一碗相赠，也是情意暖暖的。门槛紧的上海人不买刚从厂里做出来的年糕，因为此时的年糕含水量大，称分量显然吃亏。过一夜，甚至等年糕开裂，分量就轻了。此时用同样的粮票钞票买，年糕可能多出一两条来。平常上海人吃青菜汤年糕，加一勺熟猪油，又香又鲜，可以吃一碗。过年时则吃黄芽菜肉丝炒年糕，上品点，炒一盆韭黄肉丝炒年糕，招待客人体面过人噢。”

三

待到1979年，北京的市民们终于不再为年夜饭发愁了，尽管那时候还是凭票供应。当时的报纸上记载：“春节市场上有金浆、西泉、潞泉白酒投放市场，大核桃巧克力、话梅糖等恢复生产，蛋香饼干、香酥饼干、特制蛋糕、巧克力棍糖等11种新产品安排生产供应。”1980年，由中国粮油食品进出口公司北京分公司试制的猪肉白菜馅速冻饺子开始在东单等六大菜市场出售。到了1981年，报纸上说：“北京居民春节每户供应4~8元一斤的花茶二两，大料、黄花、木耳各一包，大白菜20斤，一斤粮票豆腐及一斤粮票豆制品。”1983年春节，城镇居民每人供应富强粉三斤、小杂豆一斤、江米一斤、花生油四两、香油一两、花生半斤、瓜子三两、麻酱一两、鱼两斤（定量内每人保证半斤黄鱼）。1984年，全市11个副食店出售不凭本的豆腐。1985年，低度酒、补酒热销。多家西餐厅爆满，新侨饭店等为家宴提供罐装、袋装西式名菜……

一场变革开始了，而变革的细节总是从一餐一饭中体现出来。80年代，人们的年夜饭上添了一道大餐，那就是从1983年开始的春节联欢晚会。那一年给观众留下印象最深的节目当属王景愚绕着桌子“吃鸡”，而李谷一一口气唱了《乡恋》等七首歌曲。1984年是陈佩斯和朱时茂第一次参加春节晚会，《吃面条》的成功使小品成了气候，一曲《我的中国心》全国传唱，《难忘今宵》几乎成了后来每届晚会的结束曲……大年三十儿，一家人一边包团圆饺子吃年夜饭，一边看中央电视台现场直播的春节联欢晚会，中国百姓渐渐约定俗成了这样一种独特的过节方式。

同样是80年代，我出生了，对于年夜饭，我拥有了个人记忆。我的老家在河北的一个小镇，小时候过年前要杀猪，我和爸爸去赶集，买年货。我记得爸爸当年锃新的黑色二八自行车，永久牌，我坐在自行车的前梁上。那是80年代的末期，空气中似乎有“年味儿”：鞭炮屑的火药味、熏肉味、大白菜味、冰冻的带鱼味、葱花炝锅的味、蒸年糕味、油坊的芝麻香油味、刚写好的春联未干的墨汁味、洗澡堂子里的蒸汽味……种种味道散漫在镇子上，似乎刚下过一场雪，踩上去有咯吱咯吱的声音，过年的味道就从路边的积雪里冒出来。爸爸会买许多年货，放在自行车后座上，再慢慢地骑回家。

此时妈妈已经在家准备过年的馒头，蒸上几笼，柴火烧起，屋子里都是蒸汽。奶奶手巧，会在过年的时候动手做一些别致的面食，剪出几个刺猬，用红小豆点缀做眼睛，做成兔子，还会费心地做几个面老虎。会做别出心裁的面食，也是考验一个主妇能干的标准。

妈妈每到过年才会熏一次肉，锅底放糖，肉煮好了，放在铁质的烙子上，上糖色，最后腌制到陶制的坛子里。这是我小时候美味的极致，我经常受不住诱惑，偷偷掰一块迅速放到嘴里，自以为不会被大人发觉，似乎是我自己的秘密。

年夜饭是最隆重的一顿饭，我要给长辈拜年，穿上之前觊觎已久的新衣服，吃饭之前先要在院子里放一挂鞭炮。煮饺子，妈妈做鱼，红烧肉，少不了年糕，鱼一定是有头有尾，家里所有的灯全部打开，即便在这天失手打碎一个盘子，大人也会说“岁岁平安”。爸爸会喝一点儿小酒，我很小就开始陪着他喝酒，不过这只是过年才有的特权。

这只是我记忆中的一顿年夜饭，也是华北平原寻常人家的一顿寻常年夜饭，未曾隆重，却也热闹，不善烹饪，却也美味，一菜一味都融入记忆。每个人心中都有一顿年夜饭，上海要吃蛋饺，广州要吃盆菜，湖南少不了腊味，北方是饺子，南方是汤圆，不同地方总有自己过年的方式，不同人家也会有自己的传统。年夜饭其实是团圆饭，一家人围坐，其乐融融，吃什么反而是次要的事，重要的是准备这顿饭的时光，对这顿饭的期待。一顿饭传承着中国人对于年的认识。

到了 90 年代，城市里的人们开始在餐厅里吃年夜饭，先是 1992 年，西单菜市场推出五种家庭套餐，每套 50 元至 70 元，回家简单一加工就是丰盛的年夜饭。到了 1994 年，人们开始外出吃年夜饭，而到了 1996 年，年夜饭也开始需要提前预订了。

四

2003 年，我入职《新京报》，做了一名美食记者。每年到了春节之前，必选动作是做一个春节美食专题，推荐各家餐厅有意思的年夜饭套餐。从 2004 年春节到 2013 年春节，我整整推荐了 10 年。

这 10 年也是中国餐饮行业迅猛发展的 10 年，北京的餐厅越开越多，不同规模，不同菜系，不同风格，人们外出吃一顿年夜饭成了寻常家庭的必选动作，预订年夜饭的时间也越来越提前，有一些生意火爆的餐厅，往往需要提前一个月预定。而餐厅做年夜饭也越来越模式化，有一些餐厅甚至把年夜饭分成上下两场，晚上 5 点到 8 点是一场，8 点之后再开一场。

2004 年春节前，我给报纸写的新闻稿里介绍当年的年夜饭情况：“离春节还有一个多月，各大餐厅就已经开始抢接年夜饭的订单了。与往年相比，今年年夜饭形式突破不大，为了保证菜品的质量和上菜速度，超过八成的餐厅采取由店家统一安排菜式的方法。相对而言，新开餐厅预订量不如老字号多，部分知名餐厅从 10 月开始接单，如今已订出去五六成。”

而到了 2005 年，我在推荐餐厅里提到了仿膳的“满汉全席”

年夜饭套餐包括：开胃冷盘、豌豆黄芸豆卷、金汤玉肚、翡翠龙钱、鸿运当头、乌龙望春、左宗棠鸡、佛手献宝、福禄双全、连年有鱼……每位价格 268 元；而四川饭店的年夜饭套餐是：冷菜有八味围碟，热菜有清汤竹荪蟹肉羹、王府一品鲍、鱼香明虾球、蔬香樟茶鸭（配荷叶饼）、茄鲞、蟹黄娃娃菜、辣味银鳕鱼，风味小吃为四样，还有水果拼盘一份，每桌 1680 元；又一顺推出的 800 元的“团圆宴”，不仅包括 8 款凉菜，还有镇店名菜腰果虾球、滑洋四宝、烤羊腿、清真烤鸭等 10 多款菜肴和面点。

2006 年，我推荐的是各种饺子，其中包括百饺园的饺子，年夜饭的菜单上饺子品种包括：猪肉山野菜（12 个）、猪肉芹菜（12 个）、猪肉青椒（12 个）、西红柿鸡蛋（12 个）、鲜虾（12 个）、羊肉香菜（12 个）、猪肉豆角（12 个）、猪肉茴香（22 个）、猪肉胡萝卜（22 个）、全素馅（22 个）。

那一年，北京流行的还有各种餐厅推出的年货礼包：砂锅居饭庄推出了豌豆黄、小豆糕等近 20 种小吃糕点，顾客购买 20 元以上，免费包装精致礼品盒；上海老饭店特地准备 500 套外卖半成品年夜饭，每套售价 680 元，有红油焗明虾、红焖元蹄、黑椒炒牛肉、八宝炒辣酱、三鲜烩鱼肚、香辣羊肉煲、糖醋大黄鱼、细纱八宝饭、黄金麻饼、团圆一品锅，共 10 道，买回家加热即食，十分方便。

2008年，我做的专题是“新潮年夜饭”，讲的是各种新鲜的馆子，有不少餐厅现在都已经关门大吉了。到2009年，我做的选题则是“实惠年夜饭”。2011年，寻常餐厅的年夜饭都已经没得可聊了，于是做了一个选题，外出过年，推荐了郊区的年夜饭、香港的年夜饭以及国外的年夜饭。

2012年临近过年的时候，我还撰写过一个新闻：

> 1月12日，豆果网携手旅游卫视“美味人生”栏目发布《2012龙年春节饮食消费调查报告》。报告显示，龙年春节饮食消费选择在酒店餐馆吃年夜饭的比重首次出现下降情况，从去年的14.3%降至今年的14.1%，选择自制年夜饭人群的比重上升；70后、80后自制年夜饭上升明显，酒店定制和自制年夜饭差价大，传统美食仍是春节主打。

直到如今，互联网也成了改变年夜饭吃法的要素，有了各种外卖，美食O2O项目，爱大厨等APP直接就可以请一个厨师回家做年夜饭，想有年夜饭大礼包，也无须去排队购买，手机上下单就可以收到。总之，这是一个变革的年代，年夜饭也不断变身，这不仅仅是一顿饭。

春节，也是一个农业文明的产物，在旧时，农闲了，才有大把的时间为过年做种种细致的准备。在一个工业化的都市里，对过年种种经历的追忆，是一次集体抒情，也是站在此地遥望彼时的感怀。只是越长大，越近乡情怯，明知时间变了，怀旧于事无补，但依然期待一顿团圆的桌饭。坐在桌子边的父母都老了，一年一年地老去。

百家饭

吃饭到头来，还是“吃人”，吃百家饭，无非是吃熟人。心无挂碍，不必忌讳，吃喝坦然，有人情滋味。

每每在美好的饭桌上虚度了几个小时的时光，我就觉得命运的脂肪又增加了 21 克，这 21 克就是人间婉转的情谊。

一

“要不我们去趟歙县？”我跟小皮说。

我们正在黄山屯溪闲逛，为了拍摄一个关于葡萄酒和美食的小纪录片。小皮是葡萄酒专家，长得瘦且帅气，福建福鼎人。外面太阳有点儿大，热气弥漫，看着徽州建筑有点儿失神。在这两天，小皮的兴趣从聊食物转移到了现代诗。他问我：“到底什么是诗？”这比“你认为什么最好吃”还要难回答。

“还是去歙县吧，我打算买一个歙砚。”我跟小皮说。

路程并不远，只需要20分钟的车程。进入歙县县城，需要过一条河，一座桥，桥上有禁止大车入内的石墩子，我们需要小心翼翼从两块石头的间隙穿过去。正好是黄昏，夕阳落在水面上，有一些古徽州的民居散落在河岸，我们似乎到了几十年前。

我们沿着大北街小北街穿行，周围都是高大的徽派建筑，看样子都有上百年的历史，当年的徽商们在外面挣钱，回来盖房子，一座大宅往往需要几十年的光景才能建好。这里没有什么游客，傍晚的夕光中，有孩子奔跑在夏日的石板街上。这似乎是我们想象中的古徽州理所当然的样子。

还是买了歙砚，其实并不懂什么老坑、眉纹、金星、金晕，什么涩不留笔、滑不拒墨、呵气生云、贮水不涸。不过是到此一游的念想。

另外一个念想，是吃一顿饭。

我们在街边闲逛，凭着经验钻进一家看着有点儿文艺的餐馆。餐厅有一个文艺清新的名字：小觉春。装扮得很舒服，不像是本地人的常规套路，我们进去的时候天色已晚，没有什么别的客人，只有母子二人，准备自己吃饭。见我们进去了，连忙起身，热情得恰到好处。一听说话，不是本地人，一看菜单，居然是以上海菜为主，顿时觉得有趣，问了阿姨才知道，他们本是上海人，一家人经常旅行，去年来到歙县，觉得这里蛮好，就在这里住下来，租了一个地方，开了一家餐厅。

这几天在安徽，吃了许多顿徽菜，每天都可以见到臭鳜鱼、毛豆腐，初觉惊艳，顿顿则厌烦，很想换一个口味。菜单写在几张纸上，字迹清秀，上面有：红烧狮子头、清炖蟹粉狮子头、冰糖扒蹄、八宝酱、陈皮灌鸭、糖醋仔排、火朣老鸡……满眼的浓油赤酱，依稀来到了上海弄堂里的本帮小馆。

店里没有多余的服务员，只有一家三口，墙上挂着各式的书法，桌子上有雕漆的食盒，穿过月亮门，就是厨房。厨房里也简单，不像餐厅，更像自家的厨房。小伙子本不是厨师，只是喜欢吃，用不惯本地的徽菜厨师，就自己动手。妈妈打下手，妈妈说，儿子是华师大毕业的，就是喜欢研究吃的。

那天我们点了焦烧变蛋（把松花蛋下锅油炸，搭配上双黄咸鸭蛋）、冰糖扒蹄髈（很家常的上海味道，肉炖到酥烂）、天麻老鸭汤（也是家常做法，用的是本地麻鸭），吃到中途，小伙子给我们端上来刚刚炖好的蛇汤，说是可以用来清暑。

吃得很舒坦，不像是在餐厅，而是忽然闯入了谁家的后厨。所谓的家常滋味，不过是因为嘴巴离灶台足够近，做法不花哨，料下猛，火功足。一天的疲惫之后，吃得放松。

我们从小觉春走出来，看到马路对面有一家高端民宿，叫安若。随便走进去了逛了逛，计划经济时代的礼堂还是从前的样子，很宽敞的院子，很高大的树，处处见了心思。小皮说："嗯，这里还可以再来一次，住在这家民宿，去小觉春吃饭。"

二

总会有一个味道，你偶然吃到，心里还惦记着再来。也有一些味道，你觉得可能再也吃不到了，不知道从哪里跳出来，迎面扑来，甚至有点儿不知所措。

前几天，我要去张家口参加一个活动，早上从北京出发，走京藏高速，这是一条以拥堵闻名的高速路，车到怀来，已经中午。我惦记着在路边找点儿吃的，忽然想起来，我的一个朋友在怀来的村子里做了一家私房菜，名字叫清芷园。我连忙打了电话，问清楚了地址，从怀来下了高速。

老钱已经在路边等候多时了。

老钱年轻的时候混迹武汉的吉庆街，当野路子歌手，染了一头黄发，人们都管他叫黄毛。后来来了北京，在宣武门的海棠居做经理。十几年前，我们夜夜在此厮混，喝海棠红——一种微甜的高度白酒，被海棠果染成红色，入口清甜，后劲极大。

十几年间，各生变故，老钱兜兜转转，转到河北怀来，买了村子里的房子，写书法、搞音乐，顺便做点儿私房菜。好些年不见了，只在微信上互相点赞罢了。那些以音乐下酒的时光，似乎已经不再，然而一场高速上的堵车，把我鬼使神差地发送到老钱身边。

当年的帅气小伙子，已经成了有点儿沧桑的中年人。老钱很是兴奋，老友重逢，甚至眼角都有点儿湿润。颇有杜甫诗中所言：人生不相见，动如参与商。

老钱的日子过得安逸，买了房子，装修搞得颇有意味，玻璃房子，帷幔，小小的舞台，还是那把吉他。不多的餐位，天天爆满，这里几乎算是怀来县城里最好的餐厅，老钱以前在北京混过江湖，到了村子里几乎算是“降维攻击”了。

上了菜，还是以前海棠居的风格：一个萝卜、龟汁驴肉、炸鮰鱼翅、臭鳜鱼……许多年没有吃过这些东西了，以前夜夜笙箫的时候，从未想过有一天我们在河北的一个村子里重逢，吃到熟悉的味道竟然激动到不能自已。

“主称会面难，一举累十觞。十觞亦不醉，感子故意长。”酒过三巡之后，老钱拿起了吉他，我点名要听的他的《感觉》，这是他原创的写给女儿的歌，当年伴随着这首歌，我们喝下过许多酒，“昔别君未婚，儿女忽成行”，许多年之后重新听旧歌，如同青春重现。十几年前的岁月纷至沓来，那些旧友似乎纷纷落座，各人有各人的命运，有的重病缠身，有的锒铛入狱，有的不知所终，有的苦苦挣扎。吃完这顿饭，忽然觉得，侥幸的才是命运，失去的才是人生。

明日隔山岳，世事两茫茫。

三

百家饭，其实是百家味，不同的味道杂糅在一起，堆积着命运的脂肪。

我每日东奔西走，每到一个陌生的城市，总是想吃点儿家常的。在上海，如果有时间，会去汪姐私房菜，边吃边聊，也不是为了那口地道的本帮菜，尽管菜量极大，只是为了能够看到汪姐在厨房里忙活着，那种忙碌可以带来一点点儿安闲。

在北京，我也愿意去黄珂家跑，他们家日日的流水席，饭桌上觥筹交错，出没着各路“牛鬼蛇神”，其实我只是惦记着一口家常的川菜，一碗醪糟汤圆。每次黄珂见我去了，总会做一道卤肥肠。有时候人太多，坐不下，我们也是猫进小屋子，随便吃口饭，看着几个老伙计坐在那里斗地主。

在重庆，不愿意在街边吃大同小异的火锅和江湖菜，也是会躲进诗人宋炜的小居里，随便侍弄几个小菜，在一起喝精酿啤酒和威士忌。菜都简单极了，有没有菜都不重要。宋炜准备在重庆弄一个小地方，做一些自己喜欢的小菜，名字已经起好了：下南道，正在筹备，估计下半年就可以开业，以后这里就会是我在重庆的私家厨房。

到了杭州，再晚我也会跑到东山弄陈立教授家里喝一口茶，聊一会天，陈立教授像变戏法一样，端进来各种好吃的。前几天去杭州，在40摄氏度高温的笼罩下，他给我端来一小碗木莲豆腐，其实类似冰粉，晶莹剔透的果冻，冰凉解暑。还会变出一份陕西三原小吃金线油塔，丝细层多，不知不觉可以吃下半盘。

吃饭到头来，还是“吃人”，吃百家饭，无非是吃熟人。心无挂碍，不必忌讳，吃喝坦然，有人情滋味。波澜壮阔的时代，似乎我们在吃饭的间隙也不用去惦记什么，风云际会的人间，我们也放置一旁。每每在美好的饭桌上虚度了几个小时的时光，我就觉得命运的脂肪又增加了21克，这21克就是人间婉转的情谊。

断头饭

在生命的最后的时光里，美食早已经不是食物，而是一种对世界的回忆，以及念想。

在旧日重现的光景里，想念着那时候的人和事，吃食仅仅是一粒明晃晃的纽扣，悬挂其上。

一

1964年的冬天，42岁的赵庆璧选择了自杀。他是一家乡村卫生院的院长，乡村知识分子，写一手好字，学的是西医，也懂中医。作为医生，他自然知道选择哪一种死法最体面：安眠药。

日本作家芥川龙之介也是服用安眠药而死，他死之前还写下了遗书，解释关于死亡的缘由。他说："吊死、跳楼、卧轨这几种方法都死得很难看，感到一股出自美感的厌恶；投水自杀对于会游泳的我来说也是行不通的，用枪或刀自杀的话，很可能会因为我手抖得太厉害而失败。"死亡于他更像是一份食物，死亡的手段犹如烹饪的技法，煎炒烹炸，细心料理，祭献给冥冥的来世。

赵庆璧有没有过那么多的思量，早已经无法考量，他没有留下一句话。他的死与"四清"有关。

"四清"运动的全称是：社会主义教育运动。1964年，中央政治局召集全国工作会议，在毛泽东的主持下讨论制定了《农村社会主义教育运动中目前提出的一些问题》，将"四清"的内容规定为"清政治、清经济、清组织、清思想"，强调这次运动的性质是解决"社会主义和资本主义的矛盾"，提出这次运动的重点是整"党内那些走资本主义道路的当权派"。赵庆璧是"四清"的对象，他不堪重负，在睡梦里纵身一跃，翻越过生命的屋脊。

他是我的爷爷，我未曾谋面，只是在陈旧发黄的照片中见到过他年轻时的面容。

我的奶奶对他的死语焉不详，讳莫如深，只是提及前一天他回了家，晚饭吃的饺子，是他指定要吃的。1964 年，大饥荒刚刚结束，一顿饺子，已经是我爷爷能想到的最高级的饭食了。可能还会有二两猪肉，搭配着放在里面，兴许还有韭菜？这些都是遥想与猜度，我甚至能想象爷爷坐在饭桌前，外屋灶台冒着热气，奶奶在外忙活，我 14 岁的爸爸已经身材高挑，青春期爸爸嘴唇上已经有微微的胡须，我爷爷看着这一切，吃下一个个饺子。这一切早已经无法考证，我的奶奶也已经仙逝有年。

能够确认的一点，除了我爷爷，在吃那顿饭的时候，谁也不会想到，那是一顿断头饭。

二

我总是想弄清楚一个人在临死之前，最后一顿饭吃的是什么。食物与死亡，这两个顺理成章的事物，总是在貌似关联的一瞬间，塌陷，羚羊挂角，无迹可寻。

1927 年 6 月 2 日，王国维自杀。他早上与家人一起用过早饭，去公事房办公，遗书已经事先写好，后事交由陈寅恪、吴宓打理，去了昆明湖，投湖而殁。1942 年 10 月 13 日，弘一法师圆寂，早在半月之前，弘一已经向妙莲交代后事，种种细微之事，包括“去时将常用之小碗四个带去，填龛四脚，盛满以水，以免蚂蚁嗅味走上，致焚化时损害蚂蚁生命，应须谨慎”。1966 年 8 月 24 日，老舍坐在太平湖前，整整一天，几乎没有动过，那天午夜，老舍投湖自尽。如今的太平湖早已经被填埋，成了混乱狭仄的小区，唯有一个太平湖菜市场依稀记载着当年。

美国女歌手惠特妮·休斯顿 2012 年 2 月 11 日死于比弗利的希尔顿酒店。能在微博上看到死亡现场的照片，惠特妮在当晚所享用的食物及饮料包括：汉堡、炸薯条、火鸡三明治和墨西哥辣椒。从照片中还可以看到一罐喜力啤酒和一个空的香槟酒杯。据称，这个香槟酒杯此前盛满了香槟。许多女明星都热衷于香槟，比如玛丽莲·梦露，在更早的 1962 年 8 月 5 日，梦露裸死床上，死因至今众说纷纭，比较中肯的说法是服用安眠药过量导致死亡，而她最爱的是 Dom Perigon 香槟，当天她也是用香槟服下安眠药。

与死亡这个西瓜相比，吃一顿饭连芝麻大小都算不上。日本的摄影师荒木经惟曾经说过一句话：“饮食，是前往死亡之路上的一段激情。”这话溢美了饮食。

三

300 多年之后，金圣叹的才华都已经消逝在历史中，倒是一个以讹传讹的故事流传颇广——他在临死前，曾告诉儿子：豆腐干与花生米同嚼，有火腿滋味。这个故事最早来源于《清稗类钞》，引金清美《豁意轩录闻》，说他的遗书是："字付大儿看，盐菜与黄豆同吃，大有胡桃滋味。此法一传，吾无遗憾矣。"

无论是豆腐干与花生米，还是盐菜与黄豆，都嚼不出什么别的味道来，这最多算是一个玩笑，跟死亡开的一个小小的玩笑。据史载，金圣叹"临终前饮酒自若，且饮且言曰，割头痛事也，饮酒快事也，割头而先饮酒，痛快！痛快！"

在金圣叹死后200多年的1935年，有一个人死于福建长汀，临死之前，他吃了四碟小菜，喝了一壶酒，神情自若，环顾四周，说"此地甚好"。这个人是瞿秋白，在狱中写了《多余的话》，作为遗书，最后一句是："中国的豆腐也是很好吃的东西，世界第一。"这句话与金圣叹遥遥对应，给死亡这块滚动不止的巨石，稍稍吹了一阵风，然而死亡依然迅速坠落，滚过肉身，生命不过软如豆腐。

在监狱的传统中，断头饭往往不可少，旧时往往称之长休饭，离别酒，再加上白方肉，用刀片着吃，寓意刀餐。清朝时，这顿饭叫辞阳饭，往往是酱肘子一包，大饼一斤，刑场设在菜市口，总是秋后问斩，名为"秋决"。菜市口有药铺鹤年堂，每有问斩，鹤年堂都在头一天得到通知："搭席棚，备酒食，勿外传，日后付款。"谭嗣同死在这里，他死前写下"我自横刀向天笑"，康广仁也死在这里，他是康有为的胞弟。吃了断头饭，饮了离别酒，前面一站就是黄泉路，在传说中，那边有奈何桥，有人给你灌下孟婆汤，前尘往事俱往矣，生永远短暂，而死亡无比漫长。

很少有人会在临死之前胃口大开，人对死亡的恐惧远远大于对食物的渴求，尽管这两者都是本能。英国有一个摄影师詹姆斯·雷诺兹在美国监狱里拍下了一些死刑犯的“最后的晚餐”。

都是一些简单的玩意儿，1995 年 4 月，麦克・维（Mc Veigh）在俄克拉荷马城制造了一起汽车炸弹爆炸事件，造成 168 人死亡，450 人受伤。在善待动物组织 (PETA) 的恳求下，最终麦克・维答应在最后的一餐中不食用肉类，他吃了 2 品脱薄荷巧克力脆片冰激凌。盖西（Gacy），别名“小丑杀手”，由于奸杀 33 人被判死刑。他曾经是肯德基的一名餐厅经理，他为自己的最后一餐选择了肯德基的炸鸡、炸虾、薯条、草莓和健怡可乐。布埃尔（Buell）由于在 1982 年性侵犯以及谋杀一名 11 岁的幼童被判处死刑，同时因其他的强奸指控被判处 121 年徒刑。他选择了一枚去核的黑橄榄作为最后一餐，这可能是由于他对维克多・弗格尔（Victor Ferguer）的崇拜所致——后者在 1963 年被执行绞刑，死前最后一餐是一枚未去核的橄榄。最要命的是小巴恩斯（Barnes Jr），他于 1989 年在受害者的居所内抢劫，殴打并刺杀了一名女性受害者。他最后一餐的选择是：正义、平等和世界和平——很不幸，这三样不属于可选择的食物范围，监狱的官员最终拒绝了这一要求。

四

饥饿能使味觉变得灵敏异常。这是我的一个朋友告诉我的，他由于一次酒后的斗殴，被关在看守所里。

每天他念叨着红烧肉入睡，第二天又念叨着红烧肉醒来，每每遭受殴打与谩骂时，他就在心中默念红烧肉。红烧肉在这时已然是他的上帝。当他从看守所出来，吃的第一顿饭是红烧肉，这几乎是他吃过的最好吃的红烧肉。

经济学家杨小凯也坐过很长时间的监狱，后来他写了一本回忆录《牛鬼蛇神录》，回忆他神奇的监狱生涯。时代不同，对食物的向往是一样的，他们常用“精神会餐”的办法来解馋。大家聊长沙的各种美食、各种饭店：“杨裕兴”面馆有名的三鲜面、牛肉面，“奇珍阁”的烤鸭，“德园”的包子，“和济”的米粉，“火宫殿”的臭豆腐。有的人会仔细叙说怎样做虎皮肘子可做出焦黄的肘子皮，怎样用猪肉皮炸出假鱼肚。大家都有了一个共同的决心，那就是一出看守所，第一件大事是遍尝所有这些好吃的东西。他还有一个狱友，每天饭后总是争着去倒洗碗的桶里的水，“他小心地把水倒掉，用一块纱布把桶底的饭菜渣子接住，然后吃掉”。

1990 年，万夏正在重庆看守所里，这个第三代著名的诗人，被许多人看成“活在当代的古代人”也躲不过牢狱之灾。2011 年年底，我们一起去了重庆，在傍晚经过长江，重庆看守所就在对面的山上。万夏说，他能记得住每一班渡轮的汽笛声。在他坐牢的日子里，送走过不少死刑犯，行刑总是有一些征兆，看守所白发的老所长有时深夜会在牢房里转悠，听着他慢条斯理的脚步，熟练的人们就知道：死神来了。第二天，总会有死囚死去。如果当天吃的不是馒头菜汤，而是面条，其中也有颇多含义，这也意味着将有人上路。

每一个坐过牢的人，都会对食物有着超乎常人的感触。某明星因为酒驾被拘役 6 个月，他在接受《新京报》采访时，也提及他在狱中对食物的渴望，“隔个四五个星期如果你这屋一直都没打架，就能评一次文明监所，奖励是五天的晚饭是有肉的，而且有很多肉，第一天是烙饼卷肉，第二天是粉条炖肉，第三天是蒸的肉龙，第四天是木樨肉，你到那天就特别高兴。那个肉极大地激励大家不许打架，谁也不许打架，一打架就没了”。

这至少是一种有希望的渴盼，在我看过的许多文字中，更多的是毫无悬念的绝望。比如索尔仁尼琴的《古拉格群岛》。在这本伟大的书的开头，索尔仁尼琴写道：“献给没有生存下来的诸君，要叙述此事他们已无能为力。但愿他们原谅我，没有看到一切，没有想起一切，没有猜到一切。”

在古拉格，食物短缺，年轻的女人们总是待遇好一些，原因不言自明。劳改营的领导不给犯人吃饭，于是犯人们吃腐烂的死马，吃地衣和苔藓，甚至吃机器的润滑油。只要是能吃的，都可以下肚。而如果想叫一个人背叛自己的灵魂，在这种情况下也简单异常——只需要给他一顿饱饭。一个叫巴比奇的犯人，在一桌子热腾腾的红菜汤和煎牛肉饼面前，哆嗦着写下 24 个人的名字，结果可想而知，他如动物一般猛餐一顿，那 24 个他出卖的人，被枪决。

五

有一段时间，作家狗子喜欢在喝高了的饭局上，问别人“什么是爱情”，这是个无解的问题。而我喜欢问别人“如果你生命还有一天，你想吃什么？”醉酒的饭桌上往往喧闹，这样的问题不会给热闹的餐桌带来一点儿冷场，往往是更喧闹。有人为了这最后一顿饭举起了酒杯，集体走一个。这个问题似乎有解，得到的回复都是一些简单的吃食，诸如一碗炸酱面，一碗豆汁之类的。

也有人愿意跟我一样追问相似的问题，BBC 做过一个纪录片，叫 *50 Things to Eat Before You Die*，死之前要吃的 50 种食物，其中分门别类，有牛排、龙虾、泰国菜、中国菜、冰激凌，也有鳄鱼肉、鹿肉、天竺鼠之类的蹊跷物。不同的人在镜头里细细描述着那些食物，这哪里是食物，其实是把生命的灰尘寄居在那些微小的食物之中。

也有人专门出过类似的书，摄影师梅勒妮·杜内亚（Melanie Dunea）写过一本书，向世界著名的厨师询问：你最后的晚餐想吃什么？回答很简单，一种是与幸福回忆相关的家常菜，一种是用最简单的方法料理的顶级食材。比如母亲亲手做的巧克力，或者父亲亲手做的冰激凌。味蕾总是受到回忆支配，过去的美味，无法重现，就像你年轻时深爱过的女孩子，十几年后如果再次相逢，也往往狼狈不堪，你已经微胖秃顶，她已经身材变形，市侩庸俗。回忆中的美食，就是互相偷取的青春，那一瞬间的吻，被封存，然后慢慢被风吹远，直到变成了夜空中的星辰，只可遥望。

著名的最后的晚餐，被达·芬奇画成了一幅画。那是逾越节的晚宴，他们杀好了羔羊，吃苦菜，无酵饼，葡萄酒也应该是无酵的，这是逾越节的规矩。在《圣经》中写道："主耶稣被出卖的那一夜，他拿起饼来，祝谢了，就擘开，说：'这是我的身体，为你们舍的；你们应当如此行，为的是纪念我。'饭后，也照样拿起杯来，说：'这杯是用我的血所立的新约；你们每逢喝的时候，要如此行，为的是纪念我。'你们每逢吃这饼，喝这杯，是表明主的死，直等到他来。"

后来这件事成就了教会的两大圣礼之一：圣餐礼。对于我们这些庸常的人来说，也从中获得了许多好处：葡萄酒。在法国，葡萄酒最早都是教会酿造的，1000多年的过程之中，教士们种植葡萄，酿制葡萄酒，作为耶稣的血，在圣餐礼上饮用。

相比而言，中国的皇帝们，最后的晚餐也是极尽奢侈，翻看《膳底档》，可以查找出许多蛛丝马迹，嘉庆四年（1799年）的大年初一，乾隆已经是风烛残年，即便如此，他那一天的菜单也是丰富异常：燕窝肥鸡丝热锅一品、燕窝烧鸭子热锅一品、肥鸡油煸白菜热锅一品、羊肚片一品、托汤鸡一品、炒鸡蛋一品、蒸肥鸡鹿尾一品、烧狍子肉一品、象眼小馒头一品、白糖油糕一品、白面丝糕糜子米面糕一品、年糕一品、小菜五品、咸肉一碟、攒盘肉二品、野鸡粥一品、燕窝八鲜热锅一品。

我猜测乾隆皇帝不过是在床上看着这些珍馐美味罢了。两天之后，那一年正月初三的早上，乾隆驾崩。

六

十几年前，陆幼青写过一本《死亡日记》，他记录下面对死亡的种种坦然，颇有“人之将死其言也善”的大度。其中也提到吃，他本是一个吃货，然而在最后的日子里，“想起来的美食几乎跟饭店无关，全是菜名，甚至有不少是我在外地吃的，留下深刻印象的。开个玩笑，我现在如果开张菜单，御膳房也没辙。前两天，忽然念及上海大壶春的生煎馒头，觉得比较有可行性，便由妻驾车巴巴地赶了去，如愿以偿，但只吃了4个，也觉得就是如此了”。

在生命的最后的时光里，美食早已经不是食物，而是一种对世界的回忆，以及念想。哪里是充饥解馋，无非是Yesterday once more，在旧日重现的光景里，想念着那时候的人和事，吃食仅仅是一粒明晃晃的纽扣，悬挂其上。

看关于侯宝林的传记，提及侯宝林临终的日子里，最想吃的是冰激凌。那时候北京已经是冬天，市面上已经少有冰激凌出售，儿女跑了大半个北京城，买到了一个冰激凌球，侯先生在病床之上，只是欣慰地看看，却已经无力吃下。我猜想在冰激凌慢慢融化的空当，侯宝林回想起的只是少年时代的光景。那时他12岁，在天桥撂地摆摊卖艺，每到夏天，最能感染少年侯宝林的就是小贩一声声“买冰核儿”的叫卖。他那时的心愿便是以后挣多了钱，天天吃冰激凌。

许多人年少时都会有如此奢望，我小时候最喜欢吃的灌肠，北方农家做法，用的是真正的猪大肠灌上肉馅，而不是现在常见的肠衣。肉馅里面掺上了淀粉、葱花及各种香料，表皮肥腻，一咬一嘴油。这是我小时候关于美食的至高想象，我无法想象还有什么比这个更好吃。而且最好吃的方式是偷嘴吃，妈妈买来灌肠，放在桌子上，它静静地摆放在那里，像是静置的神物。等不到晚饭的时候，切成一片片摆放在盘子里，我总是偷偷地掰下一小节，迅速吃下，大口咀嚼，整个口腔被塞满充盈。过半个小时，会再一次看着那静静的灌肠，发呆，然后忍不住又去偷偷掰下一节，食物的诱惑呀，往往在吃饭的时候，我已经偷吃大半。那时我的心愿就是：要是有吃不完的灌肠，吃死了我也认。

许多人都是如此，秦朝宰相李斯被腰斩，临死之前对他的儿子说："吾欲与汝复牵黄犬，出上蔡东门，逐狡兔，岂可得乎？"

不可得了，自己明明知道是奢望，却还是想努力地回头张望。能望到什么呢？不过是一片白茫茫。

有一本书叫《让日子多一点生命》，讲的是德国米其林厨师鲁培希特的故事，他是当地临终关怀机构的厨师，他所面对的都是风烛残年者，没有胃口，等待死亡的苹果砸落到自己头上。

为这些濒死者做饭，超高的厨艺派不上用场，高级的食材也没有市场，他们只是想吃这辈子印象最深的食物，犹如陆幼青的生煎，侯宝林的冰激凌，以及我小时候的灌肠，这吃的完全只是回忆。

这本书中记录了一个人，他想吃牛排，但肿瘤挤压食道让他无法下咽，他只能在嘴中咀嚼几口，品尝一下味道，然后再吐出。还有一个人，味觉已经丧失，而主厨就为她做色彩鲜艳的菜式，而她竟然有一天在一份汤中尝出了芹菜味道，她兴奋不已。主厨当然没有放芹菜，一直到死都为她保持着这个美味的谎言。

尽管是个名厨，他却没有老主顾，死亡纷至沓来，今天还聊天的客人，明天就成了一缕烟。每天迎来送往的不是吃客，而是生命。有人问主厨在临终关怀机构工作会不会后悔？鲁培希特说：那些高级餐厅的昂贵食物，只不过是给客人用来炫耀的，并非真正的美味。直到你生命的最后一天，你才会清楚自己最爱的食物是什么。

七

我只是试图寻找美食的背面。透过食物这扇窗户，朝外面张望，可能漆黑一片，可能有点点星光，而此刻，外面正在下雨，一场小雨。食物从来不是食物本身，而是生活与经验。人类的美食史，也是人类的饥饿史，在人类历史的缝隙中，下着小雨，有点儿恍惚，以至于看不清楚。

没有过多久，许多事情就已经湮没了，消失在人们的记忆中。已经很少有人提起“代食品”了，才几十年的光景，这看上去就像是个笑话。

在三年困难时期，人们已经吃不到粮食，于是吃糠，吃野菜、树皮，连这些都没得吃的时候，就有了“代食品”，实行“低标准”“瓜代菜”，克服困难，度过灾荒。代食品有许多种：小麦根粉、玉米秆粉、橡子面粉、叶蛋白、人造肉精……其中最有名的是小球藻。

当时报纸上发表文章，说何必吃鱼肉蛋禽，食物不过是蛋白质，小球藻就富含蛋白质，并且在水里极易繁殖，简单易行，取之不尽。于是大搞小球藻，许多地方都成立了小球藻小组，专门研究小球藻。在那个年代，许多荒谬的事情都是作为政策下达的，诸如合理密植、深翻土地、瓜代菜、大炼钢铁，增量做饭法。1960 年 7 月 6 日，《人民日报》还发表了社论《大量生产小球藻》：“小球藻不仅是很好的精饲料，而且具有很高的食用价值。”文中还举例说有些地方用小球藻试制糕点、面包、糖果、菜肴、藻粥、藻酱等食品，清香可口；有人用小球藻粉哺育婴儿，效果跟奶粉不相上下。

一声令下，全国各地都流行培育小球藻，做小球藻的关键在于采集小球藻的培养液，最常见的方法是用人畜粪尿稀释，并且以 1%~2% 稀释人尿为最佳。

可以想象其味道：绿色的、浑浊的一碗粥，里面有刺鼻的尿骚味道。在此之前，这些东西一般用来做喂猪的猪食，终于有一天，它摆上了饥饿的餐桌。

几十年之后，小球藻又一次出现在人们的视野中，它摇身一变，成为有助健康的保健品，商家们编造了各种神话，抗衰老，降血脂，然而知道那段代食品历史的人们，对此不过一笑而之。

还是有许多事情被遗忘了。我爷爷坟前的柳树快50岁了，粗壮茂密，我每年清明都会去上坟，看柳色氤氲。奶奶已经与爷爷合葬，相隔40多年之后，重新相逢。奶奶临死前几天，早已经失去了知觉，凭借着葡萄糖和营养液维持心跳。有一天，她忽然清醒，回光返照，与所有人问好，也认识所有家人，似乎胃口也见好，想吃一点儿面条。面条做得极为软烂，她挣扎着吃了一口。几天之后，她在睡梦中离世。

卡夫卡写过一篇小说《饥饿艺术家》，我是因为这篇小说喜欢上了卡夫卡。他讲了一个人表演饥饿的事故，最后终于饿死。饥饿不是手段，而是目的。而所谓的美食，也不过是手段，目的是死亡。世界上哪里有什么美食可言，都是在死亡的大山前，说说笑笑，等待着它的降临。美食虚幻无比，死亡才真实有效。

关于饥饿，我想引用一首诗。我承认是看了这首诗才想着应该写点儿什么。这首诗其实不算是诗，而是一封信，一封诗人在监狱里写给妈妈的信。信中，饥饿的她细数那些充满欲望的食物，如同画饼充饥，望梅止渴。她写下这些食物的时候，似乎已经用灵魂咀嚼过一遍。那是一个压制欲望的时代，也是一个禁止表达的时代，这些食物罗列起来，让人心碎，把一封信拆开，分行，竟然是一首那个年代里最好的诗歌：

见不见的你弄些东西斋斋我，

我要吃呀，妈妈！

给我炖一锅牛肉，煨一锅羊肉，煮一只猪头，

再熬一二瓶猪油，烧一副蹄子，烤一只鸡或鸭子，

没钱你借债去。

鱼也别少了我的，

你给我多蒸上些咸带鱼，鲜鲳鱼，

鳜鱼要整条的，鲫鱼串汤，

青鱼的蒸，总要白蒸，不要煎煮。

再弄点鲞鱼下饭。

月饼、年糕、馄饨、水饺、春卷、锅贴、

两面黄炒面、粽子、团子、粢饭糕、臭豆腐干、

面包、饼干、水果蛋糕、绿豆糕、

酒酿饼、咖喱饭、油球、伦教糕、开口笑。

粮票不够你们化缘去。

酥糖、花生、蜂蜜、枇杷膏、

烤麸、面筋、油豆腐塞肉、蛋饺，蛋炒饭要加什锦。

香肠、腊肠、红肠、腊肝、金银肝、鸭肫肝、猪舌头。

黄鳝不要，要鳗鱼和甲鱼。

统统白蒸清炖，整锅子拿来，锅子还你。

妈妈你来斋斋我啊，第一要紧是猪头三牲，晓得吧妈妈？

猪尾巴——猪头！猪尾巴？——猪头！猪尾巴！——猪

头！猪头！猪头！

肉松买福建式的，油多一些。

买几只文旦给我，要大，装在网袋里好了。

咸蛋买臭的，因可下饭，装在蒲包里。

煮的东西都不要切。

哦，别忘了，还要些罐头。

昨天买到一个，酱汁肉，半斤，好吃，嵌着牙缝了！

别的——慢慢要罢。

林昭附注：

嘿！写完了自己看看一笑！尘世几逢开口笑，小花须插满头归！

还有哩：举世皆从忙里老，谁人肯向死前休！

致以女儿的爱恋，我的妈妈！

山川是故人

东京的双面味觉

所谓美味，仅仅短暂一瞬。这样的心境中也包含着日本传统文化中的无常与物哀。

一

2018 年 7 月 7 日东京时间 20:23，日本千叶县近海发生了 6.0 级地震。当时我们正坐在东京青柳餐厅里用餐，年近七旬的小山裕久朝我们笑笑，没有说话，他正在用一把刀切一份鲷鱼。在一阵阵轻微的晃动中，一餐怀石料理也给我们一点点儿震颤。

在去东京之前，我做了一点儿功课，阅读了小山裕久的美食书《日本料理神髓》，里面有小山裕久作为一个料理职人对日本料理的理解，也有他和众多名家的访谈，其中许多文章都是写于 20 世纪 90 年代中期，20 多年之后翻阅，并没有因为时代更迭而显得古旧。

在那本书中，如果用一句话解释日本料理的神髓，那就是：因为很简单反而变得很难做。日本料理使用的烹饪手法相当简单，对食材的处理也没有像中餐这么多变化，呈现出来的样貌也是简单的，然而正是因为步骤简单，所以要求每一步都精益求精，不能出差错，每一个环节都要有很高的标准，只有这样才能出色。这是一种日式的审美：表面平淡无奇，其实暗藏玄机，浑然天成之外，需要耗费大量的时间去琢磨。

日本料理在中国渐成显学，北京、上海涌现出不少高级昂贵的日本风格餐厅。在中文语境中,因为一部美食纪录片《寿司之神》的缘故，小野二郎几乎成了最著名的日本厨师。与他齐名的是被称为“天妇罗之神”的早乙女哲哉，他主理的“是山居”也成为中国食客去东京的打卡地，他的弟子张雪崴也在北京工体开设了以自己名字命名的天妇罗店。然而小山裕久在日本料理界的地位则是“承上启下”。

他的师傅是汤木贞一（1901—1997），汤木贞一经营的高级料亭店“吉兆”一直是怀石料理的经典之作。汤木贞一祖上经营生蚝，他在父亲手下开始接触料理，1930 年，在大阪开始经营吉兆。1945 年，大阪空袭中老店被毁，于是汤木贞一在自家宅邸中开设芦屋吉兆。二战后，随着日本经济的发展，吉兆逐渐在各地开枝散叶，到如今京都岚山吉兆还是米其林三星。

汤木贞一年轻时学习茶道，把千利休的茶道思想引入料理之中。在他晚年和小山裕久的谈话中，他说道：“禅师千利休将四百年的孤单和寂寞融入日本料理的意象，让茶会恢复原来清淡素朴的面貌，所以我们必须好好整顿日本料理。”

此时又出现了一个重要的人物：千利休。如果不知道千利休就不能明白日本审美之源。

千利休（1522—1591），在他之前，日本的审美遵循中国。千利休用日本之物，创立属于自己的价值观。当时以丰臣秀吉为代表的统治阶级，推崇唐物。丰臣秀吉建立起黄金茶室，而千利休建造了一个茅草屋。在千利休手中，茶道大成，浸润后世。后来日本的饮食、器物、音乐、仪轨、待人接物无不受此影响。

日本茶道讲究和、敬、清、寂。从后世的日本料理中也能清晰地呈现出相似的审美偏好。

关于千利休，有一个流传甚广的故事。家里来客，他叫儿子绍安打扫院子。儿子打扫了一遍，千利休觉得不行，儿子又打扫了一遍，与父亲禀告："小径洗刷了三次，石灯笼和树梢上都洒了水，苔藓和地衣看起来都生气勃勃，洋溢生机；哪怕一根小树枝、一片落叶都没法在地上找到。"然而千利休却说，院子不是这样打扫的，他走到院子里，摇动树木，叶子落下来，稀稀疏疏洒在庭院。

这是自然之功。人可以打扫干净地面，这是一时的；而树叶飘落下来，却是永恒。

最后，千利休被丰臣秀吉赐死，为日本茶道的正名，落下浓墨重彩的一笔。如果以此事来定义日本茶道的确立，那么，也等同于日本审美的确立。他切腹之前留下俳句："人生七十，力囲希咄，吾这宝剣，祖佛共殺，提る我得具足の一太刀，今此時ぞ天に抛。"

翻译一下："人世七十，力图命拙，吾这宝剑，祖佛共杀，提我得具足的一大刀，今在此时才扔给上苍。"

汤木贞一在千利休的遗产中，寻找日本料理独有的美学，并把这种审美开枝散叶，甚至传播到世界各地。小山裕久也是与汤木贞一共事多年，渐渐形成了自己的风格，回到故乡德岛，建立了德岛青柳。在他的门下，又涌现出一批有国际声望的名厨，其中最有代表性的有三位：“神田”主厨神田裕行、“小十”主厨奥田透、“龙吟”主厨山本征治，这三人都是米其林三星厨师。

花了一些篇幅对日本厨师的师承脉络做了一点儿梳理，其中的变化与流转，形成了如今的日本料理的格局。小山裕久现在把更多的时间和精力用于日本料理的文化推广中，他著书立说，在世界各地讲学、做论坛。这次我和大董先生一起前往，他还热情地邀请大董作为中国美食的代表厨师一起参与一场国际美食论坛。

在东京青柳，年近七旬的小山裕久身体不是很好，做菜明显有些力不从心，他的女儿负责翻译和打下手。他身后有一行字：真味乃是淡。他在当天的菜单上，给我们签名，上面写着：一期一会。

当天是 7 月 7 日，日本人的七夕节，故而八寸是限定的七夕八寸，八种时令小吃。八寸，是怀石料理中最能展现“丰富性”的一道，不像之后的向付、盖物、锅物都已经是固定了的烹饪方式，所以八寸是最能让店家发挥创意的，因此许多店家都将其放在最先，所谓先声夺人，亮相叫彩。

随后而至的是种种时令、花心思的小菜，许多地方可以见到用心，从前菜中的鲍鱼，到胡麻豆腐，甚至还有一份甲鱼的裙边做成的汤品。刺身、牛肉、点心……一餐中规中矩的怀石料理。

在地震来袭的瞬间，小山裕久正在切生鱼片。生鱼片最讲究的就是刀工，同样的鱼，不一样的师傅会切出不同的口感。小山裕久说，世上没有“因为是生的就叫生鱼片”这么简单的事。有的师傅切出来每一片都晶莹，放一段时间也弹性十足，有人切出来就惨不忍睹，其中要义在于刀。

所谓切，是把食物的组织切断，切生鱼要顺着纹理，不对鱼肉施加额外的力量，组织的破坏才能到最低。在青柳，使用的刀是单面刃，而非双面刃，足够锋利，才能足够完美。

所谓美味，仅仅短暂一瞬。这是食材的最好时节，也是料理的最佳火候，这本身就是一种一期一会。“一期一会”也是源于茶道的一个词，源于千利休。“难得一面，世当珍惜”，人的一生中可能只能够和对方见面一次，因而要以最好的方式对待对方。这样的心境中也包含着日本传统文化中的无常与物哀。

二

小山裕久和他的青柳，代表着一种过去时态的日本风格，节制、简朴、暗含丰盈、物哀、伤逝、菊与刀靠近菊的那一面。而我们去的另外一家店则代表着一种进行时态，先锋、创造、铺陈、世界，代表着东京新锐的口感。

这一家店叫 Sugalabo，主理人是一个帅气的厨师，须贺洋介。

日本的订餐体系与中国不同，尤其是这些有很少位子的高级食肆。这些餐厅不接受大众预订，于是有了一种独特的预订模式：熟客制。

这一类型的餐厅在日本不算少数，因为每天供应的量实在是少数，只有不多的席位，主厨的风格并不是为了做大做强，而是为了做精，手艺与味道无法复制，于是成就了不少传奇。熟客餐厅考验订餐者的能力，如果提前预约了，临时有事没有去，这是非常不礼貌的事情,甚至可能被拉入黑名单。每一家熟客制的餐厅，客源相对固定，往往没有固定菜单，厨师信手拈来，以最新鲜的食材发挥，如此一来，食客与厨师的相互了解就非常重要，厨师也愿意为熟悉的、懂得欣赏的高层级食客服务。

众多世界最难订的餐厅，多半在日本，更具体说是在东京。比如 Saito（鮨 さいとう）。Saito 在可预见的未来都订不到位子，一般从听到 Saito 到吃到副厨席位需要 3~4 年，吃到主厨席位需要 6 年。前些天，我一个杭州朋友订到了 Saito，专门纠集朋友飞到东京，只是为了一餐。

还比如这一家 Sugalabo。这家店甚至不会每天营业，主厨须贺洋介经常在日本各地或者世界各地探访食材，他不在东京的时候，店就不会营业。

如果小山裕久的师承与源泉是汤木贞一，那么须贺洋介的师承则是一个法国人：乔・卢布松（Jol Robuchon）。卢布松不但是一个承前启后的法国名厨,也是一个好商人。他在众多世界名厨中，率先嗅到亚洲市场的商机，很早就开始布局亚洲市场，包括许多食客都熟知的位于上海外滩的 L’Atelier de Jol Robuchon，还在今年在上海开了一家消费更低一些的 Jol Robuchon，位于芮欧百货。他在亚洲的店遍布于中国香港、中国澳门、新加坡、曼谷、中国台北，当然还有日本东京。他也是获得米其林星数最多（28 颗星）的法国厨师之一。

在法国名厨保罗博古斯（Paul Bocuse）之后，他成为“后新法餐”（post nouvelle cuisine）的领军人物。所谓“新法餐”是 20 世纪六七十年代的一场法国餐饮革命，以简化的步骤替代繁杂的传统做法，以清淡的调味替代浓郁的酱汁，追求健康原味及平衡。而到了卢布松这一代，他们在八九十年代又开始一场新的颠覆，把更多世界料理的多元风格嫁接到法国料理中，成为“后新法餐”，其中非常重要的灵感源泉就是日本料理。

法国的浪漫与日本的禅意，金风玉露一相逢，便胜却人间无数，很快就开始互相学习，成为那个年代的美食风尚。许多日本本土的厨师纷纷留学法国，在法国的高级餐厅打工学习，他们后来回国之后，也把法餐的精髓带回日本，成为一种独树一帜的日式法餐。也正是那个年代，法国的葡萄酒文化开始影响东方，日本人也是最早开始对勃艮第风格迷恋的东方人。

在那一场风云涌动的美食潮流中，中国并没有参与其中，许多中国厨师对那段历史也并不了解，但是随着中餐的缓慢起步，现在也慢慢形成了一种小气候，但是如果想在以西方话语体系为主导的美食领域，获得更多的话语权，还有非常漫长的路。

从 Jol Robuchon 厨房走出去很多名厨：Le Bernardin 的埃里克·里佩尔（Eric Ripert），Restaurant Gordon Ramsay 的戈登·拉姆齐（Gordon Ramsay)，Wagyu Takumi 的前主厨小西充，

ESqUISSE CINq 的成田一世，Seasons 的奥利维尔·埃尔泽（Olivier Elzer）……当然还有 Sugalabo 的须贺洋介。

这家餐厅非常隐秘，门口没有任何招牌，进去之后，才可以在墙面上看到很小的 logo，画着一个埃菲尔铁塔的形状，指代着法国风格。Suga 是他的姓，Labo 是实验室，所以这更像是他的一个私人厨房与美食实验室。面积很小，只有大概 20 个餐位，最大的一张桌子也只能坐 8 个人。厨房是开放式的，在屋子的正中，每一个厨师都在厨房里有条不紊地工作，看厨师如何料理一种食材，这是一种别致的美。

当天的菜单也是专门准备的。日本厨师往往对本地食材有执念，认为最好的食材都是本地的。

前面几款精致的小吃都是小点缀，厨师每上一道菜，就会把相应的食材放到桌子上与大家分享。岐阜县本土的生吃火腿搭配奈良米。日本人去意大利学习当地制作帕尔马火腿的技术，回来在岐阜县制作自己的生吃火腿，切到如纸薄，搭配奈良米，多了一些粉红色的明媚；京都贺茂的茄子最当时，茄香浓郁，搭配着来自北海道的海胆，京都的鸟贝，做成一个果冻，配上北海道柴鱼吊成的高汤，搭配上来自鸟取县的 wasabi；接下来是一款春卷，里面包括来自北海道的毛蟹，以及当下最当季的北海道甜玉米，那种清甜无渣的玉米真是令人叫绝；接下来的是来自爱知县的鳗鱼，意大利 25 年的陈年黑醋，搭配上水瓜柳。

7 月正是鲷鱼最美的季节，来自爱媛县的鲷鱼，不去鱼鳞，轻柔烤制，搭配上莼菜、去色过滤的番茄汤，做一款柔美令人感慨的汤。常规的日本餐厅会使用等级很好的和牛，但是在这里，他们选取了仙台黑毛和牛的横膈膜，在火候合适的情况下，出现一种弹牙的脆爽。在旁边加上山花椒和来自青森的萝卜，其实并不是萝卜，而是芜菁——一种十字花科芸薹属的根茎植物，上面撒上黑松露。最妙的还有甜品：来自北海道的夕张蜜瓜，做了一款一瓜三吃，果肉、果冻，以及拿蜜瓜打成的泡沫，一个瓜呈现出三种不同的口感，每一种都别致地加入不同口味的酒，利口酒，朗姆酒，甜酒，增强其丰富度。为了调色，最上面覆盖了一点儿金箔。水果甜品是来自山形县的樱桃，最是当季，杏仁挞与香草冰激凌……

一餐眼花缭乱，一餐惊喜不断。法国的风格与本土的风格无缝隙链接，一切风格都是厨师自己的风格。对本土食材的深度发掘，使这里拥有了自己的语言，并且生长在大地，有了根脉。

两顿饭，犹如东京的A面与B面，现代与传统，年轻与怀旧，都在这个都市碰撞融合。一期一会，不同的厨师之间，内在有牵连，食物是一种不需要翻译的语言。在青柳用餐的时候，大董对小山裕久说，他在小山先生身上感悟到了时间的力量。

是吧，在时间中，我们看花开花落，我们也体验着生命的美好与不堪，一切都在时间中发生着变化。但愿在时光中，我们可以感受这些美的瞬间。

簋街龙虾传

簋街开创了小龙虾论只卖的先河。满大街都是红彤彤的吃小龙虾的盛景，人们亲切地管它叫“麻小儿”，而偏爱吃麻小的人，则被称为“麻小战士”，三四个人坐在露天的摊位上，一晚上啃两百只小龙虾是司空见惯的事。

我没有赶上簋街小龙虾最初的火爆。我第一次来到这条街的时候已经是2003年。那一年我毕业来到北京，居无定所，隔几个月就要搬一次家，到东直门簋街吃一次饭，算是人生大事。那时候簋街给我印象最深的是满街的红灯笼。

那次去了哪一家餐厅吃饭，早就忘了，似乎点了麻辣小龙虾、水煮鱼、馋嘴蛙，喝了不少啤酒，最后踉跄着走在初秋的风里。夜很深了，红灯笼遍地，四周有拉客的伙计吆喝着揽客，跟现在似乎没有区别。一个酒徒悲从中来，因为时间太晚，没有公交和地铁，我只能坐出租车回位于通州的暂住地，我努力从往来的车辆中辨识着一块二的夏利和一块六的富康。

从那时起，簋街已经形成了现在簋街的风格：招摇的字体、红灯笼、麻辣、小龙虾，这是一种独特的暴力美学，试图用强有力的LOGO符号冲击着往来者的眼球。事实上，2003年的簋街，算是簋街历史上最萧条的时候。2002年簋街东段开始拆迁，许多簋街名店都客走他乡，包括在簋街起家的金鼎轩搬到了地坛，做麻辣小龙虾颇为出名的“接头暗号”去了天津,还有一家“金三角”也不知所终。簋街东段的修整还没有结束，刚好又赶上了2003年的“非典”，北京大大小小的餐厅一片萧条。

2003年，北京的餐厅远远没有现在多，也没有现在这么多幺蛾子的互联网思维。因为“非典”的缘故，不少餐厅关门了，却意外使后海出了名。因为这里有不少酒吧都有露天座位，银锭桥边没有现在热闹，最热闹的地方是烟袋斜街，现在摩肩接踵的南锣鼓巷还是一个安静的小胡同，五道营胡同里面也什么都没有。也正是那一年，我成了一个美食记者，开始了我走街串巷找馆子的生涯，并且是以工作的名义。也同样是2003年，簋街上的另外一家名店花家怡园开始牵头筹办“簋街龙虾节”，试图在大萧条中抱团取暖，给整条街聚集一点儿人气。

花家怡园的老板叫花雷，我们在2015年夏天的花家怡园四合院店的院子里闲聊，北京刚刚颁布了史上最严的禁烟条令，所有餐厅室内都禁烟了。花雷姓花，这个姓氏不太常见，在他之前，我只知道《水浒传》里的小李广花荣。

花雷1988年开始创业，在东直门南小街开了一家小饭馆，叫怡园酒楼，听着名字挺大，其实就4张桌子，雇了3个人，那时候他19岁，刚从北京服务管理学校的厨师班毕业。19岁，不管怎么看都还是太小了，算是“小鲜肉老板”。几年之后，赶上了平安大街拆迁，小饭馆没了，拿着一笔50万元的拆迁款，来到了簋街，找了一家四合院，开始做花家怡园。那时候，是1997年，这一年，花雷28岁。

簋街的历史，似乎也应该从1997年算起。我找不少簋街的老人聊过天，其实簋街这个名字也是后来的，原本就是东直门内大街，东起二环路东直门立交桥西端，西到交道口东大街东端，全长 1442 米。1997 年的时候，这里就有 40 多家餐厅聚集，而到了 2000 年，这里的餐厅迅速增长到 100 多家。这条街是夜里欢，越夜越美丽。当地的居民管这里叫“鬼街”，后来觉得不好听，于是给起了个名字：簋街。簋，是中国古代的一种喝酒的容器。北京许多地名的得来也是由俗入雅，比如雅宝胡同以前叫哑巴胡同，而现在成了文艺青年聚集地的杨竹梅斜街以前叫杨媒胡同。

簋街的兴盛有迹可循，20 世纪 90 年代，北京夜生活开始活跃，最早自然是在三里屯，这里是使馆区。1995 年，三里屯终于有了第一家酒吧，叫“咖啡咖啡”。在这之前，三里屯一带是汽配一条街。很快，三里屯声名鹊起，成了夜生活的代名词，离三里屯不远的簋街自然成为夜生活的第二落点，那些在酒吧刷夜的红男绿女们，自然需要一个地方解决消夜。坊间传闻，簋街最早的客人是深夜拉活儿的出租车司机和夜总会的姑娘。北京的潮流生活貌似繁盛，夜生活貌似发达，算来算去，不过二十年的光景，所谓二十年河东，二十年，年华老去。

至于小龙虾什么时间进入簋街，许多人莫衷一是。谁第一个把小龙虾引入簋街，就像谁是第一个吃螃蟹的人一样。我听过不少说法，有的说是通乐，有的说是胡大，有的说是接头暗号。后来花雷很确定地跟我说，是他在 1999 年开始正式售卖小龙虾，一炮而红，周围商户竞相模仿，最终成为现在的模样。

那时候小龙虾便宜，两块五一斤，一斤十只，加重麻重辣炒制，卖两块钱一只，一天光卖小龙虾就能卖得盆满钵满。

我也跟不少人探讨过小龙虾在中国的发展史。小龙虾学名克氏原螯虾（Procambarus clarkii），原产地是墨西哥北部和美国南部，最繁盛的地方在路易斯安那州。我看过一个美国的纪录片，讲述的是一名高级餐厅的女大厨去路易斯安那州料理小龙虾的故事。当地吃小龙虾也是大桶煮，吃得随意且豪放，女大厨用了各种方法把小龙虾做成能上台面的高级料理。根据互联网上得来的信息，20 世纪 20 年代，小龙虾最早被引进日本，20 世纪 30 年代又到了中国。

很长时间以来，小龙虾在中国是以蒸为主，蘸食一些姜醋汁，吃法与大闸蟹相似。关于到底是什么时候，小龙虾改蒸为炒，完成了一次从猿到人的历史性跨越，《舌尖上的中国》的总导演陈晓卿给我的答案是：20 世纪 80 年代的湖北潜江。这里是江汉油田的所在地，油田的人来自四面八方，油田家属们最早开始炒制小龙虾。星星之火，可以燎原，小龙虾的势头从南向北蔓延，各有各的讲究，各有各的说法，在传播之中不断变化口味。到了 2000 年初的时候，江苏盱眙开始举行小龙虾节，小龙虾不但成为一种日常消费的食物，也成了地方支柱产业。

花雷就是在报纸上看到江苏举行龙虾节的消息，准备大干一场，召集簋街商户做一次“簋街小龙虾节”。那时是 2003 年，“非典”刚过，人心惶惶，簋街拆迁，许多名店迁走，整条街犹如工地。事实上，这一次成功了，几乎算是异常成功，到了晚上，簋街几乎成了步行街，车水马龙，摩肩擦踵。簋街也开创了小龙虾论只卖的先河。我查了一下那时候我写的报道，根据大小不同，每只2~4元不等，满大街都是红彤彤的吃小龙虾的盛景。人们亲切地管它叫“麻小儿”,而偏爱吃麻小的人,则被称为“麻小战士”,三四个人坐在露天的摊位上，一晚上啃两百只小龙虾是司空见惯的事。

簋街算是北京平民美食的风向标。簋街流行什么，很快就会蔓延到全城。从20世纪90年代起，不同的流行菜品，各领风骚三五年。最早是河南风格的红焖羊肉，后来是酸菜鱼，接下来是水煮鱼，水煮鱼一道菜成就了沸腾鱼乡和麻辣诱惑。间或流行过贵州酸汤鱼，开此先河的是三个贵州人。当然少不了烤鱼，早年间的烤鱼都是打的重庆万州风格。簋街有一段时间流行鸭脖子，武汉风格，那几年电影《吉庆街》热闹一时，要是没有鸭脖子都不好意思在簋街开店,如今大浪淘沙只剩下周黑鸭、哈哈镜等几家。还流行过馋嘴蛙，簋街最火的是嘉陵楼，还有一家小店叫火凤凰。一条街，也可以有波澜壮阔的历史。

2010年之后，簋街逐渐风平浪静，只是暗流涌动。胡大后来者居上，日日排队，在簋街上开了几家分店；仔仔烤鱼也是有了一店二店。簋街的品牌往往不出街，专注在这条街上过小日子。而早年间因为拆迁搬走又迁回来的店则有点儿无力回天，酒圣居搬回来没几年就消失了，接头暗号当年是北京刷夜客的标志，而对更年轻的食客来说，有点儿笑问客从何处来的感觉。

市场在变，食客也在变，簋街成了北京夜生活的新名片，成了旅游景点，我在这里也能看到打着旗子的导游和成群结队的游客。一代代的食客犹如一年年破壳生长的小龙虾，90后已经成为簋街最主要的消费者。当然也有不变的，红灯笼、超大的字体、车水马龙和小龙虾。

当年两块钱一只的小龙虾卖到了6块钱起步，稍微大一点儿的8块、10块，纵情吃小龙虾喝啤酒似乎也成了有点儿小奢的行为。口味也在延伸，从主流的麻辣口味，衍生出十三香、蒜蓉，甚至酸菜口味。

上次我在花家怡园吃到了几种新口味的龙虾，有咖喱、酸菜以及清水小龙虾。我个人的口味也慢慢从浓烈暴躁转向清淡悠长。当年无辣不欢，没有麻小与啤酒，就不知道如何度过漫漫长夜，到现在虽然馋重麻重辣，但是一两个就足够了，反而会觉得酸菜口味的不错，清水小龙虾更是禁得住品味，虾的品质不好，往往是不能做原味的。

十几年来，吃过的小龙虾没有一万，也有八千，虾兵虾将，在我身体里仿佛可以沙场秋点兵，它们红彤彤排列，我的胃口分明就是它们的战场。吃这么多虾，倒是能吃出一点儿门道。

许多人不能分别小龙虾的公母，大闸蟹好分，看是尖是团即可。吃小龙虾一般看螯，雄性比雌性更大。我的经验是看雄虾前面有一层薄膜，活的时候是红色，炒制之后往往不显眼。还有人用腮部是否干净来辨别虾是从清水里长大的还是从污水里长大的，这种原理就如同经常抽烟的人，肺部似乎应该比不抽烟的人要黑。

其实腮部泛黑是小龙虾一种常见病，往往是由于持续阴雨或者强降雨之后，池塘水质浑浊引起的。而有的小龙虾壳很软，不少人觉得这是虾脱壳不够，其实这也是一种常见病，叫软壳病，也是因为养殖环境缺少光照，水的酸碱度偏酸性造成的。小龙虾含有的虾青素比一般虾要多，所以适应能力强一些，但并非含有超标的重金属和大量寄生虫，这些往往是耸人听闻的传言。唯一要特别注意的是，别吃死虾做的麻小。就如同看蒸鱼新鲜与否看鱼眼睛，看小龙虾新鲜与否要看尾巴，如果尾巴弯曲紧实，可以放心吃，如果尾巴是直的，并且肉松散，那么不吃就是了。

有一段时间，簋街是众多媒体的众矢之的，这里脏乱差横行，有媒体暗访，发现有的店卫生不达标，做鱼用死鱼，油用地沟油。这种店不光在簋街有，在许多地方都有，一个餐饮店老板的底线决定着这家店出品的底线，古今中外皆然。从这一点来说，我很佩服花雷。

在我看来，花家怡园代表着簋街的最高水准，无论是外地来客还是朋友小聚，我总是把这里当成簋街首选。而且花雷并没有把簋街当成桎梏，而是四处开花，除了花家怡园，还有八爷府，除了做小龙虾，还做京味菜，他的目标是做成京味菜的第一品牌。更叫我感慨的是，花雷试图沿着京味菜的脉络向上，寻找到传统的根脉，这就是满汉全席。

在品尝到八爷府做的满汉全席之前，我对这种东西都是嗤之以鼻，无非是镶金边儿忽悠客户的事儿。而花雷真的很用心地找到一个宫廷菜的年近八旬的老师傅教授厨师们做满汉全席。老师傅叫王希富，满腹经纶，和老爷子聊天是一种享受。他本非勤行，而是建筑学教授退休，他祖上都在宫里御膳房当差，哥哥舅舅叔叔伯伯都是各大饭庄的名厨，从小耳濡目染，知道了许多宫廷菜和老手艺菜的做法。他一边给厨师们讲历史，一边教做菜，就这样培训了两三年，从老规矩到餐具的讲究，从熏鱼儿的制作到旧时的一道甜品，娓娓道来。

事实上，时代过去之后，那时风流只有展览价值和历史价值，商业价值微乎其微，除非把满汉全席当招牌，糊弄一下高端消费。花雷也很明白，但是他愿意花这个钱，就是希望作为北京菜，这些传统不能丢，毕竟能有个传承，哪怕一年做不了几桌也认了。

明知不可为而为之，这是一种勇敢。

簋街是个江湖，因为小龙虾的缘故，这个江湖从未平静。江湖自有方术，比方说要想一家店火，有办法，每天雇一群人在门口排队，簋街不少店就是这么做的。但是人在江湖，总是备受局限，放开看，更有海阔天空。

小龙虾并未局限在簋街，随着互联网 O2O 的大潮，不少年轻人创业会以小龙虾为切入点。我随便能想到的就有卷福龙虾、魅惑龙虾、大虾来了……他们都是从小龙虾切入外卖市场，用互联网思维来把小龙虾温柔地抚摸一遍。其中优劣，无须置评，这也是大浪淘沙，看谁能走到最后。从这个角度，小龙虾发迹于簋街，却不止于此。有夏天有年轻人的地方，就该有小龙虾，似乎从来没有一种食材，如此上升成为一种生活方式，改变着一代人的饮食偏好。

我细细梳理着我心中的簋街龙虾传，其实我心中还有一个龙虾江山。我也曾惦记着武汉的巴厘蒸虾和靓靓蒸虾、扬州运河味道的清水龙虾、汉口街头的烤虾球、南京街头的十三香、盱眙的龙虾节、长沙的口味虾。长沙有两家店紧挨着，一家叫不怕辣，一家叫辣不怕，感觉像是唱对台戏。我还惦记着湖北潜江的龙虾一条街，也惦记着在江苏高邮湖去一个朋友的农庄里，吃到龙虾丰腴的虾黄，那种来了蟹黄也不换的爽快……

小龙虾的发迹史，几乎可以是中国味道的变迁史，以管窥豹，得时代口感的千万分之一。

不知天高，但知海参

在中国，海参成为陷阱，别说是普通人，即便是经验丰富的厨师，也不好分辨优劣。我建议，不要轻易在家里烹饪来路不明的海参，想吃就去信得过的餐厅慢慢享用。

一、大董提了一个问题

大烧尻岛是北海道的一个离岛，位于北海道苫前郡羽幌町西北的日本海中，北纬 44°26′，东经 141°24′。整个小岛 5 平方公里，郁郁葱葱，很大面积都被原始森林覆盖，岛上的原住民只有 300 多人。我们在岛上转了几圈，只有四家简朴的餐厅，有一家老太太开设的很有情调的咖啡馆，每天下午 5 点之后关门歇业，还有一家邮局，一个商店，一家医院，以及不多的几处家庭型旅馆。每年夏天，这里就成为一个观光地，人们乘坐渡轮来到这里，在这里徒步、露营、看花、观鸟、听潮。岛上的原住民大多以捕鱼为业，其中一个重要的经济支柱就是野生海参的捕捞。

在刚刚下过一场雨的烧尻岛，从旅馆的榻榻米上，可以听到窗外的海浪声、风雨声、乌鸦啼叫声，红豆杉斜斜地横在窗外，雨滴击打着细碎的叶片。我和大董正坐在屋子里喝茶，大董是中国名厨，也是大董餐厅的创始人。在大董有一道名菜:董氏烧海参。这次我跟他一起来北海道，就是探访海参。他忽然问我一个问题：日本生产品质很好的海参，为什么在日本料理里见不到干制海参的身影？

我怔了一下，很难回答大董的这个问题。在前一天，我们在旅馆的餐桌上吃到了日本风格的海参料理：活海参切片，用醋等佐料凉拌，口感很硬，感觉像是咀嚼一块塑料。

这种事不仅仅出现在海参一种食材上，同样命运的还有鲍鱼、鱼翅。日本出产高品质的鲍鱼，最著名的是：吉品鲍、禾麻鲍、网鲍，产自日本青森以及岩手，当年都是中国豪宴中的门面之选。直到日本核泄漏之后，产地海域受到威胁，现在中国宴席上的干鲍才慢慢改成中东鲍、南非鲍和澳洲鲍。还有鱼翅，早年间，日本品质最佳的鱼翅产自宫城县的仙气沼。

我只能给出一个想当然、似是而非的答案：日本是一个岛国，海产资源丰富，新鲜的海鲜产品足够满足日常供应；而中国以前的交通运输不便，更多城市地处内陆，要想吃到海货，只能用干货，保障长途运输和保存。在储存的过程中缓慢发酵，风味物质得到沉积，在发制之后可以得到比鲜货更为美妙的口感。

然而这种脱口而出的回复，是否可以解答大董的问题呢？

二、日本海参的中国史

这件事要从中国人吃海参开始聊起。

海参，顾名思义，就是"海中人参"。其实在日本，它有一个更形象的名字：海鼠。中国人吃海参的历史很长，至少在明朝的时候，它已经是豪宴中的常用菜品。

早在明朝时期，李时珍的《本草纲目》就对海参的产地分布有了明确的记载："海参出盛京奉天等处者第一，色黑肉糯多刺，名辽参刺参；出广海者名广参，色黄；出福建者皮白肉梗，糙浓无刺，名肥皂参；光参出浙江宁波者，大而软无刺，名瓜皮参，品更劣矣。"

辽参刺参自古就是海参中的珍品，纬度越靠南，所产海参品质越不佳。中国人热衷于吃海参，其中有一个"以形补形"的旧有传统，明人随笔《五杂俎》云："海参，辽东海滨有之，一名海男子。其状如男子势然，淡菜之对也。其性温补，足敌人参，故名海参。"①

这种带有生殖崇拜的饮食传统，古今中外亦然，食物与性，总会在口腔中汇合。比如日本人崇尚松茸，与其形状也有极大关联。在明代小说《金瓶梅》中，有许多带有性意味的盘中餐，其中就提到了海参。在第四十九回《西门庆迎请宋巡按　永福寺饯行遇胡僧》中，西门庆遇见大有异相的胡僧，胡僧自称来自"西域天竺国密松林齐腰峰寒庭寺"，密松林、齐腰峰、寒庭寺，皆有所指。后来西门庆请胡僧吃饭，上了一些餐食，其中有："一个碗内两个肉圆子，夹着一条花筋滚子肉，名唤一龙戏二珠汤；一大盘裂破头高装肉包子。"裂破头的肉馒头，雪白皮中间有缝，里面有嫩肉；两个肉丸子，一条花筋滚子肉，一龙戏二珠，也形象不过。其中这"花筋滚子肉"其实就是海参，刺参有刺，犹如滚子，

① 势，意为男子生殖器；淡菜，是指青口贝，雅号"东海夫人"。

其中暗示与性意味不言自明。

在明清之际，中国的烹饪手法与呈现方式已经定型，与现在的中餐区别不大。“燕鲍翅肚参”在那时已经成为中餐之中的名贵食材，受到名流显贵的追捧。他们无一例外，皆是“干货”。干货发制工艺，到现在也是顶级中餐的核心机密，需要时间、技巧以及微妙的经验。发制之后，原本无味，还要使其入味，这对厨师的吊汤手艺也提出了非常高的要求。在中国厨师的传统中，唱戏的腔，厨师的汤。吊汤的工艺向来都是判断一个厨师手艺高下的重要指标。在传说中的满汉全席菜单中，有不少是与这些高汤食材相关，其中涉及海参的就有12道。

食材稀有，制作繁复，费工耗时，口感绝妙，这些食材成就了中国美食的巅峰体验。在袁枚的《随园食单》中也有关于海参的制作方法的介绍：“海参，无味之物，沙多气腥，最难讨好。然天性浓重，断不可以清汤煨也。须检小刺参，先泡去沙泥，用肉汤滚泡三次，然后以鸡、肉两汁红煨极烂。辅佐则用香蕈、木耳，以其色黑相似也。大抵明日请客，则先一日要煨，海参才烂。尝见钱观察家，夏日用芥末、鸡汁拌冷海参丝，甚佳。或切小碎丁，用笋丁、香蕈丁入鸡汤煨做羹。蒋侍郎家用豆腐皮、鸡腿、蘑菇煨海参，亦佳。”

故而后世，无不以“燕鲍翅肚参”为尊，在华人聚集的区域，无论是香港的富豪餐厅，广州的老牌粤菜酒楼，还是北京有名的宫廷菜饭店，都能见其身影。还有私房菜，以精细闻名的潮汕菜……

这些都代表着高贵与昂贵。

再来说日本。日本的江户时期（1603—1867），大抵是明晚期到晚清，德川家族在江户开创幕府，开启了武家统治封建时代的最后一个时期。江户时期实行海禁，当时称中国人为“唐人”，中国货物为“唐物”，中国船自然是“唐船”。日本与当时中国的贸易主要是以金银铜等贵金属为主，换取中国货物，然而由于铜矿渐涸，于是以海产品取代。从17世纪末开始，幕府把海参、鲍鱼、鱼翅当成“出口换汇”的商品，向中国大量出口。

海参、鲍鱼、鱼翅被称为“俵物三品”（たわらものさんひん）。所谓“俵物”，是指用来盛放海产品的草袋子。初由幕府指定承包人组成的“俵物会所”承办，后该所隶属于长崎会所，改名为“俵物元役所”，使之官营化。日本学者小川国治有专著《江户幕府时代海产品出口研究：俵物的生产和收集机构》专门讲述这段历史，然而在中国人的史学著作中，罕有人提及。

旅日作家李长声在一篇名为《被中国人吃出名堂的日本海参》的文章中，引援了两个有趣的数字：

1.1744年输出中国的海参总量达190吨。

2.据神户海关统计，北京奥运会之前的2007年是日本出口干燥海参的巅峰，为350吨，2013年下降170吨，其中香港161吨，大陆才6吨。

从这两个数字可以看出：2013 年的进口量还不及 1744 年，而且 1744 年统计的数字并不包含通过萨摩走私进入中国的海参。日本海参进入中国的渠道更多的是从香港转运内地，香港成为日本海参的转运站。

在这之外，还有另外一个更加有趣的真相：从古至今，日本出口到中国的海参产地分布众多，北海道、青森、佐贺、熊本……然而中国的辽参实在是太有名、太深入人心了，在清朝一代，国人并不崇尚进口货，以国货为尊，以至于许多北方出售海参的店铺中，从来不提这些海参是从日本来的，而是统一标注为辽参。

三、小小海参，大有玄机

时过境迁，到了现在，日本关东参的名声愈隆，我们走在札幌的大街小巷，许多店铺都挂着“北海道海参”的招牌，售价不菲，购买者多为中国游客。

大董已经不是第一次来北海道了，他在春夏秋冬不同季节来过北海道以及青森，探访海参。当地的海参加工企业都已经和他是老朋友了。大董说，有一年冬天来北海道，见到了他这辈子遇见的最大的雪。“路两边的雪有两米高，中间清理出来一条路，我们的车就在两道雪墙中间慢悠悠地开。”

在烧尻岛，我们出海捕捞海参。在日本，没有人工养殖海参一说，都是野生状态。捕捞也都是人工捕捞，几百年来，当地人都保持着相似的节奏与惯性。

海参是一种古老的生物，比原始鱼类还要早，大概在6亿多年前的前寒武纪就已经存在。它属于棘皮生物门，世界上的海参品种很多,大概有900种。其中有疣足的叫刺参,无疣足的叫光参。在国内的常规叫法是：带刺的日本海参称为关东参，不带刺的叫关西参。这不过是个以讹传讹的故事。在关东和关西，都出产刺参和光参，这个叫法也算是将错就错。

中国人更多偏爱刺参，讲究的人还要看几排刺，六排刺为佳。一枚海参从海底打捞上来,灰黄色,间有褐色,粗如手臂,长约一尺。看到真实的海参，才明白为何将其称为“海老鼠”。

海参捕捞上来，迅速送到初级加工车间，将海参倾倒在工作台上，去除内脏，接下来放在一个淡热水池中进行第一次煮制。如果是传统的淡干海参，之后的处理就是进入冷库，天气好的时候拿到日光下晒，90天之后，海参缩成5~7厘米的黑色小刺参，每一根刺都很锋利。

在枝幸的加工车间里，我们看到了另外一种海参的加工方式，也就是俗称的拉缸盐海参。海参用开水煮后要加入一定的盐出水，将海盐与海参均匀搅拌,放入冷库,拿出来晾晒即可。每一次晾晒，都要过一遍水，去掉海参表面的盐渍，如此90天，成形。相对来说，淡干海参出成高，拉缸盐海参出成低，淡干海参的价格就比拉缸盐海参高。

观摩了海参制作的全部过程，其实海参干制没有秘密，无非就是好的原料，用最传统的方法制作，再花时间去等待就好了。然而在中国，海参成为陷阱，别说是普通人，即便是经验丰富的厨师，也不好分辨优劣。在急功近利的情绪烘托下，中国式海参拥有了中国式悲哀。

在中国，野生海参已经是奢望，常见的养殖方式有三种：虾池养殖，海上筏式养殖，海底沉笼养殖。海参对水质要求很高，而中国近海污染严重，其实中国海参 90% 都是室内养殖。并非说室内养殖模式不好，室内养殖周期快，效率高，可规模化，养殖户勤劳致富，但是由于生长周期短，体内风味物质沉积不够，不好吃而已。

水深都在海参的制作过程中。常见的作弊方法有：

1. 用小规格海参多次挂盐。通常盐干海参在饱和盐水中煮一次即可，但是采用卤水（氯化镁）、明矾等加快结晶速度，使盐干海参体表结晶盐增厚，就可以增重。海参制作每多挂一遍盐就会增重，于是有多次挂盐。

2. 糖干海参。目的也是为了加重，做糖干海参，加糖多少是可以控制的，最多糖分会占到总重量的 30% 以上。糖干海参样貌黑亮，显得更加好看，是作为礼品的重灾区。如果真的想吃，涨发会有很大比例变成烂参。如果是加糖的比例只占 10% 左右，还可以当成不加糖的淡干海参来卖，更具有迷惑性。糖干海参对糖尿病患者非常不好。

3. 注胶。这种造假方法就有点儿丧尽天良了，在海参内部注射明胶，以增加分量，而明胶则是一种致癌物。

海参作弊，无非是用各种手段增加重量，用各种手段使其美观，最终卖出高价格，获得高额利润。如今的市场在劣币驱除良币的环境下，很叫人悲哀。在中国，海参是一种滋补的高级海产品，海参也是一种高级礼品，在亲朋好友中流转。我认识不少人号称自己每天都吃海参，常规吃法是煮小米粥，常规发制方法也不过是放在暖水瓶里，如此粗糙吃法，并且许多人并不知道自己吃的是什么方式做成的海参。所以我建议，不要轻易在家里烹饪来路不明的海参，想吃就去信得过的餐厅慢慢享用。

四、烹海参若治大国

之所以有作弊的冲动，还是因为市场庞大，需求旺盛。

在中国传统的几种名贵食材中，鱼翅早已经被打上了“政治不正确”的标签，与保护动物、保护海洋密不可分；鲍鱼则往往带有一些暴发户的原罪，人们更多用鲜活的鲍鱼代替昂贵的干鲍；花胶虽然名贵，却只流行于潮汕、港澳等小众区域，真正的上等花胶，价比黄金。这一波花胶的行情源于一道菜：花胶鸡火锅，许多店因为这道菜一炮走红。

而海参成了高档食材的接盘侠。首先是健康，不含胆固醇，滋补，暗含着种种美好的想象。其次是平价，即便像大董这样的中国顶尖餐厅，一道海参的价格也不过两三百元。

然而烹饪海参，从来就不是一件容易的事。

不同地域有不同风味的海参名菜：上海有红烧大乌参，四川有酸辣绍子海参，潮汕有近年流行的脆皮婆参。在中国北方大部分地域，最流行的自然是葱烧海参。

葱烧海参是鲁菜，当年北京的八大楼八大居等名店，都是山东厨师掌灶，其中做海参最有名的一家叫丰泽园。

丰泽园开业于1930年，名流云集，不少当时的头面人物都是这里的座上客。1946年中秋，这里来了一个“小力笨儿”（这是北京土话，意思是年纪小的学徒）。这个人叫王义均，在很多年之后，他被人称为“海参王”，同时桃李满天下，成为一代宗师。然而在那时，这个半大小伙子，只能给师傅“蹭勺”，运气好能尝一口“勺把儿”。

王义均也是山东人，他在丰泽园一干就是半辈子。他的名菜有很多，我曾经听他讲述这些菜的往事，娓娓道来，里面全是故事。他最拿手的一道菜就是葱烧海参。在他之前，葱烧海参算是一道半汤菜，王义均将菜品做了改革，成为现在常见的版本，更加入味，装盘也更加干净。

有的菜要经过几代人的变革才可能成熟。王义均有几位得意门生，其中翘楚就是大董。大董的父亲也是一位名厨，他年轻时入行，汲古通今，既有深厚的传统功底，又有开阔的全球视野，成为中国美食行业的标杆人物。

大董的标杆菜品就是经过创意与变形的葱烧海参。我是一个美食工作者，吃过那么多东西之后，真正叫我百吃不厌的，也只有董氏烧海参了。

关于吃海参这件事，东西方有泾渭分明的不同理解。华人对海参往往喜爱有加，而西方人则觉得海参是一种奇怪的食物。前些日子看英国作家扶霞·邓洛普 (Fuchsia Dunlop) 写的美食书《鱼翅与花椒》，里面有一段描述她“欧洲眼”中的葱烧海参，看得我忍俊不禁：

比如海参，看着像瘤子，又像鼻涕虫，一辈子都在海底迂回巡航，吸收腐烂的有机物为食。受到惊吓或被激怒的时候，它们就从肛门那里喷出黏糊糊的液体来迷惑潜藏的捕食者，或者把消化器官从身体内部发射出来像导弹一样进行攻击之后器官再生。干海参这种颇富东方情调的食物是中国宴会文化的明珠，豪宴上必有的大菜。常态下，干海参是深灰色的，干枯僵硬，看着有点像粪便的化石。

它就那么躺在你面前盘中装的一摊深色酱汁中，亮闪闪的，让人不禁想起男性生殖器，上面还调皮地长满小刺。当然酱汁是非常美味的，但是海参只有口感上的意义，咬起来“咯吱咯吱”的，很有嚼劲，竟然还有惊人的爽脆。

英语是很美的语言，很有表现力，也有惊人的多样性，但也很难找到什么英文词来形容葱烧海参的引人入胜的美味。不管你努力说出什么词，说不定都听起来很好笑，甚至还令人反胃。中国美食家就能够细细地形容和区分海参那种弹牙的果冻感，泡发鱿鱼更为黏牙、更为浓厚的凝胶感，以及蹄筋充满嚼劲的橡胶感。要是用英语形容，基本听起来都像是给狗吃的。

忍俊不禁不仅仅是因为她的文字有趣，也是因为前几年我和扶霞第一次吃饭，就是在大董的北京店，而且我们都点了海参。扶霞早已经有了中国胃，可以享受其中了。许多人并不知道大董的海参如何操作的，如果知道了这烦琐的流程，可能会对这道菜产生几分敬意。

我从某种渠道得到了大董制作海参的秘籍，现在斗胆公布于此：

一、发制

海参入味难一直是困扰厨师的技术难题之一。原因在于在发制和存放过程中，它们吸收了足够的水分，如果烹调过程中海参内部的水分不能渗透出来，调料和汤汁的风味也就渗透不进去，就会导致烹调后的海参没有任何滋味。传统方法发海参，多是采用先浸泡再水煮的方法。在这个过程中，海参吸收了足量的水分，因此入味非常困难。

大董的发制方式如下：

1. 先将干海参在常温下浸泡 3~4 天，期间要更换两到三次水，使其充分回软。

2. 将回软后的海参放在不锈钢方盒中，倒入清水没过海参，放入蒸箱，中火蒸 1.5 小时取出。自然冷却，捏一下，有弹性且无硬心时为最佳，如有硬心则说明火候欠缺，需再蒸。

3. 将海参开膛后取出内脏及沙子，洗净。

特别提醒：

很多厨师为了提高涨发率，都会将发好的海参放入不锈钢盘内，再放入一些冰块或冰水混合物。存放过程中，海参会继续吸收水分。它吸收的水分越多，后期入味也就越困难。所以，不采用这种冰封的方法，而是在海参发好后将其自然冷却，然后一个个码放在不锈钢盘内，用保鲜膜密封冷藏。使用时，只需要略微焯水即可。以前烧海参，我们采用老母鸡、肘子等料熬汤，但因为很多食客不吃猪肉，所以这种汤被取代了。我们现在用凤爪代替肘子，熬好的汤汁更加浓稠，且富含胶质，可以充分附着在海参上，从而赋予海参足够的鲜味。

二、调味制汤

取净老母鸡 30 千克剁成大块，焯水后放入不锈钢桶内。

再取凤爪 5 千克焯水，也放入不锈钢桶内，注入清水 60 千克。

用大火将水烧开，改微火熬制约 10 小时至鸡肉酥烂，再改用大火冲汤1小时，关火，过滤料渣即可。

三、烧制装盘

1. 锅内放入葱油15克，烧至五成热时，下入京葱段10克煸炒至色金黄，再发好的海参1条（重约120克）、烧海参的汤汁150克和调味料（酱油5克，黄酒、糖、老抽各2克，盐1克，味精、白胡椒粉各0.5克），小火烧至海参入味，把汁收浓，取出海参。

2. 大麦饭（大麦仁加清水蒸制而成，做法跟蒸米饭相同）50克放入锅内，加入烧海参的汤没过表面，淋入美极鲜味汁、蚝油各2克，鸡粉1克，小火烧3分钟，出锅装入盘内，然后将海参放在大麦饭上。

3. 盘边摆放京葱段、黄瓜球10克、甜菜苗2克，淋入绿葱油蛋黄酱20克即可上桌。

特别提示：

绿葱油蛋黄酱的做法：1. 取新鲜小香葱500克剁碎，加入色拉油500克小火熬制10~15分钟，此时油脂已经变成了绿色，过滤料渣后放凉。2. 取2个生鸡蛋的蛋黄放入小型搅拌器内，加入熬好的葱油150克充分搅打成蛋黄酱即可。

现在问题来了，按照这个菜单能够还原大董的董氏烧海参的风韵吗？

草根网红餐厅简史

红火一阵，江湖传奇，眼见他宴宾客，眼见他楼塌了。各领风骚三五月，欢腾散去，只剩一地鸡毛。我们的舌尖和胃口没有那么念旧，只是一味追逐浪尖。

一

2003年的时候，北京坊间并无“网红餐厅”的概念，有的是“牛逼餐厅”，当年的互联网江湖上流传着“北京最牛逼的五大餐厅”，名列其中的包括：新红资、紫藤庐、东华门95号四合院、后海老白酒吧、羊房胡同11号的厉家菜。现在风流早已经雨打风吹去，只留下传说，以及一地鸡毛。

我第一次去羊房胡同11号的厉家菜是以采访之名，当年厉善麟老爷子身体还硬朗，小院不大，最开始只接待一桌，后来变成接待三桌。老爷子很善谈，从桌子上拿起一本相册，相册上都是来过小院的各国元首，名流显贵，老爷子不用眼瞧，已然默记下相册每一页的人物——“这是西门子的总裁，这是微软的副总，有一次克林顿要来我这里吃饭，都安排好了，临时被总书记请过去吃家宴……”

此时电话铃响了，老爷子熟练地用英语接电话，安排订餐。

那一天吃的菜我都忘记了，只记得有一道小菜：炒咸什。记住这道菜是根据词语的联想：“超现实”。

彼时还属于互联网的草莽时代，餐厅的名头都是通过食客的口口相传，甚至给寻常餐厅带来一些传奇色彩。有一些餐厅属于“墙外开花墙内香”，先是在国际媒体上被报道，被选入各种类型的“北京旅行攻略”，比如甘家口的柴氏牛肉面，最早被日本记者发现，采访的文章刊发在日本报纸上，在很长一段时间，甘家口牛肉面的墙上贴着当年日本记者采访时的照片。柴氏牛肉面的老太太身体硬朗，经常在店里走来走去。一碗牛肉面加一小碗牛肉是标配，多少个匆忙的饭点儿，这碗味道浓郁偏咸的牛肉面慰藉着我外省青年的胃口。

在前门附近的利群烤鸭店也是在那个时期声名鹊起，缘由也是某境外媒体把这里评为“北京不得不去的餐厅”，大批欧美背包客循香而至。不少港台明星也会把这里当成体验北京百姓文化的地方。这符合西方人对北京猜度式审美：胡同、烤鸭、四合院、家庭料理。

我最早去利群的时候，老板张利群的女儿刚刚考上大学，老爷子很欣慰，女儿读的是中国人民大学。许多年之后再去，前门附近已经拆迁得一片荒凉，只有利群烤鸭店伶仃坚持。

在更早之前的20世纪90年代，北京的社会餐厅大体上属于“有品类，无品牌”的混沌状态。除了一些还残存着国营体系的老字号，更多的社会餐厅都是“混口饭”的小店，即便已经有了一些装修豪华的粤菜、生猛海鲜。

有一段时间北京流行过酸菜鱼，家家户户都是酸菜鱼；1996年前后流行过一阵红焖羊肉，家家户户都是红焖羊肉。只是一道菜火爆，并没有哪一家餐厅因此崛起。

和平门附近崛起过一阵韩式烤肉风，各种冠以“三千里”名号的餐厅大行其道；白塔寺崛起过涮肉一条街，人们只知道“白塔寺”，具体是能人居还是口福居，并不太挑剔；魏公村附近有新疆村，各种新疆烤串烤馕的小馆子众多，后来也在城市改造的进程中消失殆尽。

二

到了2000年之后，社会餐饮逐渐有了品牌意识。许多现在规模餐饮集团的发迹，也是在2000年前后。西贝莜面村在这时刚刚从卖海鲜改成卖莜面；大董则准备把团结湖烤鸭店改制变成大董烤鸭店；眉州东坡也还是个小店，并没有成立管理公司；沸腾鱼乡则悄然开启了北京的“水煮鱼时代”，一道水煮鱼风靡十年，至少成就了沸腾鱼乡、麻辣诱惑、红京鱼等数家餐饮品牌。

分野也从此产生，名门正派的大店开始了正规军之路，草根野路子的小馆也开始了逆袭之旅。

在前社交媒体时代，人们通过谈资获得存在感。看阿巴斯、法斯宾德的电影，要比看好莱坞显得有档次；读维特根斯坦、加缪比读青春文学有教养；听鲍勃·迪伦和“大门”比听流行歌曲显档次。吃喝同样如此，吃一般人不知道的传奇小店是更有谈资的吃喝行为。

哪怕吃的仅仅是个鸡翅。

2005年前后的北京，烤鸡翅有点儿疯。先后成为众口焦点的有：五哥烤翅、二哥烤翅、西门烤翅、国贸烤翅……都是不大的小店，每到饭点儿人山人海，鸡翅的口味花样百出，以辣翅为主，也有蜜汁鸡翅，更有变态辣鸡翅，变态辣也有分档：单面变态辣和双面变态辣。事实上，所谓“变态辣”，仅仅是加入了人工合成的辣味剂，让口腔有更刺激的烧灼感罢了。

五哥烤翅的出名并不是因为鸡翅，而是因为这里的脾气：点鸡翅点双不点单，一定要是双数；一次点够，不能加量；喝啤酒自取，没人服务。老板脾气不太好，有的食客每次来都会给老板带点儿小礼物，以换取老板一笑。餐厅门口有一副对联：“爱吃不吃常想吃，爱来不来还要来。”

这种套路是否有点儿熟悉？几乎每个城市都有这种类型的腌臜小馆的传说——一个难找的角落，一种接地气的小吃，脾气火爆的老板，没有服务没有环境，但是好吃。在北京，这种套路的草根网红餐厅的接班人是凌晨的老张拉面。

从传播学角度，这种营销潜移默化，不是常见的“产品营销”“事件营销”，而是“人格营销”，将产品与创始人的人设强烈绑定，用不同寻常的规矩（仪式感）来引导用户的口碑传播（20串起点、不能点单数、一次要点足、深夜12点开餐、老板脾气不好爱骂人），引发人们的好奇心理，就如同传说某一间屋子闹鬼，明明知道没有鬼，还是忍不住进去看看。等去了才知道，老板本人也并没有那么臭脾气，对待客人还很友善，下次再来老板居然还认识你，加了微信成了朋友……用户就会获得“超过预期”的体验感,而“超过预期”也正是互联网玩法的精髓。

在之后的日子里，草根网红餐厅迎来了一拨美好时光。

保利大厦旁边有一个烧烤摊，没有名字，因为老板叫老李，于是江湖称之为老李烤串。许多人坐在路边，吃几串味道平平的烤串，感觉自己很接地气。这里地处三里屯的边缘地带，在灯红酒绿之后，可作为第二落点。所以当年老李烤串红火的时期，可以在这里见到众多明星出没，老李烤着串，抽着一成不变的红梅牌香烟。没有在烟熏火燎的深夜跟老李蹭根红梅的人，不足以谈论人生。

杨家火锅开在春秀路一个小区里，需要拐几个弯，王菲演唱会完毕,也会在微博上写“秋风起,杨火足”,不明就里的人看不懂，知道的人就明白他们又去吃杨家火锅了。在杨家火锅，没有独立包房，里面明星和美女出没，带动了一拨重庆火锅的热潮。没有在深夜在杨家火锅门口排队的人，不足以谈论人生。

望京桥边的九朝会，原本是个装修豪华的大馆子，旁边有个院子，院子里有一家烤串店，眼镜在这里做烤腰子，不是常见的羊腰子，而是小块的猪腰子。每天都有许多许多豪车在此聚集，坐在路边吃小腰成为望京桥边一景，江湖上给这里起了名字：望京小腰。没有在这露天的尘土喧嚣中吃过小腰的人，不足以谈论人生。

西翠路三号院门口，每天中午都排起长长的队伍。有一个老爷子推着车在这里卖酱肉和猪蹄，每天卖完了就收摊，去晚了就买不到，流动的推车没有名字，江湖人称“老头猪蹄”。没有在这里排队买猪蹄顺便要一小袋酱汤的人，不足以谈论人生。

南锣鼓巷还不是旅行景点，胡同还是平常胡同，街巷还是寻常街巷，许多人排队在这里买奶酪，这里叫文宇奶酪店。几块钱一份，小小的，上面撒一些红豆，味道清甜，边走边吃。没有在此排队买过奶酪的人，不足以谈论人生。

安定门分司厅胡同有一家狭仄的小店，都是一些四川家常菜，有北京不常见到的连山大刀回锅肉，也有钵钵鸡，主厨是一位老太太，做的就是四川家常菜，这里叫张妈妈特色川味馆，每到饭点就人满为患。没有在这里和别人拼桌吃过钵钵鸡的人，不足以谈论人生。

双井有一片经济适用房小区叫百环家园，一位大叔跟随儿子从武汉来到北京，发现北京竟然没有武汉每天都吃的热干面。于是在小区门口支了一个小摊，每天傍晚出来偷着卖热干面。有时候在，有时候不在，许多人慕名前往。没有在百环家园乱哄哄的门口端着碗吃大叔5块钱一碗的热干面配旁边小卖部3块钱一瓶的燕京啤酒的人，不足以谈论人生。

…………

这些店都是名噪一时的北京草根网红料理。许多年过去，结局各有不同，保利老李烤串被取缔了，现在在工体西门有一家，生意寥寥；春秀路的杨家火锅关门了，却开了许多分店，估计王菲后来也不去了；望京小腰忽然间满大街都是，商标注册不下来，后来有了望小腰；老头猪蹄的老头卖不动猪蹄了，他儿子开了一家猪蹄帮；张妈妈开了大店，没多久又关门了；双井热干面大叔则变成了热大叔……

红火一阵，江湖传奇，眼见他宴宾客，眼见他楼塌了。各领风骚三五月，如同股市泡沫，欢腾散去，只剩一地鸡毛。

三

2010年之后的草根网红餐厅，换了一种姿势，重新来袭。从来只闻新人笑，我们的舌尖和胃口没有那么念旧，只是一味追逐浪尖。

此时的网红店的固定套路是：互联网思维。

风从黄太吉煎饼开始，赫畅做互联网出身，懂得营销的妙处，奔驰送煎饼似乎就在昨天。事情发展到后来，大家都清楚了，再好的PPT也抵不过“不好吃”三个字。

有人跟我探讨过黄太吉的意义，我认为黄太吉犹如一场革命，令整个传统狭隘的餐饮市场睁开眼睛，他们的玩法开风气之先，也直接影响和启迪了许多年轻人。在黄太吉之后，许多有热情的年轻人进入这个最传统的行业，试图变革与颠覆。然而时代翻篇太快，不容他们在沙滩上建筑完自己的城堡。

接下来是雕爷牛腩的雕爷，在开业之前，封箱内测，那时我被邀请做品尝，我当时的评价是很有新意，值得品尝。雕爷牛腩一时成为现象级话题，餐饮圈无人不提雕爷牛腩，许多外地的餐饮人来北京考察市场,都会去雕爷牛腩走一遭。结果我们也看到了，不能说是无疾而终，也算是繁华落尽。

人人湘的米粉，主打美食社群经济；西少爷的肉夹馍，被资本安装了引擎；伏牛堂的创始人出现在互联网论坛的现场；喜茶排队也成了人间独特景象。

极致单品，爆品思维，极致体验越来越多地出现在餐饮人的口中。被营销、网红、资本联合推动之下的餐饮品牌，逐渐成为四不像。

北京草根网红餐厅的简史，映衬着时代的滚滚车轮。这些餐厅轮番踊跃于2000年之后的十几年中，伴随着中国经济的高速发展，从人们经济相对匮乏到选择相对富足。食客因何热衷于网红餐厅?

这些网红餐厅满足了人们内心的焦虑。焦虑是一种普遍的社会心理，时代变化得眼花缭乱，旧有的平衡和惯性被频繁打破，习以为常的人生经验变得无效，焦虑与背离自然产生。付费知识分享是知识的焦虑，谈论中年人的猥琐与油腻是自我认知的焦虑，而消费网红餐厅则是社交的焦虑。社交焦虑引发了“秀炫晒”，去过、吃过、体验过，才可以证明自己的存在感，表明自己一直在生活的潮头。认知产生分层，分层演化阶级，吃过、去过、用过、见过，才能与时代同步。

这也是一种刻奇（kitsch），我们都在廉价的参与感中，获得某种意义上的自我感动与自我承认。为了保持在集体中的存在感，情不自禁地被时代的消费浪潮所控制。每个人都身在其中，每个人都在所难免。

感动与被感动，排队去吃饭，提前几个月订餐，去某个名人去过的店，去一家一般人不知道却很难得的店，去一些小众有腔调的店，去一些走寻常路的店，或者去一些不走寻常路的店。在一次次就餐的过程中，获得刻奇的高潮。

在一个移动社交充分发达的时代，“红”这件事依然充满变数。许多人一边抱怨着网红餐厅不怎么好吃，一边幻想着下一个红的是自己。

同样是红，也有不同色彩，有白里透红，有红里发黑，有红扑扑，有红彤彤，有半江瑟瑟半江红，无论是一曲红绡不知数，还是梦啼妆泪红阑干，最终无非是：青山依旧在，几度夕阳红。

终老之城

寻一处终老，找一人白头，吃一口坦荡，睡一床温柔。

老舍在1945年写过篇文章《住的梦》，那时抗战尚未结束，老舍在重庆的郊区住了6年。他梦想着抗战胜利之后要去哪里去住。

在老舍的想象里，春天要住在杭州，“由我看到的那点春光，已经可以断定杭州的春天必定会教人整天生活在诗与图画中的”；夏天则是去青城山，“到处都是绿，而且都是像嫩柳那么淡，竹叶那么亮，蕉叶那么润，目之所及，那片淡而光润的绿色都在轻轻地颤动，仿佛要流入空中与心中去似的”；秋天一定要住在北平，“天堂是什么样子，我不晓得，但是从我的生活经验去判断，北平之秋便是天堂”；冬天有点儿犹豫，“就暂时这么规定：冬天不住成都便住昆明吧”。

在那篇文章最末，老舍还做出美好的畅想，飞机会很方便，“假若那时候飞机减价，一二百元就能买一架的话，我就自备一架，择黄道吉日慢慢地飞行。”

即便在抗战时期，老舍也是满怀对未来生活的美好愿景。许多人都会有这样一个梦想，万一实现了呢？人生不满百，常怀千岁忧，即便我深知无法离开北京这个城市，也经常在脑海里盘算，假使闲下来之后，要择一处终老，我会选择在哪里度过余生？

首先，这里需要山清水秀，有秀美风光，清新空气，晚上抬头可以见到满天星光，一年有四时之变，春赏花、夏赏月、秋赏茶、冬赏酒；其次，这里房价不贵，生活成本可控，一二线城市都大同小异，山居农村又毫不现实，最好是三四线城市，交通便利，城市不大，有清净心；再次，要有市井生活，不像三亚那样满大街都是东北人，不像丽江那样各种背包客，尚未沦陷，命脉尚存；最后一点，可能是最重要的：要有好吃的。一年四季，不同时令有不同美味，有大餐，有小食，开阔处可以洪钟大鼎，细微处可以细嗅蔷薇，食材琳琅满目，每天逛菜市场不觉厌烦，随处走走就有各种食肆酒家，推门而入，不担心吃到难吃的货色。

如此一一排除，偌大中国，可选择的城市不算多。我能想到的第一个城市是：台州。

前几个月，我和几个朋友去了台州。登临海的南长城，一路起起伏伏，远处是海天一色，近处是层峦叠嶂，秋叶正红，霜意正浓，海鲜正肥。台州临近东海，是一个民营经济很发达的小城市。这里有山有海，山海之间，自然有美食无数。我随便就可以想到涌泉蜜桔、玉环文旦、仙居杨梅，更何况那些遍地的小海鲜，家常农家的顺口饭菜。

在去台州之前，我对台州的印象是模糊的，我关于台州的仅有的一些印象来自一家餐饮企业：新荣记。新荣记也算是一个神奇的餐厅，几乎以一己之力，撑起了台州美食的门面。在京沪两地，去新荣记吃饭，那是一种极为稳妥的宴请方式。

上次去台州，就是新荣记的创始人张勇陪同的，以前听他聊了很多关于台州的故事，去一次台州，犹如一一验证。从街边小店到消夜吃处，从经典大餐到咖啡甜品，既有设计精美的会所，也有古意盎然的古街。我们还在古街上找到一家葡萄牙风格的咖啡馆，咖啡馆里还有精酿啤酒以及威士忌。

一场台州之旅，让我喜欢上了这个小城。城市不大，但是活力满满，你可以感受得到台州人那种勤奋、聪明，也可以感受得到台州这个城市的古朴的市井。如果还有机会去台州，我可以陪你去吃台州本地的新荣记，寻找一些稀奇古怪的海鲜。比如有一种特别好吃的带鱼：雷达网带，那种肥美只有吃过的人才明了。

第二个想到的城市是扬州。

古人有各种关于扬州的向往，其中最美的有两句诗："腰缠十万贯，骑鹤下扬州。""天下三分明月夜，二分无赖在扬州。"一句从实处讲，一句从虚处讲，都是这个城市的曼妙之处。

我每年都会去几次扬州，春夏秋冬的扬州，有四时之美。春季有江鲜，夏季有蔬果，秋天有螃蟹，冬天有风鹅。去过了江南许多城市，更能体会出扬州的小家碧玉之美。杭州虽然美，然而太大了，少了闲适；苏州又觉得有点儿腻，每条街巷都似乎有浓到化不开的历史和传说，如同苏州的菜，放多了糖；周庄之类的，又有点儿假，一种生活被展览。

扬州刚刚好，长江以北，淮河以南，柔美中有粗粝，委婉中有强硬。一山一河都眉清目秀，一园一林都疏朗可近。食物也是南北皆宜，老少皆宜，是淮扬菜的起源地，认识这里的厨师朋友多，总是可以找到那些顺口的食物。

扬州的食物从早到晚，早茶的传统虽然许多地方都有，但是扬州最可爱，早上可以有盛大的一桌子菜，各种包子、干丝、咸菜和早茶。在运河边，或者在瘦西湖边吃一顿早茶，这几乎是打开这一天最完美的方式。

扬州是一座可以步行的城市，沿着运河、瘦西湖一路慢慢步行，春天的空气中有独特的花香。如果是 4 月份，更是琼花开放，自古去扬州看琼花就是盛景。看花完毕，就可以继续享用美食，无论是以鳝鱼为原料的长鱼宴，还是以长江里的江鲜为代表的江鲜宴，都是主打一个鲜美。即便我每年去好多次扬州，每次想起扬州的时候总会有流口水的感觉。

第三个城市是黄山。其实从心理意义上，我更想把这个城市叫徽州。徽州才更符合我心中对这个区域的认知，就如同那一句诗："一生痴绝处，无梦到徽州。"

3 月份徽州黟县、歙县的油菜花开满地，放眼望过去，一地金黄。在黟县，这两年多了不少有趣的地方，包括咖啡馆、酒吧、民宿客栈，以及文艺风格浓重的餐厅。我在不少城市见过这种苗头，包括大理、厦门、成都。这似乎是一种暗示：更大的市场一触即发。

但是至少现在的徽州还处于一个"网红前状态"，虽然有漂亮的风景、迷人的老板娘、古旧的街道、美好的食物，但基本上都是舒服状态，可以在古宅子里晒太阳，逗逗院子里的猫。

我有不少朋友都在徽州买了老房子，当年便宜，大概是几万块钱一套，现在贵一点儿，有人装修了一下自己住，有的做成客栈，有的依然荒废在那里，就如同依然荒废在时光里。

有一年夏天，我去了黟县的碧山镇，在猪栏酒吧里呆坐，吃红烧肘子。房间后面就是一条小河，河水潺潺，发出细碎的声音，头顶是漫天的星光，村子里黑得有点儿恍惚，伸手不见五指，那是一种及其纯粹的黑，夏夜的风吹过来，我感到一种出奇的宁静。

正是那一晚的宁静，叫我真的喜欢上了这里。后来，我骑着自行车去村口的酒吧里喝一口酒，然后又蹒跚着走回来，其实真的喜欢上一个地方，往往仅仅是一个瞬间，喜欢上一个人也是一样。

如果有机会，我很愿意陪着你坐在深夜的寂静里，看头顶的银河，听田野的风声。

事实上，这不过也是一种善意的想象罢了。寻一处终老，找一人白头，吃一口坦荡，睡一床温柔，这些也仅仅是白日之梦。如果不出意外，30 年之后，我可能依然身处北京，每天忙着在幼儿园门口等着接孩子的孩子，那时候飞机依然不便宜，房价可能像飞机一样高。

辣椒江湖

辣椒没有显赫的身世，家常而平凡，它慰藉着一代又一代清贫的胃口，也关照着数亿中国人的一日三餐。

如果有一种味道可以自成江湖，它火热又疼痛，炫目又神迷，叫人上瘾又令人不适，它有多美丽，就有多麻烦，它有多保守，就有多放纵，它可以佐餐当小品，又可以转正做正室，它可以辣得刁钻，亦可浑厚，有人爱它，有人恨它，它既是孤单的，也是庞大的。它就是辣椒。

辣椒占领着中国的大半江山，这种味道攻城掠寨，短短几十年，包括以前不怎么吃辣的北京和沿海区域，如今的街头也处处可见一片红，生意火爆的都是那些吃辣的餐厅，吃辣成为显学。关于辣椒的侵略性和流传的原因，我听到过不少种说法：1. 许多地方潮湿，吃辣椒可以大量出汗，抵御潮湿；2. 辣椒有助于掩盖食材本身的味道，所以众多中低消费的餐厅里大量用辣椒；3. 越来越多的城市成为移民城市，比如北京、上海、深圳等地，大量从传统吃辣省份的年轻人把吃辣传统带到这些城市，使吃辣成为潮流；4. 辣椒不是一种味道，而是一种触觉，舌尖被鞭打的痛感，辣椒素可以刺激肾上腺，令人上瘾……

种种说法，似乎都很在理，但是依然没有解决我心中最深的疑问：辣椒是如何从一种外来食品成为具有国民性的味道？它的传播路径是怎么样的？中国吃辣的江湖中，又流传着什么样精彩的传说？

这需要从400年前说起。

明代文人高濂写过一本养生专著《遵生八笺》，其中有关于辣椒的记载："番椒丛生，白花，果俨似秃笔头，味辣色红，甚可观。"在查询了许多资料之后，发现这几乎算是中国文献资料中对辣椒最早的记载。这本书的刊行时间为1591年。

那时候，辣椒是作为一种观赏植物出现的，而非食用。几年之后，汤显祖创作了《牡丹亭》，在《牡丹亭·冥判》一章中，也提到了辣椒花："凌霄花。阳壮的咍。辣椒花。把阴热窄。含笑花。情要来。红葵花……"这段花神与判官的对唱，是用各种花来比喻一个女子一生的经历，从约会、恋爱、定亲、结婚、洞房、生子，直到衰老……辣椒花，有着别致的性意味，代表着"交合"。

在更早的中国，调节辛辣味道的食材主要是三种：花椒、姜、茱萸。西晋周处撰写的《风土记》中，有"椒、欓、姜为三香，则自古尚矣"，此间的"欓"就是茱萸。李时珍《本草纲目》中记载："食茱萸即欓子也，蜀人呼为艾子、楚人呼为辣子。"茱萸是辣椒来到中国之前，人们得到辛辣滋味的食材。如今食茱萸几乎已经消失不见，更多的是作为药材的山茱萸。食茱萸之所以消失在人们的日常生活中，很大原因是得取麻烦。《本草纲目》中说："食茱萸，味辛而苦，土人八月采，捣滤取汁，入石灰搅成，名为艾油，亦曰辣米油。味辛辣，入食物中用。"

而辣椒又是如何登陆中国江南区域，成为文人玩赏的辣椒花呢？这又要从更早的一个人说起，这个人是：哥伦布。

1492 年，哥伦布在西班牙女王伊莎贝拉一世的资助下，开始了航海大发现之旅。他带着给印度君主和中国皇帝的国书，一路向西，准备去充满香料和黄金的印度，却意外地发现了新大陆，发现了美洲。许多食材都是在那一次旅行中带回来的，比如土豆、西红柿、辣椒。哥伦布日记中写道："这里有一种红色的胡椒，产量很大，每年所产可装满 50 艘商船。这里的人不管吃什么都要放它，否则便吃不下去，据说它还有益于健康。"事实上，在美洲大陆，人们种植辣椒已经有几千年的历史，它从一个区域性食材到一个世界级食材，需要这冥冥中的一次相遇。

辣椒由此随着哥伦布的商船回到西班牙，落地生根，并且开始在欧洲小范围传播。1526 年，辣椒传播到意大利；1548 年，辣椒又来到英国。与欧洲人对胡椒等香料的趋之若骛不同，时到如今，辣椒在欧洲的食物中也仅仅是一种点缀，并非大范围食用的基础食材。

接下来的几十年中，随着商贸的发展，辣椒通过海路传到亚洲，最早是马六甲，然后是中国东部沿海，日本在同时期也出现了关于辣椒的记载，甚至比中国还要早。有人说，辣椒来到中国的路径有两条，一是海上之路，另外是西部丝绸之路，从中亚传到内地。经过查询种种资料，我认为"西部丝绸之路说"仅仅是猜测，既没有史实典籍的资料，也没有实物考古发现，基本不可取。

明末时期，江南富庶，富庶之地，讲究饮食，那时的风范是以原味为美，任何烹饪理念都以体现食材原味为高妙。从口感上，以甜为贵，甜是更为体现身份的味道。即便到现在，人们提到江南滋味，往往第一印象是甜。辣自然上不了台面，这种活辣刺激的味道断不能登上台面，哪怕在烹饪中占据半点儿席位。

那么问题来了，辣椒是如何从一种观赏性植物成为人们餐桌上必不可少的食材？辣椒又是如何从江南传到中国广大的西南片区？湖南、湖北、江西、云南、贵州、四川是如何成为嗜辣之地？

每一种食材的普及，每一种味道的迁移，都来源于人的迁徙与融汇。如果不从经济、政治、时代变迁的角度看食物的变化，犹如缘木求鱼。

在辣椒最早出现在中国人的文字记载之后的几十年里，中国大地上发生了许多事情。李自成起义了，张献忠也起义了，明朝灭亡了，吴三桂投降了，清朝建立了……连年征战，朝代更迭，百姓最苦，白骨露于野，千里无鸡鸣。

日子艰苦，天灾人祸，在穷苦的日子里，辣椒的神奇作用终于发威了。辣椒是一种神奇的植物，贵州的土苗“以辣椒代盐”，盐很珍贵，平时家里用不起，辣椒有刺激性的味道，又有含量足够多的维生素 C，可以代盐；边民日子辛苦，只能以野菜为生，野菜往往有苦涩味，难以下咽，以辣椒混合，可以掩盖苦涩，使野菜也有滋有味；食物放久了，往往有腐败变味，即便食材不新鲜，与辣椒一起食用，也可以勉强下咽；辣椒吃完身体发热发汗，令人感觉温暖，可以挨过苦寒之夜……

五味之中，辣椒是需要被学习的滋味。人生来就喜欢甜，妈妈的乳汁也是甜的，因为甜代表安全；人需要盐，盐分可以调节人体内水分均衡，保持体液的正常运转。而人第一次吃辣的时候，往往是被辣得鼻涕眼泪一起流，很少有人会第一次喜欢上辣味，但是习惯了这个滋味之后，才会慢慢体会辣味的美好。

与辣椒的流传有着紧密关联的一个大事件是：湖广填川。这是中国历史上最大规模的人群迁移之一，从清朝初年开始，一直持续了数百年。人口的迁移带来了新的物种与新的习俗。古今中外，但凡是文化艺术发达、美食聚集的地方，都是不同种族汇聚、多元文化丛生的区域，在碰撞中形成一种新的文明。

辣椒之于四川，就是在多元文化的碰撞中形成的一种新的文明。事实上，在四川，人们吃辣的历史比人们想象中的短很多。清乾隆年间李化楠撰写、其子李调元整理付梓的《醒园录》，是目前能见到的反映川菜历史的最早的专门著作。在书里可以找到“撒以椒面”的字样，但是我猜测这是花椒面，而非辣椒面。迟至清嘉庆年间，四川县志始见栽种辣椒的记载。清嘉道年间，川西地区才普遍栽种辣椒这种蔬菜。

即便在清末民初，吃辣也是一件不上台面的事，当时的官府菜也是遵循着尚本味的吃法。直到 20 世纪 80 年代，麻辣滋味开始一意孤行，传遍大江南北，川菜就和麻辣画了等号，以至于现在想吃一口不辣的川菜都成了奢望。在上海有一家私房餐厅叫邓记食园，川菜名厨邓华东在此恢复古制，做了许多不辣的川菜，许多沪上食家很是推崇，包括沈宏非、老波头、食家饭等都是座上常客，只是至今，我尚未去过。

辣时代还是来临了。如果辣的传播也有新世界和旧世界之分，那么辣的新世界发轫于20世纪80年代中后期，蓬勃于90年代，爆发于21世纪最初的10年。然而盛极则衰，如今辣味虽然还拥趸众多，然而随着口感阶层的划分越来越明晰，许多人开始对辣椒不太感冒。

1989年，老杨从四川来到北京，开了一家川菜馆，那时候北京的川菜馆寥寥无几。跟我讲这话的是小杨，当年老杨的儿子。他也是一家川菜馆的老板，这家川菜馆叫苏轼酒楼，在北京的五道口，已经开了20多年，见证了整个五道口的兴衰。从静谧的高校聚集区，到乱哄哄的韩流集中地，再到如今的互联网创业公司大本营，苏轼酒楼岿然不动。

20世纪80年代末，北京外地人口并不多，本地口味喜欢咸鲜，对辣椒并不适应，吃辣的人很少。可以对应的是，我小时候生活在河北，离北京有一个小时的车程，在我的童年记忆中，辣椒最常见的吃法是做成辣椒油，作为餐桌上调味的一小碟出现。我小时候对辣椒亦毫无好感。

事实上，川菜、湘菜进京要更早，要早到20世纪50年代。四川饭店、曲园、马凯餐厅、峨嵋酒家等风味餐厅就是当年来到北京。当年这些菜系来到北京是一项政治任务，因为党和国家领导人中，有许多是湖南、四川等地人士，吃不到地道的家乡菜。

在政治挂帅的模式下进京的川菜和湘菜，势必无法形成燎原之势。如今这些都成了老字号，带有国企的气质，一派老旧风格。经过了几十年的变迁，所做的湘菜与川菜都成了北京口感，多了温厚，少了火辣。峨嵋酒家以一道宫保鸡丁扬名立万，许多北京人把这道菜当成宫保鸡丁的标准。

真正的新世界的辣江湖的启蒙运动也是伴随着一场巨大的人口迁移。在改革开放之后的30年中，也是城乡二元对立逐渐松绑的30年，比湖广填川更迅猛的移民潮发生在现今的中国大地。以我生活的北京为例，根据官方数字，2014年末北京常住人口2151.6万中外来人口818.7万。其实我对这个数字怀疑，北京瞬间人口规模应该在4000万左右，其中外来人口应该是所谓北京人的3倍。

上海、广州、深圳等大城市莫不是如此，来自全国各地的人口在城市聚集，势必会影响城市的普遍口感。

北京民间美食的流行风尚往往几年一变，簋街是北京民间美食的风向标，这条街犹如中国吃喝的T台。

20世纪90年代中期曾经流行过河南红焖羊肉，后来一段时间是酸菜鱼，到了2000年前后开始了一时无敌的水煮鱼时代，一道菜成全了沸腾鱼乡和麻辣诱惑。接下来就是麻辣小龙虾的时代，麻小的辣势力盘桓簋街至今。到了2005年前后，又一股麻辣香锅的势力猛烈来袭，一时间，北京大街小巷都是麻辣香锅。在几次大冲击的间隙里，陆续涌现的小规模冲击还有麻辣的鸭脖子、鸭头、毛血旺、烤鱼、牛蛙……这些都红火一时。后来，辣江湖又憋出了世纪大招：火锅。在之前的北京，四川火锅虽然有不少，但往往流于形式，不那么地道。北京人的主潮流还是涮羊肉。从 2008 年之后，众多正宗地道的火锅在北京遍地开花，我可以随便列举出不下 50 家火锅店。如今，北京的火锅店的水平基本上和重庆差距很小了。

以北京一地的民间美食流行上可以看出从 20 世纪 90 年代至今，几乎所有民间流行的味道都与辣椒有深厚的关联。无辣不欢的时代终于降临了。

在 21 世纪，辣椒的味道为何疯传？这也是众多食客很爱探讨的话题,有刺激上瘾说,有缓解压力说,还有口感传染说,莫衷一是。

我听过一种说法，虽然有点儿以偏概全，但是听上去思路倒也有趣。在餐饮这个江湖中，有名厨有大师，然而这都是金字塔的顶端。行业从业者普遍来说，教育程度不高，苦出身的居多，厨师自古就是勤行，中国人又向来有君子远庖厨的心态。这就决定了厨师行业是一个流动率很高且社会地位不高的劳动服务业。美食之美需要品鉴，而烹饪一道好的美食更是需要高妙的技巧与创新能力。这对大多数教育程度不高、没有太多味觉阅历的厨师来说，几乎是一件不可能的事，重麻、重辣、重油的菜品自然是一个方便之门。并不需要太多吊汤的技术，也无须反复锤炼的刀功，甚至不需要太多火候的精妙掌握，就可以做出一份重口味的美食。有什么样的供给自然有什么样的市场，是啊，以前的川菜也是不辣的，现在许多人提到川菜的第一印象就是麻辣。重庆人又进一步发挥出江湖菜，更讲究重口味，无门无派，如同山城的地势，险峻中求胜，也同样横扫千军。

与之对应的中国食客，外出就餐是一件极为日常的行为，一周往往在外就餐的次数大于在家就餐的次数。然而在西方，外出就餐是一件相对隆重的事。不同情境下，不同的食客对美食的要求是不一样的，我们许多时候都是为了饭局、填饱肚子、说个事儿、凑合吃点儿，对食物的敏感度也降低了不少。

当然这个说法也是片面的，犹如盲人摸象，无论如何分析与探讨，辣椒江湖已经成为既定事实，有年轻人的地方就有辣滋味。辣已经成为最有穿透力的味道，贯穿于中国一线城市至乡村世界。

2015年，湖南卫视的编导想做一部讲述辣椒的美食纪录片，邀请我来做总撰稿。我们经过商讨，认定这个片子想搞明白的无非是两件事：辣椒的传播史和吃辣椒的各地风俗。接下来的时间，一次次研讨，一次次实地采访，一次次翻阅文献，有时候觉得自己有了一些思路，可转瞬就断了。辣椒是一个如此与日常生活相关的食物，细究起来，又往往无处下手。

为了拍摄这个片子，摄制组历尽辛苦，还专门去了美国、墨西哥、法国和西班牙。只有在一个国际视角内关注中国，才更有意义。

在撰稿词的最后一段，我写道：

人生五味杂陈、无奇不有，正如美食穷极着五味的个性，将每一种食材的滋味以它最极致的表现冲击我们舌尖的味蕾，或者在中和与调配中尽显五味的中庸和谐之美，或者极尽开发酸甜苦辣咸每一种味觉体验自身的潜能。五味在口腔中演绎着各自，并耗尽自身，犹如生活的满目繁华，每一口的品味都有故事，每一口吞咽和咀嚼都将人生走过的酸甜苦辣刻在记忆中，五味便定格在了时间中。

舌尖滋味，更是心头的滋味。而辣这种口味，即使我们很容易界定吃辣的典型地域，这种味道也仍然难以捉摸：它有时甚至包含了所有其他的味觉感受，它能像咸一样提味，又有着酸的刺激、苦的回味，还像甜一样使人产生迷幻和欲罢不能的感受。辣椒没有显赫的身世，家常而平凡，它慰藉着一代又一代清贫的胃口，也关照着数亿中国人的一日三餐。

世界上能够食用的辣椒有上百种，不同的辣椒种类可以代表当地人对味觉的体验与态度。更多的时候，作为辅料和佐料的辣椒一旦出现，总是能够加倍地激发出主料食材的无限潜能，伴随着辣的味觉同时传达出的香、鲜、爽，让所有普通食材瞬间出落成款款美味，饕餮着人们的舌尖感受。

辣椒不神奇，但能给平凡的食材注入灵魂；辣椒也不霸道，但用霸道的口感滋润生活。从辣椒来到中国的那一刻起，就注定与中国人的日常生活休戚相关，辣椒的漂泊、转身与重塑都只是惊鸿一瞥，从一枚羞涩的南美果实到中国人普遍接受的味觉记忆，辣椒在冥冥之中与中国有了一个约定。

从敦煌到西西里岛：一次味觉的旅程

一路数万里的行程，古人穷究一生，终不可达，我们却可以在一餐一饭中，转瞬穿越，东方与西方，可以在舌尖上相遇。

一

每年大董都会做一次隆重的新菜品鉴会，节令的新菜犹如T台上的模特闪亮登场。从2006年到2016年，我几乎参加过每一次品鉴，10年的时间，品鉴会的意义不仅是享受美食，也见证了一代名厨的心路历程，美食创新理念的变迁，国人味觉审美的升级，一个时代味蕾的蝶变。每一次都会有不同，有时候人们都觉得已经是巅峰体验了，不知该如何超越，等到下一次的时候，大董总会拿出一个更叫人瞠目结舌的新菜单。大董上帝造人一般，赋予食材生命，赋予食物味觉与视觉的完整体验，我从来不会对大董失望，因为他从来没有叫我失望过。

2015年秋冬季的品鉴会的滋味似乎还在舌尖萦绕，那一次，大董一行人去了意大利白松露的产区，买了一颗硕大的白松露。松露自然是秋冬时节最令人神往的食材，它暴力般的香味能给人当头棒喝的体验，但大董将黑白松露纳入中国传统水墨意境之中，犹如一次奇妙的点化，来自西方的顶尖食材就与中国意境合拍，且毫无割裂感。中国水墨讲究“计黑为白”，黑与白的浓淡深浅，可以展现万千，疏可走马，密不透风，黑白之间，点缀着印章之朱红，洇透纸背的灰，有“北国风光，千里冰封，万里雪飘”之大气，亦有“梅须逊雪三分白，雪却输梅一段香”的雅致。

一餐好的美食，可以绕梁三日，它给人带来的幸福感是可以回味的。但创新永远是难的，在口腔方寸之地辗转腾挪，花样翻新，有时候跟技艺高低没有什么关系，重要的是眼界和思想。就像一个男子百米跑的运动员，10 秒钟是一个人和超人的界线，每向前进 0.01 秒，都是一次人向超人的蜕变。

我问大董，下一次品鉴会你打算怎么做？大董说：“我已经想好了，你愿不愿意跟着我一起去？”于是就有了这次奇妙的味觉溯源之旅：从敦煌到西西里。

敦煌与意大利西西里，这刚好是丝绸之路的起点和终点，东方与西方，在这条路上有了一次次历史的碰撞。这也是一条美食之路，我们现在司空见惯的种种食材与食物，黄瓜、葡萄、香料、面食……都是经由这条路来到中国；中国式的生活方式如丝绸、瓷器、茶叶……也是经由这条路传播到西方。

我们的第一站是：敦煌。

二

关于敦煌，你想到的和你见到的并不相同。

千百年来，无数人来到这里，他们有戍边的战士、途经的使节、流放的诗人、修行的僧侣、失去姓名的画匠、慕名的游客、一波又一波的探险者、一波又一波的画家……他们来自楼兰、于阗、莎车、大月氏、安息、条支，也来自长安、龟兹、疏勒、张掖、武威……他们有的如同春风度过玉门关，再无回还；有的立地成佛，把此地当成故乡。其实这里仅仅是漫天的黄沙，在山崖上有一个个洞窟，洞窟里藏着巨大的秘密，那是一种宁静的辉煌。

我们在 2016 年的 5 月来到莫高窟，所见所感与 1942 年历史学家向达来到莫高窟所见的情形区别不大。他所见“遥视山色青黑如死灰，薄暮时回光返照，色又赤紫，如紫磨金；近之石骨崚嶒，如植剑，如霜刃，抚之则随手纷坠”[①]。与 1907 年来到这里的探险家斯坦因所看到的亦区别不大，“在悬崖上有许多阴暗的洞穴，悬崖底部有溪流经过，从悬崖下面到顶部，石壁上密密麻麻的洞穴，像是蜂巢一般，洞穴呈不规则的层状排列”[②]。

世界飞速发展，敦煌几乎静止沉默。那些壁画跨越千年，展示在我们面前。不同的朝代，不同的线条，当钻进一个个洞窟，看着前人留下的满墙灿烂，如同一个个叮咚作响的梦，必须屏住呼吸，似乎才可心意相通。

敦煌，作为丝绸之路的起点，那些深藏在洞窟里的佛像就如同散落在黄沙里的佛龛，引导着一代代人上路，穿越阳关与玉门关，一路朝西而去。许多食物汇聚于此，落地生根，撒豆成兵。

比如说饺子。关于饺子，许多中国人都本能地认为这是中国

---

① 向达《西征小记》。

② 奥利尔·斯坦因《斯坦因中国探险手记》。

原生食品，事实上，并非如此。在言说饺子之前，还是要先说小麦。小麦原产自中亚，自中亚向东向西推移，在东方遇到了水，就成了亚洲的种种面食；在西方则遇到了火，于是有了面包。小麦粉在古波斯语中读作 peste（糕饼），于是各种语言中关于面粉制品的词汇总会有一个 p 音，英语中的 pie（馅饼）、意大利语中的 pizza（比萨），法语中的 pastry（糕点），而中国古代有一种常见的食物称为“饆饠”（毕罗），还有一种“馎饦”，在唐朝的文字中，这些食物反复出现，然而它们到底是什么，许多人争论不休。向达先生说是抓饭，而敦煌学专家高启安则认为是饺子。古人有文献记载：“粉皮熟油抹过，切作四片，盏盛，装馅蒸熟，匙翻碟内，浇好汤供。”显然是面食，具体说更像是烧卖。“毕罗”急读，就是饽饽，或者馍馍。《急韵》中说：“毕罗，修食也。今北人呼饽饽，南人呼磨磨。”事实上，在北京土语中，直到中华人民共和国成立前，还是把“煮饺子”称为“煮饽饽”。

带着一点点考据的思维，重新走在敦煌的丝绸之路上，就会有许多有意思的发现。比如杏子，甘肃一带有许多品质优良的杏子，敦煌的李广杏，临洮的大接杏，杏原产中国，如今却广泛种植于中亚、欧洲，杏就是通过丝绸之路前往世界各地；比如说葡萄，同样是从丝绸之路来到中国，中国古代已经开始酿造葡萄酒，固有“葡萄美酒夜光杯”的唐诗。在西北地区常见的面食包括油胡旋、油香、馕、馓子……无一不是随着丝绸之路到了中国，又和本地口味结合，成为中国西北地区有代表性的面食。

我们一边走，一边吃，一边体会。在不少人的原始思维中，西北的食物粗犷，以牛羊肉和面食为主，似乎与精致无关，然而当了解了许多历史和文化之后，才能真正感知丝绸之路上的风味。

我们逛夜市，去沙漠，在沙漠里摆上桌子，点上篝火，此时万籁无声，只有火焰的噼啪声，只有饭桌上的觥筹交错声。沙漠就是硕大的包房，头顶的星星就是散落的下酒菜，葡萄酒自西域来，胡麻油自西域来，我们吃着夜色，也吃下了敦煌的山川。

似乎都在路上，在沙漠中穿越，闹市中穿行，千佛洞与榆林窟的画像边流连……大董和他的团队还是迅速整理了思路，回到北京就做出来许多西域风格的美食。比如敦煌彩馍，线条与颜色犹如壁画上的飞天，线条之流畅与飞舞，与唐朝壁画中的雍容有如神似；比如意大利肉酱栲栳栳，西北民间的小吃与意大利肉酱在一个盘子中完成了长安与大秦的漫长路径；比如罗勒酱猫耳朵，那种嫩绿的颜色，犹如夏天敦煌的某一个局部。

三

如果说敦煌是黄色的，那么意大利西西里就是蓝色的，一个在黄沙漫漫中存留千年，一个在碧波荡漾里变幻万千；如果说敦煌是农耕文明的，人们在此播种收获，繁衍生息，那么西西里就是海洋文明的，人们在这里靠海吃海，扬帆与远航对应着回家与归宿；如果说敦煌是属阴的，神与佛都深藏在洞穴里，供人们膜拜供养，那么西西里就是属阳的，一座座石头搭建的神庙、教堂巍峨耸起，钟声敲响黄昏，这时似乎有《西西里的美丽传说》中的莫妮卡·贝鲁奇缓缓走过锡拉库萨广场。

我们来到西西里之前，似乎心已经先到；我们真的到了西西里，魂似乎又被勾去别处。许多人知道西西里是因为几部电影：《教父》《天堂电影院》《西西里的美丽传说》。事实上，西西里也是意大利美食的重镇。

在中国古代，罗马帝国被称为大秦，那是一种遥远的想象。而西西里则被称为“斯伽里野”——《诸蕃志》：“斯加里野国，近芦眉国界，海屿阔一千里，衣服、风俗、语音与芦眉同。本国有山穴至深，四季出火，远望则朝烟暮火，近观则火势烈甚，国人相与杠舁大石，重五百斤或一千斤抛掷穴中，须臾爆出，碎如浮石。”

微风似乎起于西西里，蔓延开来，海风与蓝都过于温柔。这里算是西方古典文明的摇篮，亚非欧三块大陆在此交汇，迦太基人、希腊人、罗马人来了又走了，撒拉逊人、诺曼底人、阿拉伯人来了又走了，甚至19世纪中期才从这里搬走的西班牙人，然而他们真的都走了吗？其实没有，在各个时代存留的建筑中，在大街小巷的美食中，他们都还在。

我们专门去了西西里享有盛誉的米其林二星餐厅La Madia，这里的主厨Pino Cuttaia游历多年之后回到家乡，用他最熟悉的食材展示他心中的西西里。大董与他有一个有趣的交流——大董需要用最有限的食材做两道美食。大董的厨师用从北京背过来的四川凉面酱搭配着当地的熏鱼和茄子，做了一道温柔的前菜，又用北京炸酱搭配着意大利面，做了一小份炸酱面。这算是急就章，也是一种游戏。而 Pino Cuttaia 的出品也是充满着游戏感，他所用的食材都是西西里最常见的食材，海鲜、茄子、柑橘、香草，童心未泯，似乎可以在盘中做梦。

无论中西，遑论古今，好的美食都是相通的，在游戏与仪式感之间做一个平衡。孔子说:“志于道，据于德，依于仁，游于艺。”好的美食就是“游于艺”，一种充满游戏精神的偶然性艺术实验。

Pino Cuttaia 眼神温顺，他似乎代表着西西里人对家的感触，落叶总要归根，总是要回到家。西西里的美食也充满着家一般的温情,没有西班牙后现代派的“不先锋毋宁死”,也没有法国派的“不装逼毋宁死”，更没有美国派的“爱谁谁你管得着吗”。意大利美食仿佛是中餐远走他乡的亲戚，在许多表述方式上有内在的契合。

事实上，意大利美食是“西餐之母”，法餐的源头是意大利。梅迪奇（Catherine de Médicis）公主嫁给亨利二世，对法国而言，她所带来最宝贵的嫁妆不是金银财宝，而是随从的几十个意大利御厨。而西方世界最早的一本食谱《丢失的烹饪艺术》，也是诞生于西西里。那本现已失传的感官体验审美之作，由锡拉库萨(Siracusa) 的希腊人麦瑟库斯编写于公元前 5 世纪。

锡拉库萨更有名的不是菜谱，而是《西西里岛的美丽传说》，我们坐在当年莫妮卡 · 贝鲁奇走过的广场上吃东西，喝卡布基诺咖啡，旁边的一个老先生弹起手风琴唱起了歌，一个姑娘站在他身边，也跟着放声歌唱。不用时间倒流，历史也与我们同在，所有的过往都存留在街道建筑上、门楣与夕光里，存留在那些歌唱与不紧不慢的咀嚼中——所以西西里方言从未诞生过将来时态。

在现代社会之前，食物总是和宗教有着不可分割的关系，无论是在敦煌，还是在西西里。种种宗教的杂糅，也成就了丝绸之路两端的共性：神在人间，也在舌尖。我们和大董在其间游走、吃喝、说笑、拍照，一路数万里的行程，古人穷究一生，终不可达，我们却可以在一餐一饭中，转瞬穿越，东方与西方，可以在舌尖上相遇。

这也是大董的眼界与思路，他用味道来表达对这个世界的认识，也用食材的搭配来写一首诗。诗不是艺术，而是艺术的目的，大董用万千滋味，缓缓归矣。

所有的诗都生长在大地上，诗的任务除了解馋，还在于——它展现了生活的无限可能。

他乡遇故吃

我在心中默默断了移民的念头，即便国外空气再清新，生活再自由，我的舌头和胃口，都已经被牢牢地钉在中国的盘子里。

马尔堡的天空一直是阴的，云层浑厚，低垂着，似乎随时会有暴风雨。我们从新西兰的奥克兰出发，一路从北到南，去各处酒庄，探访美酒，从长相思，到赤霞珠，再到西拉，美酒无限，美景无限，每一处的酒庄主人都会叮嘱我们，这两天会有暴风雨。

赶到马尔堡的时候，暴风雨还是没有来，只是天气阴沉，积雨云密布，它们在半空中翻滚，似乎伸手可握。空气中有一点点儿咸涩的味道，似乎是暴雨将至的节奏。马尔堡是新西兰葡萄酒的一个重要产区，这里有明媚的长相思。我们无心找酒庄品酒，只是想找一家中餐馆吃顿中餐。

上一顿中餐还是在奥克兰,那里中国人聚集。在中国人居住区，周围的店铺都是中餐，品类之齐全，堪比国内美食街。从四川担担面到武汉热干面，从北京烤鸭到天津包子，只有想不到，没有吃不到。这条 Dominion Rd 被中国人称为“倒霉街”，中餐崛起也是最近十几年的事。在这条街聚集的往往是大陆新移民，看不到唐人街里常见的假模假式的粤菜馆子。我们在这里吃了一顿大烤串，有一家名叫三原色的小店，这里完全是中国人的天下，从烤串的小伙子到吃烤串的年轻人，见不到一个西方面孔，烤串硕大料足，比中国吃到的还正宗。带我们来的是一个桂林美女，她说，可以跟你保证，你们在这里吃到的每一块羊肉都真的是羊肉。

从那顿之后，十来天，就再也没有机会吃中餐。偶尔我们也会念叨一下北京的某家家常菜、烤鸭以及卤煮，甚至经过某一家中餐馆的时候眼巴巴地往里面张望，心里念叨着饺子、炸酱面、油条、豆腐脑以及老干妈的辣椒酱，然后默默地咽下口水，依然去一家家酒庄里的西餐厅，在风景绝美的地方，拿起刀叉，吃牛排，配长相思。

终于在马尔堡，我们有了半天闲暇，陪我们在当地逛酒庄的是一个中国姑娘。出国之前，她在安徽电视台做记者，忽然有一天厌倦了这样的生活，就到了新西兰读书，又忽然对葡萄酒痴迷，转行学习了酿酒。她的梦想是去遍新西兰的酒庄，然后写一本中文书，介绍新西兰的葡萄酒。

在这个只有两万五千人的小城，找一个中国人都难，何况一家中餐厅。安徽姑娘跟我说，这里真的还有一家中餐厅，老板刚好是她安徽老乡，姓范，开了一家餐厅就叫“FUNS”。“不过不要抱什么期待，做饭要迎合本地人的口味，都是酸甜口感，真的不算好吃。”她说。

我脑海中忽然冒出一个念想，能否我们自己去超市买食材，去他们中餐厅里去加工，自己找个地方做顿饭吃。这个提议获得多方回应，我们现在要做的就是找一家超市，买一堆中国菜的食材，然后找一个能做饭的地方做一顿中餐，解馋。

暴风雨在这个时候终于来了，像憋了一泡太久的尿，急促又密集。我们开着车寻到一家最近的超市，当然找不到中国超市，里面的食材都规整干净，就像是一群白人大妞依次排列，好看是好看，但是找不到亲热感。我从一群适合西餐料理的食材中寻找我能操作的玩意儿：一块规整的猪五花肉、鸡翅、豆角、洋葱、西红柿，还有一小块牛排。拎着大包小包的东西去那家 FUNS 中餐馆。中餐馆还没有打烊，室内还有几桌本地人在吃着模棱两可、面目可憎的中餐——跟大多数伺候白人的中餐馆一样。这里最受欢迎的是咕咾肉、没有放辣椒多放糖的宫保鸡丁、春卷，以及一切酸甜口味油乎乎、腻乎乎的东西。

终于等到打烊，最后一桌客人离开，我钻进后厨开始准备做菜。无锡来的中国厨师热情地跟我打下手，问我是从哪里来的，当我说是从北京来的时候，久居国外的厨师跟我说："现在北京最好的餐厅是不是大董？"这时我对他油然而生了三分好感，于是就原谅了他油脂麻花的白色厨师服和旁边的一盆有莫名沉淀物的油。

很快几道菜都出锅了，都是寻常家常菜，有红烧肉，火候不够，肉不够烂，鸡翅也是红烧，用干煸四季豆的方式料理了一下本地粗笨的豆角，把牛排切碎，炒了洋葱，倒也算是行云流水，只是火候掌握不好，有的菜烧得有点儿煳。一些特殊的调料这里是真没有，比如我平时做红烧肉总是需要一点儿王致和大块腐乳和陈皮。

菜上桌，小伙伴们都很兴奋，吵吵着要喝二锅头，但是这里依然只有长相思。安徽籍的老板也凑过来跟我们聊天，讲述十几年来在新西兰的生活不易，如何算计着做生意，如何招揽老顾客，这些话估计平时在这个小城里也没有多少人可以诉说。厨师也过来跟着喝两口，厨师说正在办理移民，一家老小都搬到新西兰，儿子已经在这里读高中，英语进步很快，准备叫儿子在这里读大学。我们东一嘴西一嘴地聊，外面下着大雨，似乎不是在新西兰的一座小城，而是在中国某个小地方。这时，厨师端来几碗米饭，老板又默默打开一瓶酒。

这一顿饭的光景，短暂又漫长，一顿饭的时间叫我确定了一个事：你吃什么，你就是什么。我也在心中默默断了移民的念头，即便国外空气再清新，生活再自由，我的舌头和胃口，都已经被牢牢地钉在中国的盘子里。正所谓：久旱逢甘雨，也比不上他乡遇故吃。

人间的清单

美食进阶阅读指南

西方有谚语：你吃什么，就是什么。

这也可以改一下：你读什么，就是什么。

这其实是一个书单。如果你想更深入更全面地了解美食文化，食物中的来龙去脉，除了亲身尝试，走遍四方，结识更多的食家，有一条路是怎么也绕不过去的，那就是多读书。

我依然保持着一个不错的习惯，那就是买书和读书，人丑多读书，总是不会错的。美食类的书于我是教科书，知识有时源于见识，更多的是源于思考和阅读，唯有庞大的阅读之后，所闻所见所吃所感，这些貌似零散的珍珠才能连缀成串，成为信手拈来的身内之物。感谢这些作者写下的这些文字，在我饥肠辘辘的时候安慰我，在我酒足饭饱的时候告诫我，这些书填充着我体内的血肉，把我一点点变成这个样子。西方有谚语说：你吃什么，就是什么。这也可以改一下：你读什么，就是什么。

我把这个书单分成两部分。

文化部：讲的都是美食文化、历史、渊源、理论，这一部分初读无趣，读进去非常有意思，这种书是练内力，令人气血两旺。

文学部：讲个人情怀、游记、境遇、食记、故乡、专栏随笔、舌尖上的人生，这一部分是练招式，语句快感，谋篇布局，畅快淋漓，读到口舌生津。

文化部

《随园食单》[1]

有许多书我是一遍而过，只有很少的书，常看常新，每次读来，都有新得。这样的书不多，小说是王道乾翻译的《情人》，讲吃的是袁枚的《随园食单》。

袁枚是个才子，在那个求功名利禄的年代，他活得入世且超脱。饮食男女，才华横溢。这本书最精华的部分在最前面：须知单和戒单。开篇大义，把中餐的烹饪原则，味道的搭配原则，从选料到烹饪，从宴席到礼数，短短数千字，讲得清清楚楚，并且几百年之后，他所说的原则都几乎未曾变化。有人说："半部《论语》治天下。"其实，半部《随园》可成家。

除了须知单和戒单，其他部分都是袁枚针对不同食材的不同理解，给出的具体建议和菜谱。有人入迷，于是试图还原之，做成旧味道，这和研究红楼菜一样没有必要。历史向前，食材变化，口味审美变革，消费习惯改变，饮食结构重塑，这些仿古都是缘木求鱼。只需读有所得，知其精妙即可。

我到现在还把这本书当枕边书，比如随意抄下几句：

---

① 清代学者袁枚著，江苏古籍出版社 2000 年出版。

凡一物烹成，必需辅佐。要使清者配清，浓者配浓，柔者配柔，刚者配刚，方有和合之妙。其中可荤可素者，蘑菇、鲜笋、冬瓜是也。可荤不可素者，葱韭、茴香、新蒜是也。可素不可荤者，芹菜、百合、刀豆是也。

食物中，鳗也，鳖也，蟹也，鲥鱼也，牛羊也，皆宜独食，不可加搭配。何也？此数物者味甚厚，力量甚大，而流弊亦甚多，用五味调和，全力治之，方能取其长而去其弊。

熟物之法，最重火候。有须武火者，煎炒是也，火弱则物疲矣。有须文火者，煨煮是也，火猛则物枯矣。有先用武火而后用文火者，收汤之物是也；性急则皮焦而里不熟矣。

使一物各献一性，一碗各成一味。嗜者舌本应接不暇，自觉心花顿开。

切葱之刀，不可以切笋；捣椒之臼，不可以捣粉。闻菜有抹布气者，由其布之不洁也；闻菜有砧板气者，由其板之不净也。

味要浓厚，不可油腻；味要清鲜，不可淡薄。此疑似之间，差之毫厘，失以千里。浓厚者，取精多而糟粕去之谓也；若徒贪肥腻，不如专食猪油矣。清鲜者，真味出而俗尘无之谓也；若徒贪淡薄，则不如饮水矣。

饭之甘，在百味之上，知味者，遇好饭不必用菜。

正如《随园食单》开篇所说：“学问之道，先知而后行，饮食亦然。”

《食物与厨艺》[1]

厚厚三本，分别讲：蔬、果、香菜、谷物；蛋、奶、肉、鱼；面食、酱料、甜点、饮料。

这是一本食材大全，又是一本盛大的教科书。它除了讲述食材，更讲述食材的原理、烹饪的变化，讲加工工艺、分子构成；讲糖，除了糖的分类和构成，还讲糖的提炼和原理，糖的运用和技巧；讲鱼，除了讲鱼的营养，还讲常见鱼的家族关系，鲽鱼的近亲分类，讲捕捞养殖，温度对鱼肉蛋白质地的影响……

总之，只要你读进去，就完全可以打开一片新的天空，从此对食物不但知其然，更知其所以然。这本书貌似讲的多是西餐，但本质上讲的是一切我们所能接触到的食物。许多人都想写一本书《论一切》，在美食领域，这本书几乎就是《论一切》。这本书综合了食品化学、生物化学、植物学、动物学、海洋学、微生物学、文化、历史、厨艺……相当综合。

这本书有一个宣传语：“全世界的大厨，没人敢不拿这本书。”何止是厨师，一个喜欢美食的人读完这本书，那种感觉就像上学的时候考试，你提前拿到了答案。

如果说有一本书叫我读完之后，犹如高潮一般尖叫，就是这

---

① 美国作家哈洛德·马基著，邱文宝、林慧珍译，北京美术摄影出版社 2013 年出版。

一本。

《葡萄酒的故事》[①]

葡萄酒在中国慢慢成为显学。作为一个进阶吃货，如果不懂葡萄酒，感觉像少了一条腿走路。我也曾参加过各种品酒会，也去过世界各地许多酒庄，喝过的好酒也很多。然而所得到的知识都是零散的，片段的，东一榔头西一棒槌的。在跟别人聊天的时候也能胡侃几句风土、产区，但是自己知道自己几斤几两，对西方的葡萄酒文化没有一个全面的了解，这些零散的知识不过是个零。

幸好有了这本书，50 万字，500 多页，堪称葡萄酒圣经。这本书从葡萄酒最早的诞生一直讲到 20 世纪 80 年代。这是一本关于葡萄酒的历史书，从挪亚如何奉上帝之名种植葡萄、14 世纪曲折的运酒航海线路、穆斯林不喝酒的真正原因、美国东西海岸的葡萄种植、香槟如何在战争的硝烟中劫后余生，直到意大利、西班牙酒在 20 世纪的复兴运动……看完此书，任何关于葡萄酒的事儿，基本上都可以烂熟于心了。

这可不是凭借俏皮与幽默的随笔专栏，而是一本严谨的学术书，读起来有点儿费劲，但是只要通读完一遍，心有所得，以后再跟别人侃葡萄酒，有这碗酒打底，基本上不会晕船了。

---

① 英国作家休·约翰逊著，李旭大译，陕西师范大学出版社 2005 年出版。

《烹饪、菜肴与阶级》[1]

这是一本台湾版的书，似乎还没有简体版。购买于台北诚品书店。这本书吸引我的不是文笔和考据，而是这个主题，将饮食纳入一个更宏大的人类史中去解构并且阐释。吃从来不是吃本身，而是这个日常行为背后的阶级象征。书后面有一句话："穷人吃是为了活着，富人活着是为了吃。"

这本书讲了罗马帝国、欧洲中世纪、中国古代、苏俄时期等不同阶级背景之下，穷人和富人在饮食上的差异，讲了白面包与黑面包，也考究了不同族群食物的特权。这本书本质上不是一本美食书，而是一本人类学专著。

唯一有点儿隔的是竖排版的书看着不习惯，翻译的语句有点儿别扭。

《香料传奇：一部由诱惑衍生的历史》[2]

这本书的副标题是"一部由诱惑衍生的历史"，是三联书店出版的新知文库丛书之一。这套文库的书我有许多，其中有好几本是关于美食的，比如同系列的还有一本《查理曼大帝的桌布：一

---

① 英国作家杰克·古迪著，王荣欣、沈南山译，台湾广场出版 2012 年出版。

② 澳大利亚作家杰克·特纳著，周子平译，生活·读书·新知三联书店 2007 年出版。

部开胃的宴会史》，那本书也很精彩，讲述的是西方的宴会史。宴会从来不是吃本身，而是另外一个战场。

而这本书更有意思，哥伦布发现美洲大陆，不过是为了寻找香料的副产品；麦哲伦环球旅行，主要目的也是为了寻找香料。从罗马帝国时期到大航海时代，香料的历史就是西方文明的兴衰史。香料属于一种异国的、神圣的、情色的、模糊的东西，距离上的遥远使香料成一种阶级符号的重塑。这里面介绍了生姜、胡椒、桂皮、肉蔻、丁香，每一种气味都代表着一种想象。胡椒之所以不再神秘，只是因为胡椒便宜了，基督教最早排斥香料，后来雅歌之中香料又回归了。饮食口味反应饮食阶层，吃饭，作为一个日常行为，它背后最容易折射出时代的背景。从香料入手看西方文明的发展史，这是一个奇妙的入口。

《东食西渐：西方人眼中的中国饮食文化》[1]

如果之前几本都稍显枯燥，这本书简直可以当笑话读，读到许多地方我都捧腹大笑。

西方人如何看待中餐，这种事就像邻居王叔叔如何看待你们家儿媳妇一样，总是会引起中国人的兴趣，就像中国人对西餐的理解最开始也是粗枝大叶、漏洞百出一样。我还记得肯德基最早

① 英国作家 J.A.G. 罗伯茨著，杨东平译，当代中国出版社 2008 年出版。

一家店在北京前门开业的时候，无数人怀着对西餐的憧憬，去排队买一个汉堡。

这本书记载了从13世纪一直到新中国，一代又一代的传教士、商人、冒险家、旅游者来到中国后的一些故事。他们的日记和书信中记载着的那些令人捧腹的故事，其实都是珍贵的私人史。

其中有文化冲突，也有故乡情结：一个西方人在中国给老家的人写信，怀念着那块带血牛排和薯条。西方商人们居住在通商口岸的租界之内，在他们看来中国食材实在是不够卫生。中国蔬菜不能吃，因为是用粪便浇灌的；肉类也无法吃，因为屠宰场的卫生条件极差；而且很难喝到新鲜的牛奶，即便有牛奶也是被勾兑的，一个住在汉口的英国人曾经在送的牛奶里发现了一条活的小鱼。然而在更遥远的时代，最早来到中国的传教士们，日子并没有那么好过。他们不得不用“两根木棒”吃下中国食物，对他们来说，中国人的吃食不可思议：“他们吃青蛙，这在欧洲人看来是很恶心的，但他们认为味道很好。吃老鼠似乎也很正常，蛇羹甚至享有盛名。”

食物也是一座巴别塔。那时候的不解与隔阂其实到今天依然存在。西方人对中餐的认识无非是烤鸭、左宗棠鸡、宫保鸡丁。请老外吃一顿涮羊肉，他们口里称赞，背地里也一样吐槽。我们去欧洲去久了，在晚宴之前也会偷偷泡一包方便面。中餐一直都梦想着申遗，自得于中餐“历史悠久，博大精深”，然而不放眼望世界，巴别塔就一直在。

《东京梦华录笺注》[1]

许多历史著作都是以事件为脉络，以人物为线索，行文严谨，很清楚，但是总觉得烟花已冷，繁华俱散。《东京梦华录》则不同，里面有温度，有口感，对繁华怅然若失，对旧日时光无限缅怀。那时的酒肆，那时的菜式，那时的消夜，那时的生活，看完此书，北宋在我的脑海中复活了一遍。

单看这本书总觉得不过瘾，看伊永文的笺注版，就清晰很多。最早读伊永文其实是另外一本书《古代中国札记》，写的是古代生活史，有吃喝玩乐，也有杂耍把戏。那时我读大学，看得入迷。

伊永文还写过明清饮食文化史，《1368—1840 中国饮食生活》，上下两册，分别是“日常生活的饮食”和“成熟佳肴的文明”。都很好看。

《恶魔花园：禁忌食物的故事》[2]

这是一本有趣的书，讲的是美食的禁忌。禁忌就是勾引，禁忌就是打破禁忌的理由。线索就是《圣经》中的“七宗罪”：淫欲、饕餮、傲慢、懒惰、贪婪、亵渎、暴怒。以此为分类，介绍不同

---

① 宋代孟元老著，伊永文笺注，中华书局 2006 年出版。

② 美国作家斯图尔德·李·艾伦著，陈小慰、朱天文、叶长缨译，新星出版社 2008 年出版。

地区和族群们因禁忌而产生的故事。

当然了，在这七宗罪里，最勾人的是第一宗：淫欲。食物和性欲之间有一条密道，这本书把这个密道摆在面前，从亚当夏娃的苹果，到纪德在监狱里发疯一样想得到巧克力。爱情果原本是指番茄，以前人们不敢吃是笃信它能叫人们迷乱失去理智。而苹果之所以带有性意味，你需要从中间切开，果核的侧切面很像女人的阴部。总之，乱七八糟的故事和典故许多，每一个都令人兴致盎然。这本书就是古今食物的大八卦丛书。

由此可以看出中西方文化的差异。在西方，宗教长时间占据主要势力，抵制异端，食物往往成为异端的指代物，在权力争夺偏见愚昧中渐渐失去自有色彩；而在中国更尊重礼数，中国的饮食禁忌往往是因为礼仪。

这是一本有着无用之美的书，读着似乎没啥用，但是又挺好玩，因无用而有趣，因有趣而致用。

《日本料理的社会史：和食与日本文化》①

有时候阅读是一根线，牵引着我们永远向上走。当我第一次吃寿司和刺身，我就想知道怀石料理是什么样子，当我吃到怀石料理又想搞清楚日本料理的文化传承，于是找呀找呀找到这本书。

---

① 日本作家原田信男著，周颖昕译，社会科学文献出版社 2011 年出版。

看了这本书之后对日本食物有了一些大概的认识，但是又觉得食物仅仅是社会文化中一个单线条线索，想真正读懂这本书还需要了解日本的历史，于是又开始读《日本史》。

日本饮食很多元，很大程度上受到中餐、东南亚以及西方饮食的影响，如今却自成一派。东京是米其林三星餐厅最集中的城市，我并非追捧米其林这个评价体系，只是觉得日餐更早、更全面地进入了国际化平台，也拥有了更高的话语权。

日本菜本身也在不断融合，在融合的同时注入民族性，比如天妇罗，原本来自葡萄牙，但是现在看来和葡萄牙似乎一点儿关系都没有。和果子来自中国，如今却成了流行手信。即便是日本烤肉、寿司这些明显带有日本风格的食物，也最多可以追溯到江户时期，而“和食”这个词，仅仅起源于明治维新。生鱼片倒是很早就有，吃肉在很长时间是被禁止的，尤其是牛肉，因为牛是最重要的生产工具，日本和牛也没有太长历史。

看这本书，除了了解日本的食物渊源，也可以从侧面理解日本这个国家。

《甜点的历史》[①]

我曾经跟大董聊天，他说中餐与西餐横切面对比，哪一点都

① 法国作家玛格洛娜·图桑－撒玛著，谭钟瑜译，台湾博雅书屋 2011 年出版。

不弱，唯一的弱点在甜点。所以大董准备引进西班牙著名的甜点大师在北京开一个甜点学校。中西餐的甜点虽然都花样百出，但是真正对比，还是高下立现。如今流行烘焙，人人都在学着从戚风蛋糕做起，做马卡龙，做翻糖，做芝士蛋糕和黄油饼干。这些都是西式的。

这本书也是台湾版，印刷精美，尤其是里面的图片。这本书讲述的是整个甜点的历史，从古埃及到中世纪，一直到如今，也讲了不同国家的甜点，作者是法国人，当然是以大量的篇幅来描写法国甜点的文化。还有不同经典甜点的来源，比如国王蛋糕里为什么藏一颗蚕豆，闪电泡芙因何得名，小细节小考据，相当丰富。

甜，来自人类基因中的热爱，婴儿刚出生就热爱甜的东西，妈妈的母乳也是甜的。其他的味道都是后天慢慢接受的，似乎只有甜永恒。读这本书需要一些对甜点的热爱和知识，互相映衬，往往恍然大悟，哦，原来是这么回事儿。

读书之美，往往也在于此：哦，原来是这么回事儿。

文学部

《知堂谈吃》[①]

周作人是文字大家，写吃的文字仅仅是他文字中的边角料。即使是边角料，也能体会到其文字精妙，而且没有年代感，即便许多年之后，看起来一点儿也不隔。以管窥豹，隔岸观火，从周作人的文字中可窥得那时风物与那时滋味。

从文字上，我读知堂文字犹如上课，与他类似的梁实秋是“馋宗”，他则是“净土宗”，犹如孤灯下的老僧，闲话旧事，讲述故乡的野菜，绍兴的风物，无处不在的故乡与一无所有的故乡。读到一点儿滋味，会在写作的时候不由自主地朝他那边倾斜一下，随后再反转回来。

有几段话被人们用腻了，比如：“我们看夕阳，看秋河，看花，听雨，闻香，喝不求解渴的酒，吃不求饱的点心，都是生活上必要的——虽然是无用的装点，而且是愈精炼愈好。”“喝茶当于瓦屋纸窗之下，清泉绿茶，用素雅的陶瓷茶具，同二三人共饮，得半日之闲，可抵十年的旧梦。”此等金句在他的文字中常见，容易迷了人眼，看周作人如果仅仅看到这些，是容易跑偏的。

看知堂写吃，其实不是写吃，而是写字；读知堂写字，其实

① 周作人著，山东画报出版社 2005 年出版。

也不是真看写字，而是听风，户外传来的阵阵风声。

《雅舍谈吃》[①]

在我心中，有三个人的文字被长时间低估，即便都是人们公认的大家，但我依然认为被低估。其一是梁实秋，其二是老舍，其三是孙犁。

梁实秋写吃，尊重本性，写的不是炫耀与见识，而是写的馋。他写火腿也写麦当劳，写晚上睡不着觉想一份白水羊头肉，写前门某家饭馆的螃蟹。文字精到，却不以美食家自称，如在文字中伸出一只手，与你作揖对谈，喝醉了也说两句粗话，没有好吃的，路边摊也能吃得开心。写大餐大讲究，他不及唐鲁孙，写小吃小生活，近百年来无人及。

从文字上，我也偷学了不少梁氏功夫，他善用比喻，也善用短语，没有废话，直指人心。比如写一个狮子头 ：“精取材，细嫩猪肉、三分瘦七分肥，刀法最重要，多切少斩，加芡粉油锅炸至紧绷微黄，碗里先放一层转刀块冬笋垫底，大火猛蒸，撇去浮油，羹勺舀食。”他也善于铺垫与煽情，层层抵达，慢慢到位。比如这段 ：“我曾痴想北平羊头肉的风味，想了七八年 ；胜利还乡之后，一个冬夜，听得深巷卖羊头肉小贩的吆喝声，立即从被窝里爬出

---

① 梁实秋著，山东画报出版社 2005 年出版。

来，把小贩唤进门洞，我坐在懒椅上看着他于暗淡的油灯照明之下，抽出一把雪亮的薄刀，横着刀刃片羊脸子，片得飞薄，然后取出一只蒙着纱布的羊角，撒上一些椒盐。我托着一盘羊头肉，重复钻进被窝，在枕上一片一片的羊头肉放进嘴里，不知不觉地进入了睡乡，十分满足地解了馋瘾。”主要后面还有句大实话：“老实讲，滋味虽好，总不及在痴想时所想的香。”

梁实秋还经常在食物中体会文字妙处，比如他在战时吃到一款排骨萝卜汤，于是写下：“文字要做到言中有物，不至令人觉得淡而无味。”正与“少放萝卜少放水”的萝卜汤做法同理，“少说废话”而已。

《五味》[①]

与另外两位相比，汪曾祺的美食文字是承上启下的。他生于江苏高邮，自古富庶，有众多食材也有众多吃喝讲究；年轻时在昆明西南联大，众多牛人云集，得了打磨文字的道行；1949 年之后在北京，文人聚集，美食相对集中，与同时代的普通人相比，有更好的条件。

汪曾祺也是文字大家，散淡充盈，无味至味。相比而言我更喜欢他写故乡美食的文字和写西南联大时期云南美食的文字，而

① 汪曾祺著，山东画报出版社 2005 出版。

写北京的烤肉就显得稍微隔，不及之前文字痛快。汪曾祺到底是个通透人，他说自己是“有毛的不吃掸子，有腿的不吃板凳，大荤不吃死人，小荤不吃苍蝇”，写的文字也是使人觉得“活着多好呀”。

汪曾祺的文字灵活，也是以少胜多的高手，同时也是一个顾左右而言他的高手，再有一点儿文人式的洒脱，真是佐酒妙物。比如这段 :“栀子花粗粗大大，又香得掸都掸不开，于是为文雅人不取，以为品格不高。栀子花说 : 去你妈的，我就是要这样香，香得痛痛快快，你们他妈的管得着吗！”还有这段 :“一棵木香，爬在架上，把院子遮得严严实实的。密匝匝的细碎的绿叶，数不清的半开的白花和饱涨的花骨朵，都被雨水淋得湿透了。我们走不了，就这样一直坐到午后。四十年后，我还忘不了那天的情味。”

《中国吃》①

唐鲁孙这类写吃的，我统称“遗老派”写作，大体是念旧，怀念旧时光，言说老讲究，寻觅老传统。同样是遗老派，也分两种风格。一种是港台派，1949 年离开大陆，往事只能回味，代表人物是唐鲁孙、高阳、白铁铮、逯耀东 ; 一种是大陆派，典型人物是王敦煌写的《吃主儿》，赵珩写的《老饕漫笔》，还有近年的

① 唐鲁孙著，广西师范大学出版社 2004 年出版。

崔岱远。无非是追忆逝水年华，那时风物，物是人非，当年的吃喝细细讲究，一碗打卤面里的乾坤，一份老小吃里的岁月。然而时代向前，车轮滚滚，那些追忆的，不过是自己风华正茂的青春。

唐鲁孙在其中是翘首，因为我不把这些文字当美食看，而是当成一个时代的私人生活史。我看他写晚晴宫廷里的吃喝，看他写 20 世纪 20 年代北京流行的馆子、流行的味道，那时候的吃喝生活，如数家珍，娓娓道来，间或吃喝八卦，市井风俗和逸闻掌故。

旧时的北平早成了北京，人事皆非，然而那时候的点点滴滴都在唐鲁孙的脑海里封存，犹如一张年轻恋人的照片被收藏在抽屉里，随时拿出来凭吊。这种文字的力量，就是穿越过层层迷雾，抵达自己的青春岁月，那时灯火通明，一片繁华。

《饮食男女》[①]

写美食到沈宏非这里，风格为之一变，前人写美食都是言说美食本身，无论是传统讲究味道做法细节……都是写实的，都是可触摸的。而沈宏非写美食，则是朝着空的地方兀自而去，凭着文字和语言自然的生长力，自由来去，文字和食物之间有一条密道，前人也曾在门前徜徉，但是没有进去，只有沈宏非破门而入，窥得其中光明。

① 沈宏非著，江苏文艺出版社 2004 年出版。

我看沈宏非，也不是看具体食物，而是看他的把式，左右突围，在文字衍生的部分辗转腾挪，看他的文字犹如看人练拳，只有明白拳术含义才能理解招式意图。他充分调动了语言的“强指”和“暗喻”，用语言的歧途制造了一种美食语言。从 20 世纪 90 年代至今，沈宏非一直都是中国美食写作的头把交椅，幽默与段子，从来都是沈宏非挂在身上的零零碎碎，不要被这些打了眼，在我看来沈宏非的美食文字最核心的价值在于：在某种程度，他开创了一种文体。

我也写过不少美食专栏，知道专栏的疲惫感与偶尔应付，篇篇经典是不可能的事。如果非要我给沈宏非的文字找碴儿，那就是：风格乃是洞中之烛，出洞见天，烛光就无用了。天光累累，风格写作往往有了套路。

然而这是每一个写作者都心知肚明的事儿，打破它，需要临渊一跃，然而不过是写个吃吃喝喝，非要弄得如此“为天地立心”，也似乎有点儿矫情。

《暴食江湖》[①]

焦桐是台湾美食家，我至今无缘得见。焦桐的文字是篇篇“己出”，“己出”是我自创的一个词儿，大概意思是通过亲身感受和

① 焦桐著，生活·读书·新知三联书店 2010 年出版。

一手经验而得来的见识，而非二手知识和二手见识。

我看焦桐的文字有热血沸腾感，那是一种一马平川的畅快。我平时写多了专栏，少不了油滑，知道一篇文章1500字，转承启合，知道在哪自然停顿，成了惯性，看焦桐写一碗牛肉面就洋洋数万文，且没有废话，段段精彩。

我看焦桐的文字，仿佛见到自己，为吃不辞辛苦：为一顿鱼肠，作者可以每日早起去南机场社区排队吃蓝领早餐；为一顿海南鸡饭，可以在新加坡走街串巷；他吃早餐则是要吃福州面、虱目鱼汤、白饭、鱼肠、鱼头、鱼肚、鱼粥、卤肉饭……每晚睡得香甜的原因是因为想到翌日早晨的诸多美味而“充满了幸福感，含笑地睡着”，清晨起来的时候亦是“想起即将面对的鱼汤，我心中就绽放着桔梗花”。

然而我对他更多的好感源于他早年间写的一本书《完全壮阳食谱》，后来内地引进时改名叫《欲望厨房》，顿时欲望全消。这本是一本诗集，里面所记载的食物和菜肴完全是不存在的，都是通过对食物和语言的想象得来的，其中混杂着食物、美色、性和政治，以这些杂烩下酒，得来一本戏仿的文体实验。原本我在脑海中零星地想过这个游戏，当我看到这本书的时候，感觉万径人踪灭，原来焦桐早已经在前头。

《吃的艺术》[1]

刘枋写字从来不是炫技派，文字才华，人间修为，在这里都变成一道道具体的菜，一句句朴实的话。刘枋就像邻居大妈，隔壁王二，娓娓道来，从来不显摆，也不炫耀，“朴实”这个词想来容易，做到却很难，有时候刻意装朴实，还不如真显摆。

看刘枋的文字，如清风拂面，她所写的皆是“常识”，而常识最难。我读着她的文字，经常感觉汗颜，这是一个要笔头小聪明的人一辈子也写不出的。比如她写鸡肉：“肉鸡不贵，但也并不十分好吃，可是买几条鸡腿，用花椒和盐腌透，蒸熟，放在漏盘中，沥去汁水，再放在冰箱中一昼夜，即又硬又干，撕丝成盘，像极了‘风鸡’。撕下的鸡皮和鸡骨，用来煮汤，下白菜、粉丝，另有风味。肉鸡煮汤不好吃，可是腌过的鸡骨、鸡皮汤，比用一只鲜肉鸡所煮的汤，强过好多倍。”

比如她写剩饭：“若剩饭在冰箱中搁了好几天，米已回生，就很难再使它香糯可口了。把剩饭以及剩粥，加水煮到稀烂，佚半凉，加面粉和成团，用来做烙饼，或做花卷，都会别有滋味。”

她写黄瓜：“拌黄瓜无论是配肉丝、肚丝，或者只本身清拌加姜或加蒜，都还提味，但绝对不能加葱。生葱花加在生黄瓜上，则是连以吃葱著名的山东人都不喜欢的。嫩黄瓜片汆汤，一定是

---

① 刘枋著，广西师范大学出版社 2008 年出版。

用清高汤，等汤滚开后，黄瓜入锅即盛起，这样能有清新之味，如果把黄瓜以油煸炒，然后放水煮汤，则鲜味全失。”

无一物不是寻常物，无一物不是写生活，读来如金针度人，慷慨大方。

《我的川菜生活》[1]

石光华，我们都管他叫石老，每次到成都，石老都能陪喝酒陪到最后，哪怕天光渐亮。

石光华，除了写美食，还写诗。诗歌写作与美食写作之间也有一条密道，凡是有过诗歌训练的人，写美食都是信手拈来，比如沈宏非、焦桐、二毛、虹影，更久远的袁枚、李渔、苏轼。诗歌写作能给语言添光，诗歌就是平地抠饼、火中取栗、隔空抓物，而美食写作也相似。

这本《我的川菜生活》曾经是我的教科书，每日装在包里，在公交车上地铁上翻来闲读。他把川菜从根脉开始挖掘，写葱姜、写辣椒、写火锅，细致入微，却又不觉得因专业而不好读。他写江湖一尾鱼，写川菜神品开水白菜，其实开水白菜我吃过各种各样的，但是觉得最好吃的还是在他的这本书里，不下油盐，只靠文字煎炒烹炸，就能食欲大开，犹如一餐飨宴。

---

① 石光华著，陕西师范大学出版社 2004 年出版。

这是文字的无敌魅力。

《厨室机密：烹饪深处的探险》[①]

这是一本有趣的书，作者本身就是一个厨师，同时写小说。他写的是“厨房里的那些事儿”。

安东尼·伯尔顿说：“对我来说，烹饪已经成为一段很长的恋爱，既庄严又荒谬。同时我一直相信好的食物和好的吃法都是冒险。”

庄严而荒谬，体现在厨房之中，他的混沌人生，和同事的关系，跟老板的斗争，与食客的相处，这本书给我打开了另外一扇门。我之前所阅读的美食都是发生在餐桌上，而他的故事都发生在后厨。当然后厨比餐桌更意思，就如同卧室永远比客厅更令人提神。

酗酒、脏话、人性不堪……这些在后厨里时有发生，而在前厅则是轻声话语，一派正经，道貌岸然。这本书不单讲的是食物与厨房，更是一个混蛋的忧伤，一个傻逼的纯情。

《寻味中国》[②]

最后一个推荐名额，而我还有至少50本备选。我最终决定把

---

① 美国作家安东尼·伯尔顿著，傅志爱、陶文革译，生活·读书·新知三联书店2004年出版。

② 美国作家林留清怡著，重庆大学出版社2014年出版。

这个名额留给这本书，一个 ABC 写的《寻味中国》，这本书有点儿像何伟的风格，都是从一个外来者的视角记录当代中国的一角，这一角往往司空见惯，当真地被记录下来，才觉得意义非凡。

作者在北京做过美食记者，那时候我也在北京做美食记者，我们应该在某个饭局上偶遇过，但是真的不认识。她写了几个人的生活，有烹饪学校的老师，有普通餐厅的服务员，有面馆老板，还去上海黄埔会实习过，当然也去过扬州。她把这几年的经历细细写下来，写了一个我们司空见惯的中国。读完这本书，我有一种感受，这明明是我们该写的东西。

其实林留清怡还是一个美国人，这本书并没有所谓的寻根意识，只是记录自己的生活，从在胡同里找烹饪学校，到去餐馆打工，开始给杂志做撰稿人，一步一步，认真而踏实。她在这本书里记录的那些普通人，每天都从我们身边擦肩而过，小赵小王小李，我们从未留意，这些普通人的故事汇集成为当代中国，这个女孩儿把当代中国的大幕掀开了一角。

雪天涮肉

下了一点儿小雪，吃下一盘盘羊肉，喝下一口口小酒，这就是我能想到的美好生活了。

昨夜飘雪。一个不下雪的北京，不可爱。下了一点儿雪，北京就有了一点儿北京的样子，雪不大，落到地上就变成泥，只有车顶上，树梢上，房顶上，可以见到一层薄薄的白。这白有点儿肤浅，像是姑娘的一点儿淡妆，像是中年人头上的一点儿斑白。这点儿雪有点儿忧伤，只有没脚脖子的大雪才叫人觉得有一种慈悲的欣喜。

在北京，霾越来越常见，雪越来越稀罕，罕见到下一场雪就值得欢欣鼓舞地庆祝一下。我印象中最深的一场雪是 2003 年的 11 月 6 号，那场雪来得早、来得猛。那时我们一群年轻人正在筹备一家报纸的创刊，许多从南方来的人，这辈子也没有见过那么大的雪。我们晚上踩着雪在虎坊桥附近找吃的，后来去了洪运轩吃了一顿涮肉。

每个城市都有属于自己的方言，也有属于自己的食物。食物就如同方言。北京的夏天，就适合炸酱面，胡同的院子里，旁边有大树，树上有鸣蝉，桌子上有凉啤酒，桌子下有泡在凉水里的西瓜，天边最好有火烧云，猛一抬眼还能看到风筝，风吹来吹去，犹如故人，炸酱面端正摆放，犹如将军。旁边最好有一个收音机，放着侯宝林的相声，身边最好有一个五六岁的小姑娘，叽叽喳喳玩跳皮筋。

雪天则最配吃肉，寒夜客来，红泥小火炉，晚来天欲雪，北风吹得紧，小餐厅里暖和喧闹，坐在靠窗的座位，窗户上全是水雾，外面光秃秃的杨树只能模糊见到点儿枝丫，桌子上铜锅旺盛，炭火充足，清汤翻滚，羊肉新鲜，二锅头凛冽，三五好友热络，这时会有一种时光穿越感，似乎棉帘子一挑，进来的人是穿长衫的周作人，或者是穿西装的老舍。

如果以吃肉论，我偏爱吃羊肉，如果说吃法，我偏爱涮肉。只要还有涮肉，我就觉得这个冬天可以熬下去。北京作为涮羊肉这种吃食的大本营，随随便便找出几十家靠谱的馆子问题不大。我心仪的涮肉馆子需要满足我的几点要求：传统，最起码是铜锅涮肉，中间加木炭的那种，用个电磁炉，来个小火锅，加点儿羊肉片，这不能算；氛围，店不能大，大了难免程式化，你觉得连锁的东来顺能代表北京涮羊肉吗？反正对我这个吃货来说，真不算；料得好，你把一盘盘冰冻羊肉摆成花我也不待见，最起码得是手切鲜羊肉。

我常去的一家是金生隆，这原本是做爆肚的老字号，其实他们家的涮肉也是出众，作为正统的涮肉，锅是铜锅炭火，羊是内蒙古绵羊，肉则是取八个部位，手工切制，立盘不动。所谓八个部位分别是：大三叉、羊筋肉、羊上脑、羊磨裆、羊里脊、羊腱子肉、一头沉和黄瓜条。大三岔最肥，肥瘦各半，再来一份磨裆，一份黄瓜条，如果喜欢吃瘦的，则加一份羊腱子肉，而“一头沉”指的是羊后腿肉，也是瘦嫩。

涮肉的调料是家传祖制，在这家小店的墙上，挂着四代人的照片，上百年传承有序。清汤锅底上桌，铜锅喧嚣，羊肉别一股脑倒进去，要慢慢来，涮几下变色既熟，再蘸上别致的小料。有一些物件往往令人入戏，你提着几个鸟笼子，走路的时候自然会悠闲自得，晃晃悠悠，吃着涮肉，喝着小酒，嘴里自然会哼着小曲，这也是一种小满足。最后别忘了来一份现炸的辣椒油，其实不辣，只是香，特别香。

要是有空去南城，我也会去情忆草原，这算是一家网红店，我们管老板叫三哥，这里的羊肉来自呼盟，没有那么多部位的讲究，切片稍厚，讲究的是入口丰腴，有肉的本香。吃涮肉本不需要那么多花架子，肉好大过天。这里的蘸料是野韭菜花，那种草原的风味直直扑过来，体验一流。也可以吃这里的羊肉串，只加盐，什么都不加，这样才显得自信。如果加主食，可以有羊肉汆面，也是温暖贴心。要是想吃点儿特别的，需要跟老板提前几天订“三胃”，牛的第三个胃，里面塞满肉馅，用刀划开，香气如同炸雷，在饭桌上炸响。美食家蔡澜先生来吃过，吃过之后也是念念不忘。

要说花活多，谁也比不过洪大才，老爷子是洪运轩的掌柜，能聊能侃，他才是这里的招牌菜。从涮肉的讲究来历到京菜宫廷菜，老爷子口若悬河，简直就是涮肉界的郭德纲。我曾经带着不少广州、香港的朋友去洪运轩，请老爷子聊上几句，把一群南方吃货聊得目瞪口呆。光凭着一张嘴自然不能做生意，这里的肉也是一绝，比如一款“半边云”，切出来极美观，大片的白，配上小片的红，一半肥一半瘦，口感不错。要是去了店里，没有遇见老爷子陪着聊天，只能说体验减一半。

许多涮肉馆子都跟老板有着直接的关系。天桥老金，自称“最次涮肉馆”，其实里面有彩儿，肥有肥的爽，瘦有瘦的香，坚决没有幺蛾子。如果老爷子在，跟老爷子聊聊涮肉，那是最好不过的事情了。

簋街的裕德孚，也是一个聊涮肉的好地方。老板姓于，祖上就是切肉的行家，在这里可以见识切肉的功夫：一把北京刀剪厂生产的工农牌 45 号夹钢羊肉片专用刀、一方跟了自己数年清楚深浅的砧板、一卷用来测肉片薄厚的裹手布是三个亲切的老伙计。刀触到肉：往前拉肉，往后放空，羊肉片在刀刃上打了一个个柔软的卷坠下。肉只有四种：大三叉肥瘦俱全，抹在盘里一半云一半霞，小三叉和磨裆细腻红润，黄瓜条每一卷由深到浅自然过渡。店面不大，在如同夜场的簋街，显得格格不入，但正是这股精神，簋街才有了精彩。

我还喜欢去满恒记，每次到满恒记，都会觉得人山人海。这里是北京生意最火爆的清真餐厅，有靠谱的涮肉，也有精彩的羊蝎子火锅，我还特别喜欢这里的主食以及小吃，芝麻糖饼和牛肉饼。

需要提前很久才能在这里订上一个位子，还要走过如春运火车站般汹涌的大厅，才能找个地方坐下来。这里的肉没有那么多讲究，满恒记的手切涮肉，全是后腿肉，本该是有几个基本品类：大小三叉、黄瓜条、磨裆……满恒记取消了这些三六九等，只分出一个肥瘦取向，吃到哪块儿后腿肉全看缘分。统一售价二十多块钱四两。看似随意实则确是行家的一个“强势”设计：若摆上十几种肉名，客人犯晕，勾选不过来，必得有卖不动的肉每日剩余，转了色，变了味，吃不得。

肉是8个月以内的苏尼特羔羊，苏尼特右旗产出的羊，抗旱抗寒，终日以牧草为食，瘦肉率高，从明清进贡开始就一直做涮肉。满恒记一年订购100吨。后腿手切，羊排做肉砖。

可是要说人多，哪儿也比不了聚宝源。每次去都要排大队，即便下午四点钟去，中午排队的人刚散，晚饭排队的人又围了上来。好吃是好吃，尤其是这里的手切鲜羊肉，其实我在这里吃涮肉相当好打发，鲜羊肉一盘一盘上，间或来点洁白的羊尾，其他菜品、肉品可以不闻不问，似乎这样可以吃到地老天荒。

想来想去，涮肉一道，南城的往往比北城的靠谱。南城留存着北京文化最家常的那一面。也是在南城，白桥大街有一处李记白水羊头，老字号，做白水羊头起家，有好吃的烧饼羊汤，也有老北京的炙子烤肉，少不了的还有涮肉。这里不是专门的涮肉馆子，但是涮肉做得比许多专门做涮肉的地方还好。其实涮肉没有太多技术壁垒，无非是肉好料好花心思。另外再推荐这家店的特别玩意儿：油爆肚仁，一般爆肚店都是水爆，其实油爆出来的口感更滑嫩，口感脆爽，犹如吃虾仁。羊眼睛，做羊头出身的自然少不了这种小玩意儿，看着有点儿恐怖，其实口感绝佳，是下酒的好零嘴儿。

当然也少不了羊大爷。做涮肉，传统的一套无非是清汤干盘，铜锅炭火，传统的自有传统的好处，也有传统的弊端。羊大爷后来的风格为之一变，成了现在的模样。在一个社交媒体时代，我认为羊大爷的玩法非常符合这个时代，因为他深深懂得一个道理：产品即媒体。

这里喝酒论碗，吃肉论米，点菜论筹码，各种部位的鲜肉，羊二两切得极薄，可以生吃，别人是烤羊肉串，这里是涮串，羊肉串涮完，蘸着佐料，别有风味。这里也有一些还原老北京风味的小吃，比如炸馒头片蘸王致和臭豆腐，就是许多人儿时的记忆。如此一来反而成了一种全新的涮肉形式，与传统的、老北京的拉开距离，从而有了全新的演绎点。我相信羊大爷也是歪打正着，他所吸引的食客不是恋旧的老北京，而是求新的年轻人。

在我吃过的种种涮肉馆中，我想了几家印象深刻的，其实没有这个比那个更好，环肥燕瘦，各有不同的美。下了一点儿小雪，吃下一盘盘羊肉，喝下一口口小酒，这就是我能想到的美好生活了。经常有人问这样一个问题，如果生命只剩下一顿饭，你吃什么。我想来想去，还是会把这人生配额给涮肉，最好那天大雪纷飞，我的灵魂将与铜锅炭火清汤干盘永生。

大师工作室觅食记

有一天，在云南，我被莫名其妙地带到一家大师工作室，看着厨师那些矫揉造作的菜品，我不由得想念起路边摊的小锅米线。

畅娃神秘兮兮地跟我说："成都新开了一个'非遗'大师工作室，在夫妻肺片总店进去，走到最里面，叫服务员按电梯，到六楼的天台，再拐两个弯，就能看到一个玻璃房子，你想不想去吃？"

我们一群人去成都，畅娃作为我们成都接待办主任，总要费尽心思找点儿特别的、有趣的、小众的。

那就去吧。

我们穿过夫妻肺片总店喧闹的红油和牛肉，来到恍如仙境的顶楼天台，进入了一间屋子，只有一张桌子，厨师正在忙活，为我们这群人做订制服务。看了菜单，川菜打底，混以鲁菜中的葱烧海参，粤菜中的香茅乳鸽，西餐中的黑松露，日餐中的和牛……

待一上菜，套路亦是熟门熟路的创意菜，我早年间说过一句话："创意菜有三宝：干冰、大盘、分量少。"干冰用量之足，甚至叫人瑟瑟发抖，烟雾滚滚而出，如同到了事故现场。菜品摆盘也是拘泥于追求意境，我能从中看出模仿的套路，放在冰壳里的鲜花椒炝拌海虹是模仿大董的鲜花椒炝拌海参肠，香茅草烟熏脆皮乳鸽是模仿广州白天鹅的香茅草乳鸽，前菜的蔬菜沙拉更像是西班牙厨师胡安·罗卡（Joan Roca）的。

能看出厨师很想努力地变革常规川菜的呈现形式，加入了一些更潮流的元素以及所谓现代派餐饮时尚风格，然后在追求皮毛的同时，却没有把握住川菜的灵魂。最后，我们从一楼端上来了最传统的夫妻肺片，这道菜获得了大家的一致好评。

大师工作室，中国版本的 Chef’s Table，算是这两年在中国餐饮行业出现的新物种。应该是 Studio 与 Laboratory 的混合体，更偏重不是运营，而是交流、研发、品鉴、私密。

这本是一件好事，在漫长的中国美食传统中，厨师是容易被忽略的群体，翻开各种各样的文献典籍，厨师的身影与平生都影影绰绰。“君子远庖厨”，“庖厨”都成为中国宴席中最沉默的那一部分。中国古代罕有有名有姓有菜谱的名厨，只有关于皇帝街头巷尾的传说，文人雅士的吃喝轶事。

直到最近几年，市场发生了变化。以前人们习惯吃餐厅的名号，吃菜系的风格，并不介意这道菜是谁做出来的。有的餐厅为了绩效管理，在每一道菜的盘子边上贴上小纸条，不同厨师被标注上编号。在传统中餐的体系中，厨师需要在后厨烧菜，不可能像西方的餐厅那样，厨师在前面招呼客人，询问客人的用餐感受。

如今，主厨有了越来越高的影响力，坚定的食客会跟随厨师，而不是跟随餐厅。好厨师会把自己的手艺、风格、审美、价值观呈现在盘中。名厨开始有了号召力，厨师本人成为流量入口，甚至有些厨师成为餐厅的金字招牌。人们愿意为一个厨师的创意和审美买单，也愿意与厨师做交流，在交流的过程中，获得比单纯用餐更为立体的用餐体验。

各种各样的大师工作室应运而生，从南到北，从东到西。一个功成名就的厨师，如果没有一个自己的个人工作室，好像显得有点儿不体面。

我去过全国各地各种各样的“大师工作室”，有的令人惊喜，有的令人恍惚，有的令人烦恼，也是千人千面。

印象深刻的是苏州大师工作室，在苏州观前街一处阁楼上，由苏州美食家华永根先生主理。这里并不豪华，只有一桌，且不对外，厨师都是平均年龄 70 岁以上的苏帮菜老师傅，每个人都身怀 50 年以上的功力。在苏州，他们也是神一样的存在，却并不被人知晓，他们如同少林寺的扫地僧。这里是苏州舌尖上的博物馆，也是苏州美食的大本营。

二楼的房间挂着一个匾，写着：过云楼。风云事都成过往，只想一心一意还原苏州本味。许多菜都在坊间难寻了，细细品尝可以依稀穿越到民国年间。

我还记得这里的松鼠鳜鱼，苏帮名菜。华老师说：“这就是松鼠鳜鱼的味型教科书，如果在其他地方吃到的跟这个一样，说明那里的味道才是对的；一款深情的母油鸭，鲜美之极。旧时苏州芳华，那些风雅与壮阔，都被收藏在这小小的过云楼中。”

扬州的周晓燕大师工作室也值得一去。周晓燕是淮扬菜名家，他的工作室在扬州，一所学校的教学楼的一楼。简单的一间屋子，厨房与一张桌子，墙上挂着周晓燕老师自己画的水墨画。最近淮扬菜在中国声名鹊起，许多厨师都是周老师的弟子，他对淮扬菜的理解与传承，影响了许多人。

我还记得这里的黑松露春笋红烧肉，按位上菜，形态上用食品级塑料纸包裹，以保持热度，同时增加了一种仪式感。还有酸汤拆烩鱼头羹，拆烩鲢鱼头原本是淮扬菜“三头宴”之一，被这里创造性地加入贵州的木姜子与酸汤，微酸的口感带着一点儿胡椒的惹口，令人叫绝。

我个人最喜欢的是汕头的潮菜研究会，张新民坐镇，如今搬到了新地址，也有了一个新名字：煮海。但是我还是很怀念以前在一个居民区的小楼里，躲进小楼成一统的潮菜研究会，两个房间，三张桌子，提前预约，精彩纷呈。

张新民老师是美食家，也对潮州菜的烹饪颇有心得，他把传统的潮州菜做了改良，成为更具时代感的潮州菜。比如烟熏肥鹅肝，用了低温慢煮，比传统鹅肝更细腻，而加入烟熏滋味，与泥煤味的威士忌很是搭配。也有许多传统的老菜，龙穿虎肚，在这里被复原，鳗鱼与肥肠，成就了一口惊艳。

这些都是我去过的好吃的、印象深刻的地方，我当然也去过令人捧腹的地方。有一次，在云南，我被莫名其妙地带到一家大师工作室，看着厨师那些矫揉造作的菜品，我不由得想念起路边摊的小锅米线。

就像那天在成都大师工作室吃完之后，我们又去了百年粉蒸肉，点了一道爆炒的土鳝鱼，鳝鱼现杀，猛火重料，口感清脆，叹了一口气，感觉回到了人间。

近乡情怯

故乡滋味，需要时间慢慢体会。这些滋味中，不仅仅是食物，也有人情与过往。那种熟悉的味道，犹如一道闪电，带来记忆的穿越以及一种莫名的安全感。

每临春节，总是有一些近乡情怯。我是河北人，具体来说是河北省霸州市煎茶铺人。故乡中虽有“煎茶”二字，可以遥想“松花酿酒，春水煎茶”风雅，其实毫无关联，本乡人不善饮茶，倒是好酒之风颇重。在我的故乡记忆中，无论红白喜事，都是浩浩汤汤的街宴，乡厨垒灶，现场烹饪，无外乎鸡鸭鱼肉，且都要整鸡整鸭，整鱼扣肉，求个圆满。

我从事与吃喝相关的工作，也不过是机缘巧合，当年应聘一家报社，稀里糊涂地把我塞进美食版块，先上车后买票。如果当时我凑巧进了房地产板块，或者新闻版块，十几年后，或许是另外光景。

对我而言，故乡滋味颇模糊。各地都有名菜名宴，提及河北，似乎能被外乡人提及的不过是驴肉火烧。有时候和人开玩笑，我从事吃喝，就如同一张白纸，小时候没有过偏执的口味教育，才更开阔，什么都能接受，没有什么偏见。无论是苦辣酸甜，都没有先入为主的短视。

作为一个身份证 131 开头的在京务工人员，我每年游荡在中国各地，感觉与河北的距离比离上海还远。提及广州食肆，似乎比故乡的食物更顺畅，了解成都街头小吃比河北更纷繁。河北食物的面目模糊，与其历史变迁不无关系。

河北古称“燕赵之地”，其实燕与赵，是战国两个不同的国家，北为燕，南为赵；后来北为幽，南为冀。分分合合，合起来曾为直隶，分开曾为不同的省：河北（现在的南部一带）、察哈尔（张家口一带）、热河（承德一带）、北京、天津，南边还曾经存在过平原省。其中北京和天津其实更多是近现代才从京津冀中划分出来的，直到现在才形成了四周的河北包围着中间的京津这样的行政区划。

河北的不少城市都曾经成为河北区域的中心城市，河北的省会也是先从北京迁到天津，再从天津迁到保定，再从保定迁到天津，再从天津迁到保定，再从保定迁到石家庄。现在北京、天津的郊区县市几十年前都属于河北。1958 年，顺义、延庆、平谷、通县、房山、密云、怀柔、大兴等县划归北京市。1973 年 7 月，将蓟县、宝坻、武清、静海、宁河 5 县划归天津市。

经历各种行政划分的变化，现在的河北就成为杂糅之地。河北的西边是太行山脉，虽然与山西隔绝，口味上却也受到山西的影响；东北与辽宁接壤，地理单元与东北连贯，受东北文化影响，例如承德、秦皇岛；西北与内蒙古接壤，地理单元与蒙古高原连贯，张家口一带的口味更与内蒙古相似；南边与河南、山东接壤，地理单元与华北平原连贯，受中原文化影响。

我生于河北霸州，地处京南。在旧时的宋辽边境，当时雄州（现雄县）与霸州皆为“榷场”。时至今日，故乡的众多传说也与杨家将相关，许多地名也有古战场的遗风，诸如披甲营、挂甲庄、武将台、六郎桥……一股沉郁之气，传承至今。

最近几年，父母年岁渐长，我回家的次数也慢慢增多。重新发现故乡食物，才觉得旧时印象来得不准确，或者是小镇出身的自卑，或者是年少轻狂的不解，那些从小吃到大的滋味，其实也独有风味。

故乡食物也有一种沉郁与自如，整体口味是红烧、侉炖、熏酱，以及熬锅，不求本味，但求浓香。

有一次我在煎茶铺一家名为永安餐厅的小馆子里，吃熏肥肠吃到感慨，肥肠先煮后熏，经过熏制，别有了一种怀旧感。肠头肥润，价格便宜，可以混搭成拼盘，餐厅老板是我远房的大哥，每次我去都很热情，给我多来几块。他其实并不知道我是做什么的，只知道在北京工作而已。熏肥肠可以搭配熏小肠、灌肠，甚至有苦肠，所谓苦肠其实是细窄的小肠，被编成麻花辫子的形状。同样味形，却有不同口感。也可以叫一个肥肠炒青椒，加入蒜片，分量之大，超乎想象。

到了初夏时节，也有乌米，老家话叫“卷头”，其实是玉米感染一种叫作黑粉菌的真菌，病变而成。我有朋友去了墨西哥，千寻万找，只为找到这种被称为“墨西哥松露”的食物，且不知在中国各地都有食用。这种食物北京难觅，但是在故乡却是轻松易得，用来炒肉，满口清香，也满口乌黑。

我也会专门跑到112国道边上一家名为友谊饭店的餐厅去买软排。所谓软排，是指排骨的软骨部分，专门挑选出来，用来熏制，香浓，咀嚼起来有轻微的咯吱声，口感一流，用来搭配泥煤风格的威士忌，别具一格。

上中学的时候，我们经常成群结队去吃素冒汤。所谓“素冒”，仅在故乡流行，是早餐食物，其状态犹如河南的胡辣汤。口味也是胡辣微酸，里面有豆腐制成的丸子，以及炸好的菱形面片儿。觉得不过瘾，可以加一点儿胡椒粉。一碗素冒，一个吊炉烧饼，就是一顿早餐。特别是初冬时节，吃后额头冒汗，堪呼过瘾。霸州城内最著名的一家名为陈记小吃，经过几次搬家，依然生意火爆。犹记得我少年时，奶奶爱吃素冒，我经常专门给她打包，坐慢悠悠的公交车回家。奶奶那时瘫痪多年，她吃素冒汤的情景历历在目。如今奶奶也已经去世 10 年了。

故乡善作茄子。一般会有两种做法，软烧和硬烧，硬烧是我最爱吃的做法。所谓硬烧，是指茄子切块，裹上鸡蛋面糊，高温炸透，形成一层硬脆的外壳，再加入番茄炒制，口味酸甜，欲罢不能。如今霸州大小餐厅都还能做，做得最好的是苏桥镇上的一家餐厅，我每次回家都要专门去吃。

做鱼也颇有特色。旧时霸州算是鱼米之乡，水路纵横，最近几十年，许多河道干涸，污染也颇严重，水乡名号都残存在记忆中。读梁实秋的美食文章，提及正阳楼的螃蟹，说螃蟹的来源是胜芳镇。胜芳镇也是我故乡的一个镇子，是水陆码头，商业繁华，当地人口音独有韵味，我们同学中有许多胜芳人，我们经常模仿好听的胜芳口音。如今胜芳蟹早已经不在，唯留具有商业精神能干的胜芳人。

做鱼往往是侉炖，硕大铁锅，来上一锅。少年时，我最好的朋友叫刘东，他家开了一家小餐厅，名为东海小锅馆，专门做各种“一锅鲜”。最好吃的是长不过寸余的小鱼，当地称之为“毫根”“麦穗”，都是小杂鱼，炖一锅，铁锅周围贴上卷子，或者玉米饼子，一锅热闹，有荤有素。也有排骨豆角锅，讲究香浓，也有茄子鲶鱼锅，讲究浓香。

香浓的代表，还有堂二里镇的葱花饼。葱花饼算是一种主食，我们有时候专门跑几十里路去吃刚出锅的葱花饼。葱花饼很大，一张大饼直径有半米，葱花放得多，烙好的大饼松散易碎，要趁热大口咀嚼。堂二里一带还有特色炒饼，炒饼在整个北方区域都很常见，烙好的大饼，切成丝，加豆芽等物炒制，素炒饼是加鸡蛋，肉炒饼是加肉丝。当年上中学时，有许多岁月是与炒饼相伴。

同时相伴的还有烧饼夹一切。吊炉烧饼，切开之后可以夹火腿、夹土豆丝、夹藕夹、夹鸡蛋……每天的早自习都是伴着烧饼夹一切开始。

故乡滋味，也需要时间慢慢体会。这些滋味中，不仅仅是食物，也有人情与过往。那种熟悉的味道，犹如一道闪电，带来记忆的穿越以及一种莫名的安全感。

有一年过年回家，与老朋友相聚，说去一家新开的豪华馆子。进入餐厅，装修精致，一看菜单，也都是大董的风格，一道菜配一句诗。点了一道招牌菜，也是糖醋小排，服务员上菜，手里拿着一个小罐子，里面是木糖醇，口里念叨着：“千山鸟飞绝，万径人踪灭，孤舟蓑笠翁，独钓寒江雪……”我跟老同学说：“咱们能不能换一家餐厅？我只是想吃炖鱼、素冒、熏肠子和烙大饼。”

绿皮火车时代的烧鸡往事

这只鸡也不仅仅是一只鸡，还是社交圣物。漫长的绿皮车厢的旅程，如果你是孤身一人，刚好对面坐着的是你不怎么烦的人，邀请他和你一起吃一只鸡，在漫长的旅程中，你们将会成为无话不谈的朋友。

绿皮火车，在中国大地上逐渐消失的符号，其实一直藏在一代中国人的基因中，如同饥饿。在过去几十年漫长的岁月中，缓慢、拥挤、陌生又熟络、种种气味杂糅、五湖四海的口音、啤酒与烧鸡的绿皮车厢里，呈现着一个真实中国的图景。

摄影家王福春有一本影像集《火车上的中国人》，记录了1987年到2000年，20多年的绿皮火车里的人生百态。有时候我会翻出这本书看看，其实我小时候没有太多机会坐绿皮火车出门远行，在我小时候，绿皮火车代表着远方。

有时候许多人会怀念绿皮车厢里的食物。最被人经常提及的是烧鸡，烧鸡成为某种象征。没有在绿皮火车里吃过烧鸡的人，不足以谈论人生。

中国的“四大名鸡”都与火车相关：沟帮子烧鸡、德州扒鸡、道口烧鸡、符离集烧鸡。如果从近代中国铁路发展地图上看，就可以看到这四只鸡与铁路枢纽的关联：

沟帮子在辽宁锦州，位于东北两条重要铁路的交会处：沈海铁路（沈阳—山海关）、沟海线（沟帮子—海城），一个是东北通往关内的枢纽，一个是东北去大连、旅顺的通路。

山东德州则在京沪铁路（北京—上海）和京杭大运河的交会点，无论是铁路和水路，德州都是必经之地。

安徽宿州符离集也是交通要道，同样在京沪铁路的枢纽，以及唐宋大运河的交汇处。在淮海一带，处于枢纽地位。纪录片导演陈晓卿就是符离集人，他吃着符离集烧鸡长大，据他考据，符离集烧鸡的真实起源时间是抗战时期，距今不过几十年。

道口，则位于河南豫北滑县道口，这也是东西南北两条铁路交会之地，焦作煤矿外运需要经过道清铁路，南北走向的京广铁路也是从此经过。

四只鸡，与铁路上的中国成为一种微妙的共振。在遥远的七八十年代，坐火车出远门，其身份与地位相当于如今坐飞机头等舱。一次远门，可能要在绿皮车厢里摇晃几天几夜，在几天几夜的过程之中，吃喝拉撒必不可免。当时并没有工业化的包装食品，在路上除了携带的干粮与茶叶蛋，最体面的食物就是在站台停留时，蜂拥而上的小贩售卖的烧鸡。

这烧鸡在当时，不仅仅是一只鸡，而是坐在局促的绿皮车厢里，周围挤满了人，在众目睽睽之下，你悠然自得，轻轻撕扯下一条油腻芬芳的鸡腿，一定要撕，不是拆，也不是剁，不是斩（所谓烧鸡还是扒鸡，本质都差不多，油亮、浓香、拆骨），鸡肉的香味如此出挑，原本的车厢里充溢着沆瀣一气的浑浊气味：炒货味、人肉味、花露水味、痱子粉味、尿骚味、放屁的硫化物味、几个月没有洗澡的腋窝味、饱嗝味、劣质香烟味……浑浊气味的交响乐中，忽然传来一股明亮激越的烧鸡的香味，如同在沉郁的大提琴中飘来小提琴的欢快。这种香味没有侵略性，香味沉郁、妩媚，更为持久，从鸡皮、鸡肉甚至鸡骨头的缝隙里，丝丝入扣地传递，经久不散，周遭人的眼神有意无意地盯着你，盯着你蠕动的嘴，盯着你手里越来越少的烧鸡，静静倾听，似乎还有一阵阵身边传来的腹腔蠕动咕隆咕隆的声音，吞咽口水的声音，此时还应该有一点儿酒。啤酒显得豪迈，倒在一个搪瓷缸子里，洁白的泡沫泛起一阵阵炫耀，一仰脖一饮而尽。如果是闷热的车厢，没有冰箱，啤酒显得温暾，最好的是白酒，倒出一小杯，酒香具有颠覆的香味，具有侵略性，如同挑衅，如同在弦乐之中加入一阵鼓点，喝酒时要含在口腔里，发出“滋”的一声叹息，紧接着是“叭”的一下吧唧嘴，此时意犹未尽，白酒入喉，紧随其后的是“哈”的一口叹息，犹如高潮逝去，爱情凋落的感怀。“哈”的一声，其实也是一个序幕，代表着下一个轮回，你的手继续伸向那一只传奇的烧鸡，另外一只鸡腿已经在静静等待……（写到此处，不禁吞咽了一下口水。）

那个年代的一只烧鸡，犹如在网上晒出来的各种名表和包包、私人飞机和名酒。

这只鸡也不仅仅是一只鸡，还是社交圣物。漫长的绿皮车厢的旅程，如果你是孤身一人，刚好对面坐着的是你不怎么烦的人，邀请他和你一起吃一只鸡，在漫长的旅程中，你们将会成为无话不谈的朋友。

在我 2000 年以前坐绿皮火车的有限记忆中，凭借一只烧鸡，我跟皮革厂的小老板混得火热，他告诉我不同皮质不同颜色的构成；也跟带着孩子去北京挑战吉尼斯纪录的父亲谈上话，他女儿可以不间断地翻跟斗，在拥挤的车厢里也给我们表演了一下；还跟秦皇岛的酒吧女老板约定有空去他们酒吧看人妖表演；也跟四川籍的姑娘眉来眼去，她要去成都做家政。只不过那时没有微信，没有扫一扫，甚至没有手机，也没有 BP 机，有的仅仅是烧鸡，烧鸡就是火车上的战斗机。

更久远一些的记忆则是第一次跟随父亲一起乘坐绿皮火车。车到了一个小站，尚未进站，汽笛声响，许多小贩跟着没有停稳的火车奔跑，他们拿着烧鸡、矿泉水、茶叶蛋、啤酒以及火腿肠。我父亲跟我说："你坐在这里别动，我去买一只烧鸡。"

他片刻消失在人群中，我还瘦小，穿着妈妈手织的毛衣，看护着行李架上的大包小包，第一次出门的我小心地等他回来，等待他手里抓着一只油亮芬芳的烧鸡回来。

那种感觉让我总是想起朱自清的《背影》。他的父亲对他说："我买几个橘子去。你就在此地，不要走动。"

荒唐拌饭

梦醒时分，想到的总是小时候的猪油拌饭、剩鱼汤调料包拌饭和臭豆腐拌饭。那些清贫的、过往的少年心事，都随着拌饭烟消云散。

许多人的童年记忆中少不了一碗猪油拌饭。这是一代人的味觉起点。

遥想在几十年前的冬天，孩子的母亲凑足了一点儿肉票，小心翼翼买回来一点儿肉。肉最好是要肥一点儿，肥肉切成小块，放在锅里慢慢熬猪油。孩子闻着猪油特殊的香味，肚子开始咕咕叫。猪油慢慢熬制，剩下一点儿油梭子，可以拌白糖。猪油被小心地盛放在一个小罐里，冷却了，就变成洁白的固体。此时，有一碗热米饭，用勺子挖一勺猪油，放在米饭上，猪油遇热瞬间融化，把旁边的米粒浸染得亮晶晶。此时加入一点儿酱油和切碎的葱花，迅速搅拌，每一粒米都在欢叫，猪油与酱油如胶似漆，你侬我侬，直到搅拌均匀。此时孩子们腹中空空，饥饿如同悬挂在头顶的苹果，它降落下来，砸中一份香软、肥润、香艳的猪油拌饭。这碗饭，是他们少年的春梦、儿时的传奇、味觉的极致。你是电、你是光、你是唯一的神话，我只爱你，You are my super star。

我身在北方苦寒之地，猪油拌饭那只是逢年过节的恩惠，小时候平时能吃到的最妙的拌饭手段是：鱼汤拌饭。

鱼一般是鲫鱼，或者鲤鱼。我妈买回来，做法类似家熬、侉炖、红烧。鱼去鳞，开花刀，两面轻拍面粉，下锅两面煎黄。下锅炖，加八角、桂皮、白糖、酱油、醋、葱段、姜片，以及大量的蒜，有时候也会泡一点儿粉条加入其中，有时候则是豆腐。汤要宽，一顿吃不完，我总是要留着第二天早上，用剩下的鱼汤拌饭。

静放了一夜的剩鱼汤，因为温度的关系，已经微微成冻，有了胶质感，挖一勺，放在刚热好的米饭里，里面往往会有鱼骨、蔫巴了的蒜，软下来的粉条，走了形的葱，小心挑开，偶尔还有残存的一点儿鱼肉，搅拌、搅拌、搅拌，感觉自己在搅拌半个宇宙。鱼冻遇热化开，散漫、浸润。如果觉得不够咸，味道淡，我也不放盐，而是偷偷拿出自己的秘密武器：一包方便面的料包，顺手撒进去一些。其实就是味精，是谷氨酸钠，是舌头上的魔法师，是味道的小精灵。我曾经如此热爱味精，为什么后来移情别恋？不管它，拌饭，鱼汤拌饭，冬天乡村里的鱼汤拌饭，清贫童年的剩鱼汤拌饭，如同太阳升起般的剩鱼汤方便面料包拌饭，吃完之后，我就要背上书包，去学校，做祖国的花朵。

20 世纪 90 年代中期，我读寄宿中学。学校门口有一排面目模糊的小餐馆，我至今记得每一家厨师的长相，姓汪的是个小个子，善于做鱼头；姓刘的是个 30 多岁的汉子，做炒饼一流，他的女儿比我大一两岁，长得很漂亮；姓张的做炒肝尖，他的老婆每天化浓妆，胸脯硕大，我们去吃炒肝尖总会偷偷瞄过去。

那时候我最喜欢的吃法是王致和臭豆腐拌饭，闻上去臭，吃起来香。王致和臭豆腐摆在学校门口小卖部的货架上，静静等待有人临幸。但是往往被人忽略，因为知味者寡。我花不到 3 块钱买一罐，一次用一块，一罐有 20 块，意味着我可以用它拌 20 次米饭，亲爱的臭豆腐，亲爱的王致和，每每我打开它，就像打开一本禁书，金瓶梅也不过如此，肉蒲团也不及它，灯草和尚闻到也会佛跳墙。臭豆腐呈现出一种砖青色，独特的味道打着旋儿，盘旋向上，我用一个铝饭盒，去食堂打5毛钱的米饭，将臭豆腐深埋其中，搅拌、搅拌、搅拌，像搅拌自己的青春期、初恋，以及第一次晨勃。用吃臭豆腐省下来的钱，我去买《读书》、杜拉斯的《情人》、王小波的《黄金时代》、海子以及顾城的诗集，《茶花女》以及凯鲁亚克的《在路上》。

在之后的岁月里，我吃过各种匪夷所思的拌饭。

秃黄油拌饭，蟹膏炒蟹黄，加猪油，几乎是重型武器，一口下肚，犹如吞下一场战争。

好吃吗？好吃。

油鸡㙡拌饭，新鲜野生鸡㙡菌，从凌晨的山林里采回来，在菜籽油里炸，有的会加香料，有的会加辣椒，有的则什么都不加。炸酥炸透，取一勺，油汪汪，亮晶晶，带着山野的浓香，拌饭，搅拌、搅拌，犹如吃下去山林里的风。

好吃吗？好吃。

汕头的鹅油卤水汁拌饭。去汕头吃卤鹅，问老板要一小份卤汁，一小份鹅油，一份葱花。取一大份米饭，加入卤汁和鹅油，以及香葱，搅拌、搅拌，温润，浓香，白毛浮绿水，青掌拨清波，一口下去，恨不得把自己的舌头吞下去。

好吃吗？好吃。

黑松露拌饭，肥鹅肝拌饭，切碎的西班牙火腿拌饭，北海道的马粪海胆拌饭，生蚝拌饭，鱼子拌饭，新鲜的带鱼蒸熟了拌饭，大黄鱼的鱼肉拌饭，牛肝菌拌饭，日本和牛煎熟了拌饭……

好吃吗？好吃啊。

都太好吃了。

但是每每梦醒时分，寒夜客来，辗转反侧，午夜梦回，大醉初醒，想到的却总是小时候的猪油拌饭、剩鱼汤调料包拌饭和臭豆腐拌饭。那些清贫的、过往的少年心事，都随着拌饭烟消云散。

所有的拌饭，最好吃的不过是命运拌饭。把自己投放其中，搅拌、搅拌，把自己横在时代的齿轮上，煎炒烹炸。那些拌饭的岁月，拌着自己的青涩，也拌着自己的荒唐。

对饮成一人

我们这一代人与父亲和解的过程，其实就是一个与自己和解的过程。爱吗？是的，但是我们始终都没有学会如何说出口。

喜欢喝酒的人大概有两种：一种讲究品鉴，名庄有名庄的风范，小众酒厂有出其不意的精彩，不同葡萄品种的讲究，不同产地的风土，不同酿酒师的性格，可以聊勃艮第的村庄、艾雷岛的泥煤、新西兰的猫尿香、纳帕谷的膜拜酒、日本清酒的精米步合……这种人喝得仔细，微醺之中寻找天堂的乐趣。另一种讲究欢腾，喝什么不重要，昂贵的名庄酒还不及路边小卖部的二锅头来得痛快；怎么喝才重要，划拳的拳法精明，劝酒的口令清晰，啤酒能一口吹瓶，白酒能三中全会，酒桌之下过着黯淡的人生，在酒精的映照下，才显得风度翩翩。

前者如我，后者如我爸。

两个人难得坐在一起喝一口，他喝他的，我喝我的，虽然有说有笑，却总觉得别扭，如同两个语言不通的人相遇在巴别塔。我无法跟他讲述杯中物是单一葡萄还是混酿，为什么这个年份更加优异，醒过之后怎么可以闻到黑巧克力和红色浆果的滋味；他也别扭，不在一个赛道，不能以当年熟悉的方式跟我干杯，一饮而尽，没有机会找到空隙回顾他没有那么精彩的一生。

我与我爸的对饮，始于1995年。那年我读初中，未成年，刚刚遗精，没有跟女孩儿亲过嘴，为了显示自己也可以是个坏孩子，拿起一根烟被呛得咳嗽连天。有一天我从寄宿的学校回到家，我爸兴致颇高，下厨炒菜，开了一瓶白酒，人生中第一次给我倒了一小杯，说咱们爷儿俩喝一口。

一口白酒入喉，犹如千军万马过独木桥，千树万树梨花开，酒精仿佛坦克碾压过舌头，辛辣直冲发梢，额头上冒出了汗。令人上瘾的东西，第一次往往给你非常痛苦的经验，烟草、酒精与性，都是如此。

我爸跟我说：“你爷爷没的那年，我才14岁，我这辈子也没有跟你爷爷坐在一张桌子上喝过酒。现在我要陪你喝一口，练练你的酒量。”

这一口酒下肚，到现在就是20多年。

那时我读寄宿中学，每两周休一次周末，周末的晚饭固定动作是陪他喝酒。正处于叛逆的青春期，听不得那些人生道理、那些劝诫与教训。于是以沉默应对一切，叫我吃就吃，叫我喝就喝，非暴力不合作，不管他说什么，我都是一个字：嗯。

那时候他40多岁，头发还浓密，房顶上垂下来一盏灯，映照着他被酒精刺激的脸。他喋喋不休，讲述他的过往，生活之艰辛，当年未完成的梦想，对我的殷殷期望……每两周一次的固定仪式。

终于，伴随着酒精的麻木和对我的失望，他沉默地回到自己的房间睡觉，只剩下我孤零零地坐在荒芜的饭桌旁。我长出一口气，这个周末又熬过去了。

这些沉闷的双人对饮的情境，贯穿了我的整个青春时代。能回想起来的，不过是一些沉默、一些回应、一些酒、一些下酒菜以及两个人枯坐的脸庞。

后来的事情，并没有什么意外。我读大学，来到北京，入职媒体，专事吃喝，假装一个三流美食家，假装一个饭桌上的油腻男，假装一个喝酒的行家。随着时代的变化，我的脚步越走越远，去别处，去异乡，感觉离香港的距离比离河北老家还近。其实，我从北京到父亲的旧居不过一个多小时的车程。

我偶尔回去，觉得像是回到从前。家里的陈设没有什么变化，十几年前的饭桌，十几年前的盘子和碗，我的父亲比它们老得更快。

感觉并没有过去多久，我的父亲就快 70 岁了，就椎间盘突出了，就满头花白了，就老花眼了，就温和了。他每天在家里养花，看历史剧，也喝酒。我给他的茅台舍不得喝，买来的散酒，100 块钱一桶。

终于我也当了父亲。终于我也人到中年。终于，我可以和父亲对饮。他枯坐在自己的房间，灯光逐渐暗下去。我们坐在一起，对饮成一人。

李宗盛有一首新歌，里面写到父亲：两个男人极有可能终其一生，只是长得像而已。有幸运的，成为知己；有不幸的，成为甲乙。

我们这一代人与父亲和解的过程，其实就是一个与自己和解的过程。爱吗？是的，但是我们始终都没有学会如何说出口。

记得几年前，我还在中关村上班。我爸来到北京找我，我们在中关村一家餐馆吃饭。后来我写了一首诗，记录了那一餐的只言片语。

餐桌

“我感到很悲哀。

我就像这些垃圾——”

他指着餐桌上的鱼骨、废弃的餐巾纸

“马上快被丢进世界的垃圾箱了。”

他说完，喝掉杯子里的酒。

“那我们不过是盘子里的鱼肉，”

我说着，从装满水煮鱼的盆里捞出一片草鱼肉

“被反复切割，成为世界的食物。”

这个比喻有点老套

刀俎与鱼肉，就跟做梦与蝴蝶一样久远。

他摆摆手

“你们还不能把自己当盘菜。”

他指指后厨

“你们都还在厨房，

在火上被煎炒烹炸。”

他 60 岁，我的爸爸，我们坐在中关村的

一家小馆子里吃午饭

他说话的神情

像一个悲伤的厨子。

现在轮到我了，我写这篇文章的时候，“像一个悲伤的厨子”。

霹雳手段，菩萨肥肠

心有肥肠，无有恐怖。

吃肥肠需要霹雳心肠，做肥肠却需要菩萨手段。

有时候我会从菜市场买来新鲜的肥肠，肥肠洁白干净，略带粉红，它装在购物袋里，软软着，褶皱着，如同闹铃惊醒时分做到一半的梦。想到几个小时后它会变成盘中餐，心里欢喜，但是想到一会就要收拾肥肠，反复揉搓，带着异味，黏且滑的手感，又不免悲从中来。此时想到一个朋友说的话：一个碗装过屎你就不会再用这个碗了，可你却吃猪大肠。

樱桃好吃树难栽，肥肠美味收拾哀。常规的收拾肥肠的方法无非是用面粉、白醋、食盐反复搓洗。这种事遇上一个处女座的料理人会很烦，一遍一遍地搓洗，总觉得还有令人不爽的脏味。经常在家里做大肠、猪肚的人，一定会有这种感觉：清理完食材再用洗手液洗手，动物内脏中独特的风味物质混合着洗手液中的化学成分，有机物与无机物在手指上相逢，那种悲怆犹如贝多芬第六交响曲的感觉，借用弘一法师的遗言：悲欣交集。

关于清洗肥肠，我在20世纪60年代出版的《中国名菜谱》中，见过相当详细的描述。在砂锅居厨师的经验中，猪肠要清洗打磨六次：

1. 翻过的肠（肠面向里，肠里向外）用清水洗一遍。

2. 把肠面翻向外面，用手去掉肠油，再用清水洗一遍。

3. 再把肠翻过来（肠里向外），放在盆内，加醋、盐、白矾（每10斤肠加盐和醋各4两，白矾少许），把手指伸平，在盆内朝着一个方面旋转动作，刷洗附在肠上的黏性物，再用清水冲洗。

4. 把肠放入开水锅内，略紧一下（烫煮一下），待水又开时捞出。肠的腥味已经被烫掉，用盐、醋各一两，白矾少许，搓洗一遍，再用清水冲洗干净。

5. 取花椒十几粒放在盆内，用开水泡开后晾凉，捞出花椒，把肠放入搓洗一遍，彻底去掉腥味。

6. 接着用清水冲洗，一直到洁白为止。

Tips：不要在铜质的盆内洗，因肠用醋搓洗，有酸性，遇到铜器会变黑绿色，不美观；洗好后放在木桶内浸泡，以防变干。

如此繁复，仅仅是前戏。清理肥肠的异味，如此耐心而有节奏，手法娴熟，费时费力，知道这个之后，我对每个自己洗肥肠的厨师心怀敬意。经常听到食客说，吃肥肠不能洗得太干净，就要留一点儿肥肠特殊的内脏味，我猜他们一定没有自己清洗过肠子。

肥肠如刁钻的美女：它有多美味，就有多麻烦。我上一次使用这个比喻是形容刀鱼，刀鱼多刺，吃起来麻烦。肥肠与刀鱼构成了两种麻烦的美女，一种是婚前，一种是婚后。

清洗好的肥肠一扫之前的颓气，此时，它清丽优雅，如同一条通往金色菊花的幽静小路。貌似不能上台面的肥肠下水，经过种种菩萨手段的霹雳料理，也可以呈现出圆满的幻觉。庄子说，道在蝼蚁，道在稊稗，道在屎溺。当然亦在肥肠。道可道，肥肠道；名可名，肥肠名。道路肠梗阻，人间肠更肠。故曰："心有肥肠，无有恐怖，远离颠倒梦想，究竟涅槃。"

细数人间圆满之肥肠，我能想到的第一道是：龙穿虎肚。这是肥肠界的龙虎罗汉。

这是在汕头张新民老师的餐桌上吃到的。张新民是潮汕美食家，出版过一系列梳理潮汕美食文化的书籍。除了能写，他还善于烹调，他在汕头开设的潮菜研究会，在我看来是人生必吃的一站。

"龙穿虎肚"做法复杂，先将被潮州人称为"乌耳鳗"的鳗鲡宰杀切段，用酱油略腌后炸熟去骨切碎；再将五花腩肉和冬菇、虾米、姜、南姜、蒜头、葱头、食盐等一起剁成肉臊；再将鳗碎和肉臊一起塞进洗净的猪大肠中，扎紧并焖煮至熟；最后切件摆盘并淋上用原汤和粉水勾成的芡汁。

张老师说，在朱彪初的《潮州菜谱》中有一道"烧力耳鳗"，做法与"龙穿虎肚"大同小异。这是潮州菜的精髓所在，构成了旧时潮州筵席的主体，旧时寻常食材，做工精细，但是如此繁复，却卖不上价格，如今越来越罕见，以致将近失传。

我吃过这款"龙穿虎肚"，现在还能记得起鳗鱼的细腻，猪肠的微微抵触感。在这之前，我从来没有想象过，鳗鱼塞进猪的直肠，那是一种怎样的感受，清雅、馥郁、庄重。在许多地方，猪大肠是人们喜欢的食物，但是总觉得有点儿不上台面，但是在潮汕，这是“硬菜”，犹如当阳桥头一声吼，喝断桥梁水倒流。

在鲁菜中，也有一道满场皆惊的大菜：九转大肠。犹如赵云单骑救主，长坂坡前七进七出，此处则是九转回肠。

在山东，这道菜始于清光绪年间，传说首创于济南九华楼。在我有限的经验中，罕有吃到过完美的“九转大肠”，这道菜重在调味，需要苦辣酸甜咸五味俱全。我翻看旧时的老菜谱，这道菜主料配料要有：猪大肠、猪油、砂仁面、花椒油、葱姜末、酱油、精盐、清汤、肉桂面、胡椒面、大蒜、料酒、醋、芫荽末……制作繁复，寻常食材，得意外味。做法大同小异，不过是先煮熟，再炒糖色，爆火炒香，微火煨㸆。难在调味，我吃过的大多偏甜，少数偏咸，罕见五味俱全，入口之后犹如花朵渐次开放，味道层次分明，香苦味来源自砂仁肉桂、辣来源自胡椒、酸来于醋、甜来自糖、咸源自酱油和盐，除此之外又有芫荽末提清香……

在我有限的吃喝经历中，北京厨师段誉做的这道菜算是形态口味兼顾的。如果山东哪一家店能做完美的“九转大肠”，请告诉我，我与他且诉衷肠。

上海有一道菜很有名：草头圈子。以前我经常去保罗酒楼点这道菜，尽得沪上浓油赤酱的污浊与风流。当时身价过亿穿回力鞋的保罗老板强老头还在，点一份莺莺燕燕的“草头圈子”，就当叫舌头逛逛青楼。

“草头圈子”代表着家常，它的升级版是鸡圈肉，鸡肉、猪五花肉、猪大肠，三位一体，浓油浓油浓油赤酱赤酱赤酱，过瘾的立方。

然而有一次我在上海一个私房菜里吃到了鸡圈汤，顿时觉得高级了许多。把鸡圈肉从闸北带到了外滩。其实也简单，鸡汤鸡肉搭配肥肠做粤式炖盅，汤要清，肥肠切成环状，处理干净，细细品啜，就把翠花儿变成了 Mandy。

嗯，我先叹一口气，终于到要说到四川了。去年，我们真的组织了一场去四川的肥肠之旅，主题叫“花吃了那肥肠”，目的地是：江油。江油山上辛夷花开得是最不要脸的时候，漫山遍野的粉红，我们看花吃肥肠，构成了一种别具一格的隐喻：花花肠子。

江油是肥肠界的耶路撒冷，每一根肥肠都要妖娆着回去朝圣。在江油大街小巷布满了各种各样的肥肠馆，随便进去一家 100 块钱吃到饱，卤肥肠、白肥肠、肥肠粉、肥肠面、蘸水肥肠、藿香肥肠……没有吃不到只有想不到。

我的朋友畅娃说：“要不我再带你们去吃一家茅屋大酒店？”我听了这个名字，感觉老板一定是一个儒商，开一家大酒店还想着《茅屋为秋风所破歌》：安得广厦千万间，大庇天下寒士俱欢颜。没准一会能跟他一起谈谈杜甫和他的诗歌中的忧患意识与现实主义。理想总是伟大的，现实总是漏风的。到了才知道，所谓茅屋大酒店不过是双流九江镇一家一般人都找不到的小馆子，不能说破败，但是管自己叫“大酒店”，完全可以去消协投诉。不过吃过肥肠，我也就顺从了。肥肠做得比大酒店好吃，不管是红烧、干煸、麻辣，还是蘸水、肥肠豆汤。看着我们一桌子肥肠，我有点儿恍惚：下辈子我会不会变成猪饲料，在猪肥肠里天长地久？

两三天吃了几十种肥肠，我以为把四川肥肠吃透了，四川大食客二毛偷偷跟我说，你们吃的这些肥肠都是俗品，最多是上品，在四川，最极品的肥肠做法是——软炸扳指。

这软炸扳指也是一款几近失传的四川名菜，寻常食材，精工细作，做出非凡味。所谓“扳指”，旧时射箭时带的扳指，形容其形状。我还是翻旧菜谱，找到了60年前软炸扳指的做法，烦琐，不细细抄录。大致是：取体厚质优肥肠头，收拾的时候不能去掉肠油；大碗盛起，加种种佐料，加水，旺火蒸三小时；蒸完之后再炸，炸至金红色，摆盘，配特调酱料，主要是葱蒜酱和糖醋汁。

回到北京之后，我找到肥肠委员会的执行主席杨胖子，跟他说，你能不能帮我复刻一下传奇的软炸扳指？几天之后，他跟我说，你来吃吧。我去了得见真容，一入口，惊为天肠地久。也太好吃了，表皮焦脆，里面嫩糯，外表左小祖咒，骨子里其实是“左手右手一个慢动作”。

我问杨胖子这道菜是咋做的，他说，传统的软炸扳指许多人吃不惯，虽然好吃，但是有点儿腻口，他只是加入了一些粤菜做烧腊的方式，在炸制之前在上面刷糖水，使美拉德反应更为充分，所以皮更脆，味道更香。杨胖子滔滔不绝，他在我眼前愈发直肠般伟岸。

花开两朵，各表一枝。我那日买回来了肥肠，准备做一道菜，猪肝与肥肠作战厮杀，不分你死我活，这道菜名字叫：肝肠寸断。此时接到杭州美食家陈立老师的电话："小宽，你在做什么呢？"

我说："这个世界虽然如此暴躁，我正与一段肥肠温柔相对。"

陈立老师用他打开网易云音乐往下翻就能找到的陈立客厅其实是陈立卧室般的温柔声音跟我说："我告诉你一个处理肥肠的好办法。你用一瓶百事可乐浸泡肥肠几分钟，腥臊味全无，要用百事可乐，不能用可口可乐。"

我闻着手上猪大肠味呆呆的："你是肥肠派来的救兵吗？"

于是我在心中默念了一句狠话："揭谛揭谛，波罗揭谛，波罗僧揭谛，菩提萨婆诃。"

下善若下水

在这个蔚蓝的近乎梦的天空下，祝大家在吃卤煮火烧、肥肠火锅、冒节子、兔脑壳、火爆兔肚头、生扣鹅肠、猪杂粥、卤水大肠、腰肝合炒、九转大肠、草头圈子时，面带微笑，从容咀嚼。

如果说上善若水，那么下善若下水。

我是众所周知的肥肠主义者，到了一个陌生的地方，总是要试试这里肥肠的不同形态的做法。我身边也有一群下水爱好者，喜欢猪肚的脆，猪腰的风骚，烤羊腰带着点儿肥油，肠头的香，生肠的爽，脑花的嫩……但是当我接触更年轻的一拨人时，发现他们其实对下水提不起兴致。至少在肥肠这个点上，我们找不到共同语言。

在我身边，生于20世纪的人，许多都对内脏下水怀有深厚情感，以60后、70后、80后为主，到了90年代出生的一群人，往往对这些油腻的、胆固醇高的、不明就里的食物不那么感冒，到了2000年之后出生的人，从未经历饥荒困苦，内脏之中暗藏的丰美与幸福感，他们无法get。

下水成为代沟，肥肠搭建起一座巴别塔。

后来连滚带爬，找人询问，阅读书籍，找出来一个似是而非的答案。这个答案不一定准确，一家之言，但是似乎可以自圆其说。

其一是饥饿。

中国自古以来有一个轮回说，这个轮回是70年，历史上的中国人平均每70年就会经历一次战乱饥荒。饥饿成为基因，写在我们的命运深处。人多地少，需要活着，需要摄取蛋白质，这就需要缘木求鱼、涸泽而渔，无所不尽其能。中国许多人口聚集地，都是山多地少，于是凡所能及，都是食物。

以广东地区为例，山地多，人口多，靠山吃山，自然想办法把一切可以食用的蛋白质变成美食。故而到如今还是有许多食物在别处罕见，比如桂花蝉，龙虱，本是昆虫，但是经过加工卤制别有风味，我也分别尝试过，虽然硬着头皮，但也津津有味。这些蛋白质维系了先民的生命。

即便在那时，动物下水也不是寻常百姓可以吃到的。普通人以蔬菜、腌菜、谷物为主的饮食，其实一直到几十年前还是主流。动物内脏是开荤，是上佳食物，是逢年过节的恩惠。我经常听比我年纪大一些的人讲述自己童年时期的苦厄，对油脂的深切缅怀，对猪油渣的热情回顾。因为贫瘠，不轻易得到，故而印象深刻。在电影《美国往事》中，有一个桥段是帕特西在佩姬家门口偷吃蛋糕，那个蛋糕是真好吃啊。

食物的获取来源与方式，变革着我们的餐桌文化，同时也隐约改变着我们的生活态度。

食物的历史，就是人的历史。有三种食物改变了中国的人口格局：土豆、甘薯、玉米。小麦与大米作为中国人的传统主食，虽然美味，但是亩产量低，种植需要精耕细作，耗费人力。然而当土豆、玉米、甘薯进入中国，产量高、好管理，可以在贫瘠的土地上种植，人们可以吃饱饭。我之前看过一本书：《1493: 物种大交换开创的世界史》(Charles C.Mann)。其中提到，来自美洲的白银将明王朝推向了崩溃的边缘，而来自美洲的农作物则破坏了原本就摇摇欲坠的清王朝的基础。在中国西南山区，原本人们为了温饱度日，后来人们在山区砍倒树木来种植土豆、甘薯、玉米。这些农作物引发了人口的大规模增长，太平天国运动从广西发起，与这些都有关联。

而在工业革命之后的西方诸国，逐渐富裕，尤其是20世纪之后的美国，食品工业开始形成规模，养殖与机械屠宰工业变革了西方富裕国家的吃肉模式。美国甚至出现了牲畜过剩。有了充裕的蛋白质营养来源，没有必要进食那些看着不好看、吃起来费劲麻烦、处理起来烦琐的部分，所以他们可以坦然地吃整块的肉、无刺的鱼，并对吃狗肉、吃鸡爪子、吃兔头、吃下水的人，产生心理与生理不适感。

然而当早期欧洲移民者刚刚来到美洲大陆的时候，他们也是吃下水的。从苏格兰的Haggis（把羊杂碎和各种食物塞进羊肚里，再炖），到意大利的血肠、德国的香肠、法国的牛胸腺，当然还有人见人爱的鹅肝，哦，还有名贵的鱼子酱，都是动物内脏。

根据统计数据，2017年，全国居民恩格尔系数为29.3%，比1978年的63.9%下降了34.6个百分点。2016年，中国人几乎吃掉世界肉制品的1/3，每人平均63公斤。而在30年前，中国人年度平均消耗仅有13公斤肉。吃肉，不再是一件值得等待的事，肥肠，不再令年轻人双眼冒光。

其二是生产方式。

地理与地形决定了人们的劳作方式。中国自古是农耕文明的代表，一块土地一块田，一个人的命运与一块土地黏合在一起，许多人一生的移动距离也不过是方圆几十里。在这样的环境中，讲究人定胜天、精耕细作，以及单位面积更高的产量。

而西方不少国家是游牧文明和海洋文明的传统，讲究靠天吃饭，对自然产生深深敬畏，许多宗教也是在这样的过程中成形。

不同的劳动方式也决定了人们采集食物、消费食物的方式不同。农耕文明需要物尽其用，养一头猪，过年宰杀，不会放过能食用的任何一个部位，最后剩下的骨头都要炖汤。下水内脏因为其独特风味，更是受到人们的喜爱，在不少地方的传统里，内脏都属于高贵食材，供尊者及长者享用。乡村间的屠户，有时候享受特权，他帮别人杀猪，不受金钱，而是一副大肠。

在固定生活场景内，形成了熟人政治，在中国最传统的乡村社会，许多事情都是合作共享的，体现在盖房、婚丧嫁娶等事情上。邻里间交换劳动力与时间，张家盖房李家帮工，王家办丧事赵家帮忙活，等到自家需要劳动力的时候，其他人自然也会来帮忙。这种合作模式贯穿始终，直到现在，许多乡村社会还是以这种模式运行。食物也是共享的一部分，是建立邻里关系的重要物料，谁家做点儿好吃的，往往是给邻居各家送一点儿，叫大家品尝。这种在资源贫瘠的情景下的共享，成为许多有乡村生活经验的中年人怀念旧时温情时光的基调。

在城市化的过程中，乡村凋零，乡村经验变得无效，有人说，中国乡村越来越丛林化。那些在熟人社会中建立起来的游戏规则都在不断地进行改写与重塑。对于2000年之后出生的年轻人而言，他们不再以日常交际圈子作为辨识手段，更多是在网络社群中寻找存在感。无形的族群成为年轻人最有心理认同的组织。

在这样的生产方式的变革之下，农业文明的根基受到冲击，食物作为那个时代的一种仪式仪轨的正当性也受到质疑。食物不再作为一种构成底层建筑的语言，失效了。在《舌尖上的中国》第三季中，有一段是湖南的年长者教授孩子们用餐礼仪，那些过去时态的行为举止、做派讲究，如今看来都是古董，孩子们心不在焉地模仿，然而在他们的世界中，这些仪式都是失效的。

所有食物的现状，其实都是历史。其中隐藏着人类史、物种交换史、政治与文化、经济与族群。我们每天所面对的每一种食物，背后都有一块大幕，随时可以缓缓拉开。这是食物最诱人的一面，也是我乐此不疲、沉浸其中的原因。

而我们每一天所经历的一切新闻，其实都是自有其渊源与来处，每一只蝴蝶的翅膀，都扇动着历史的空气。在2018年，我们的历史打了一个结，被上帝当成了冒节子，放到了一碗热气腾腾的肥肠粉中。

在这个蔚蓝的近乎梦的天空下，祝大家在吃卤煮火烧、肥肠火锅、冒节子、兔脑壳、火爆兔肚头、生扣鹅肠、猪杂粥、卤水大肠、腰肝合炒、九转大肠、草头圈子时，面带微笑，从容咀嚼。

豆腐里的中国

中国的豆腐也是很好吃的东西，世界第一。

——瞿秋白

一

关于豆腐流传最广的传说是：汉代淮南王刘安发明了豆腐。

公元前122年，汉武帝刘彻以“阴结宾客，拊循百姓，为叛逆事”的罪名，判定淮南王刘安谋反，刘安自杀而亡。刘安是汉武帝的叔叔。汉武帝年轻时曾经很崇拜这位叔叔，两个人有不少共同之处，都喜欢方术，喜欢研究长生不老之术，不同的地方也有很多，刘安讲究黄老之术，无为而治，汉武帝则推行“独尊儒术”。

即便淮南王刘安死了，也有两样东西使他不死：《淮南子》和豆腐。《淮南子》是一部书，里面天文地理养生玄学无所不包，算是西汉时期的一部百科全书。那时淮南王刘安喜欢广交天下异士，最多时有数千门客，这些各路英豪写下了这部巨著。豆腐，后人更愿意把它的发明者安在刘安身上。人们确信豆腐是一种偶然的产物，是刘安在炼制长生不老的丹药时，用黄豆汁水来培育丹苗，偶然遇到石膏，于是有了豆腐。

这当然也是传说，我并不相信。中国人向来有托大的传统，各行各业的人都会找一个历史名人做自己行业的祖师爷：理发的祖师爷是吕洞宾，做笔的祖师爷是蒙恬，木匠的祖师爷是鲁班……做豆腐的人找淮南王刘安做祖师爷，从情理上我理解，从现实上，说不通。

关于豆腐的起源有种种说法，但有两种说法比较可信。一种说法是起源于唐末宋初。在这之前的文字记载中,从来没有“豆腐”这个字眼，或者类似这种食物的具体描述，包括《淮南子》和《齐民要术》。宋朝的时候，豆腐才普遍成为人们日常生活中的食物，并且花样翻新，豆腐的确是食物中的孙悟空，可以上天入地，有七十二般变化。

另外一种说法是起源于汉朝。李时珍在《本草纲目》中说:“豆腐之法，始于汉淮南王刘安。”也有出土文物证明，在东汉末年，民间制作豆腐已经有很成熟的工艺，在河南密县打虎亭村出土的汉画像石上，已清晰描绘了制作豆腐的泡豆、磨豆、过滤、点浆、整压等流程。我还特意找了那幅汉画像，好像是做豆腐，但是具体是做啥，我一眼也看不明白。

《史记》里有一篇《货殖列传》，对人们的饮食有一些记载。那时南北方的口味差异很大，跟现在一样大。南方吃稻米，北方吃麦和粟。北方麦子种植面积很大，自然有各种面食。面食有统一的称谓：饼。常见是烧饼、汤饼、蒸饼，烧饼和蒸饼好理解，汤饼其实就是现在的面条。《战国策》中还有记载：“民之所食，大抵豆饭藿羹。”豆，在当时已经成为人们日常生活中的主食。

黄豆在那时称为菽，是中国的最原生的物种。汉初没有什么吃豆子的好办法，豆子要煮，直到三国时期，曹植“七步成诗”，还在写“煮豆燃豆萁，豆在釜中泣”。煮熟了之后不怎么好吃，并且会胀气。

中国一直都是农耕文化的国家，从饮食上最大的特点就是以粮食谷物来搭配蔬菜。中国人向来饭菜分离，“饭”是主食，是谷物粮食；“菜”是蔬菜。肉是稀罕物，孟子在《寡人之于国也》中，谈论他向往的美好世界，“七十可以食肉矣”，年过七十的人能吃到肉，已经是奢望。所谓“肉食者鄙”，肉是特权阶级的食物，对于普通百姓来说，只是过年过节时的调剂。

这种饮食传统我们并不陌生，即便在几十年前，我们父辈的童年记忆中，吃肉也是一件奢侈的事。

中国自古战乱频发，自然灾害频发，人们在动荡之中，生存是最重要的。于是从吃喝上衍生出了非常多的民间智慧。在面对饥饿的历史中，中国人把吃喝变成了一种生存哲学。中国人无法像游牧民族那样轻易地在肉食中获得优质蛋白质，只能从大豆中获取优质的植物蛋白，并且因此衍生出各种各样、令人眼花缭乱的豆制品。豆腐仅仅是其中之一罢了。

豆制品的艺术，本质上是中国人活下去的艺术。

二

豆制品的开发与衍生，是一件神奇的事。

豆子可以发成豆芽，豆芽往往会分黄豆芽与绿豆芽。豆芽可上可下，平民百姓焯水即可，如果上宴席的话，就称为“掐菜”，去头去尾，只留中间。更有甚之，可以将肉茸酿入其中。

豆子可以榨成豆浆，中国豆浆向来分咸党和甜党，南北不同，口味各异。在北京，则有衍生而成的豆汁儿。豆汁儿的原料不是黄豆，而是绿豆。旧时有粉坊，用绿豆做淀粉与粉条，豆汁是附属产品。豆汁分生熟，生豆汁加热，就成人们喝的豆汁儿，味道微酸，有发酵味，一般人喝不了，只有喜欢这一口的人才明白其滋味。另外的衍生品则是麻豆腐，老北京的传统是羊尾巴油来炒，别具风味。

文火熬煮豆浆的时候，挑起表面的薄膜，晾干之后就是腐竹，没有晾干就是豆腐皮，有的地方叫“油皮”，油皮又可以衍生出一系列的菜品，比如“油炸响铃”，甚至包括上海风格的素鸭，也是由油皮制成。

凝固后的豆浆仍然含有大量水分，但是可以食用。北方人叫它豆腐脑，天津、河北一带称其为老豆腐，江南人叫它豆腐花，川人直接叫豆花，叫法各异，但都是各地早点摊上的常客。没有一碗豆花，如何在成都重庆过日子？

再进一步加工，就成了豆腐。豆腐亦分南北，河北、山东一带传统上使用盐卤或者卤水，其主要化学成分是氯化镁。这种物质是盐场的产物，与北方的食盐生产历史有关联。所以这一带的人把这个过程叫作点卤或者点豆腐。包括陕西、江浙在内大多数地方通常用石膏粉，其主要化学成分是硫酸钙。中国天然石膏的主要产地是南方的湖北、江西等省。这是就地取材的做法。

不管是南是北，都有非常好吃的豆腐，北京郊区有一地名为柳沟，这里家家户户农家乐，都是主打豆腐宴，北派豆腐做得花样迭出。而在高端餐厅新荣记里，有一道豆腐名为白水洋豆腐，产自台州的白水洋镇，味道一流。我曾经问过新荣记的厨师为何不选用本地豆腐？他们说，味道不对。这其实是，一方水土养一方豆腐。

豆腐之后的加工工艺也有不同，豆腐干燥后可以制成豆腐干，压制后成为豆腐丝。如果没有豆腐干，扬州厨师的厨刀就没有了舞台，扬州厨师的刀法全部来源于一块块豆腐干，豆腐干切成丝，成为淮扬菜中具有代表性的大煮干丝和烫干丝。

熏制之后可以成为熏豆腐，冷冻之后成为冻豆腐，油炸之后得到豆腐泡，发酵之后成为各种神奇的腐乳与毛豆腐。豆腐的蛋白质分子，如同牛奶中的蛋白质分子一样，经发酵被降解成游离态的氨基酸分子，因此可以吃到鲜味。

我去过黄山，看过毛豆腐的加工厂，在微生物菌群的影响下，豆腐生出如棉花般洁白的毛，最佳的吃法是用油煎，配一些辣椒，每吃下一口，就如同吞下一颗炸弹。徽州不同地域的毛豆腐味道有微妙区别，歙县与黟县就会有一点儿不同。

我也去过云南红河，这里有两个地方盛产豆腐，建水豆腐与石屏豆腐。在当地的菜市场中，都会有人摆摊做烤豆腐，豆腐被烤成外焦里嫩，可以体会一种爆浆的快感。有一年我在建水的一家菜市场里，在一个姑娘的摊上位坐下，吃她给我细心烤制的豆腐。她手法熟练，火候掌握得恰到好处，有条不紊地给大家分豆腐、挑佐料，那种专注与美感，丝毫不逊色于我去日本吃过的高级寿司店。

发酵豆腐的另外一个大项就是腐乳。腐乳从南到北，各式各样，白腐乳、黄腐乳、加了红曲的红腐乳，味道各有不同，北方就是王致和当道，南方各有各的口味。我最喜欢的是桂林四塘腐乳、云南牟定油腐乳，下饭配菜一流。我也喜欢王致和的臭豆腐，用其搭配炸馒头片，香到爆炸。

许多南方人来北京，我往往会带他们品尝一下北方臭豆腐，跟南方版本的油炸臭豆腐完全不同。南方版本的油炸臭豆腐最有名的是长沙版，如今风靡于各大城市的旅游景点。

豆子的另外一条线索就是酱。首当其冲的是酱油。酱油对我来说，是个重要玩意儿，我家的厨房里，永远都不会少于10种酱油。酱油是亚洲人味觉的起点，在烹饪中，增味、提色、生香，必不可缺。在亚洲，北部多以黄豆酿造，称之为酱油，南部则以鱼腌制，成了“鱼露”。酱油是黄豆的植物蛋白发酵而成的，鱼露是鱼的动物蛋白发酵而成的，各有不同，都是就地取材。

除此之外是豆豉，豆豉以四川永川豆豉为有名；四川郫县豆瓣用的往往是蚕豆，但是豆瓣乃“川菜之魂”，没有豆瓣就没有川菜。北方则是豆酱，黄豆发酵而成，对于北京人热衷的炸酱面而言，没有干黄酱，没有甜面酱，炸酱如同空中楼阁……

我如此碎碎念，所描写的也不过是豆制品的九牛一毛。关于中国人对豆子与豆制品的迷恋，我可以聊成一本书。事实上，我们每一个人都跟各种各样的豆制品息息相关，它们存在于我们餐桌上，存在于我们日常生活中，可以忽略，但不能不见。

三

美国人威廉·夏利夫和他的日裔妻子青柳昭子出版了《豆腐之书》，他们与植物学研究者、营养学家、历史学家，以及传统豆腐工匠和烹饪大师一起，开始了他们的黄豆食品研究——在他们的眼中，那是“不可思议的健康食物”。以豆腐为首的豆制品有非常多的优点：素食、低脂、清淡、低热量……对于西方人来说，他们关于豆腐有可以类比的食物，那就是奶酪。

做豆腐是向豆浆中加入酸性物质或者盐类物质，都可以使其中的蛋白质凝结成块。印欧文化中的奶酪即是牛奶中加酸而成；而中国的豆腐是豆浆中加盐而成。所以西方人最先把中国豆腐翻译成英文的 bean curd，与奶酪的 cheese curd 相对应。到后来，才根据音译统称为 tofu。

在许多人看来，tofu 这个音译是源于日本发音。日本人为豆腐生产做出了贡献，目前国内流行的内酯豆腐工艺就是日本人首创。在日本可以在许多地方吃到麻婆豆腐，有不少店做得比中国还好吃。

大豆，不仅给我们带来了植物纤维，以及各种经过发酵之后的滋味,其实也给我们带来了源源不断的肉食。这是全球化的结果。中国每年都会进口 1 亿吨大豆，主要进口国是美国与巴西。这些大豆并不是用来食用，而是榨油，生产豆粕，用来支持饲料。这些饲料保证了中国人可以有机会摄入更多肉类。

许多名人都提及过豆腐，其中有两个人尤为推崇，一个是孙中山,他说:“中国素食者必食豆腐,夫豆腐者,实植物中之肉料也。此物有肉料之功,而无肉料之毒,故中国全国皆素食,已习惯为常,而不待学者之提倡矣。”

另外一个人是瞿秋白,在其遗言《多余的话》中,最后一句是:“中国的豆腐也是很好吃的东西，世界第一。”

很有意思。

我在舌头上埋了一颗炸弹

一顿饭，能叫人回味三天，那就是一餐值得的饭；如果能惦记一个月，那就是令人难忘的一餐；能念叨三个月，必然发生了什么故事；能回味一辈子，那只能是你妈做的饭。

我经常被人问起一个问题：你吃过最难忘的东西是什么？

这不是一个好回答的问题。

一般来说，一顿饭给我的记忆，不会超过三天。即便问我昨天吃了什么，我也需要费思量。我们经常组织各种各样的线下晚宴，有的奇特，有的隆重。一顿饭，能叫人回味三天，那就是一餐值得的饭，所谓绕梁三日；如果能惦记一个月，那就是令人难忘的一餐，必然有什么触动心灵；能念叨三个月，这时候与食物已经没有什么关系，必然发生了什么故事；能回味一辈子，那只能是你妈做的饭。

在英文中，有一个词是 aftertaste，余味，喝一款酒，闻香和入口的口感都很重要，但是更重要的是 aftertaste。身兼钢琴家和美食家的赵胤胤跟我说过他第一次喝罗曼尼康帝的往事，他和朋友去国外演出，在晚宴上喝到了人生中第一口罗曼尼康帝，等到回到酒店，他的朋友兴冲冲给他房间打电话："真是奇妙，都刷完牙了，口腔里还有葡萄酒的香味萦绕不散。"

当时我和赵胤胤坐在从杭州开往南通的车子里。听到这话，我稍微有点儿悲哀，我跟赵胤胤说："昨天晚上，我吃了一枚东阳尿蛋，现在我的手上还残留着童男子的尿骚味，口腔里萦绕不散的是……"

这种 aftertaste 你永远也不会懂。

那天晚上，我们在朋友的餐厅里吃油淋大肠，这是酣畅淋漓的一餐，18 根大肠整齐地排列，已经卤熟，需要把油烧热，用一个勺子将热油淋到大肠上，使表皮变酥脆，用牙签迅速扎起一节，入口微烫，欲断魂。大肠本身就是你之砒霜我之蜜糖，爱吃的人视若珍宝。

当天，美食家沈宏非说："我会给大家准备一个超级彩蛋。"

难道油淋十八根大肠还不算彩蛋?

沈爷摇了摇头，秘而不宣，脸上露出了神秘的微笑。

后来彩蛋来了，但是事实证明，是尿蛋，哦，是炸弹。

东阳尿蛋，久闻大名，如雷贯耳，今日得见，避让三尺。

这尿蛋，乃是浙江东阳一带的清明食俗，取童子尿，不加一滴水，把鸡蛋煮上一整天，据说要用 8 岁以下的童男子之尿，那些天，东阳的幼儿园老师身价倍增。

硕大一盆尿蛋（100 枚）完整地摆在我们面前。此时，莎士比亚的人生终极问题摆在我面前：To be or not to be？

在我脑海里做了一个小周天的思索之后，我装作坦然地拎起一枚尿蛋，剥开壳，表面有一些浓黄色，一种烧焦的气味穿越过我的鼻腔。

我，慢，慢，地，沉，着，地，吃，下，了，一，颗，尿，蛋。

如果用日本漫画《神之水滴》式的内心 OS，那一幅沉着的进食过程背后应该是这样的画风：

啊！感觉人生已经到达了巅峰。我真的吃完了，东阳尿蛋！选取浙江东阳 8 岁以下的童男子尿，不加一滴水，慢火煨炖，需要煮一整天。剥开蛋壳，有一种上了火的浓黄色，蛋白经过尿液细腻温柔的滋润，呈现出一种特有的色泽，如同乡村茅厕的芬芳。蛋黄微微发绿，如同翡翠之中的玻璃种的晶莹。第一口，有一种穿越岁月的陈香，恍惚回到了童年，回到了尿床的夜晚。那些孤独的星光，以及清贫的岁月，一下子回到身边。第二口，大风吹，吹散阴霾，呈现出一种独特的酸爽，以及强劲的单宁感，回口发苦，却有一种隐隐的回甘。第三口，犹如过去的爱情，带着伤逝，回味，18 岁那年的初吻，14 岁那年的梦遗，12 岁那年的晨勃，5 岁那年的懵懂中醒来，朝着院子里的茉莉花撒了一泡尿。那一泡尿，犹如一道闪电，击中今夜的味蕾。

吃完那枚尿蛋，我呆坐了片刻，颇有“山中才一日，世上已千年”之感，手中的尿蛋，已然变成了烂柯。

第二天下午，我和赵胤胤坐在车里，我跟他说完自己的经历。他执手相看泪眼，竟无语凝噎。

果然是：念去去，千里烟波，暮霭沉沉楚天阔。

风中没有雨做的云，盘中确有神奇的东西。我自觉吃过的东西不算少，比如我曾经在江湖第一黑哥陈晓卿的办公室吃过格陵兰岛睡鲨，他从冰箱里取出一小袋浓黄颜色的肉，带着慈祥的微笑。我以傻小子睡凉炕的心态，丢进嘴里——感觉口腔里被丢了一枚核弹，其效力相当于一个荷尔蒙分泌旺盛期的小伙子穿了半年没洗的袜子、弄堂里用了半辈子的马桶，加上宁波臭苋菜梗跟你举起了高高的皮鞭。

我也吃过番禺的桂花蝉。这是一个诗意的名字，其实是一种昆虫，属于半翅目，学名大田鳖。桂花蝉体内有香腺，散发出一种独特的香味。我以全凭火力壮的心态，丢进嘴里——但觉一种类似爱马仕尼罗河香水的灌进口腔，从丝丝缕缕的肉里析出一种东南亚风情，感觉有一个热情的人妖在你身边跳舞，在微微的晨曦中，透出天边的光亮。

吃过这么多奇奇怪怪的食物之后，我依然不能准确地回答：最难忘的食物是什么。但是有一个结论：最好吃的东西其实是好奇心。

俄餐在中国：一场不断偏航的旅程

关于食物的审美，本身就是一场偏见，甚至我们的认知都是由种种偏见构成的。

一

我刚刚放弃了一次深度探索俄罗斯的旅行。

是一家网站邀请去“世界杯 & 美食”的旅程。放弃的第一理由是时间太长，前后长达 40 天，我看着手机日历上的排期，40 天之后，可能公司都要黄了；其次，我不算真球迷，对看世界杯这件事儿，看电视转播就够了，去现场我可能也会出神;还有一点，我觉得俄罗斯吃的可能没有那么好。

关于食物的审美，本身就是一场偏见，甚至我们的认知都是由种种偏见构成的。我们往往是小马过河，提到日本，总能联想到寿司、牛肉、天妇罗等种种美味；提到法国，就觉得葡萄酒与法餐应该很隆重；提到英国，本能反应是炸鱼与薯条；提到美国，总能联想到汉堡与胖子。这种偏见，举世皆然，东北不全是社会人儿，新疆人也不是骑着马上学，四川人不是都爱吃辣椒，不是所有中国人过年都吃饺子，当然俄罗斯也不仅仅有罗宋汤和奶油烤杂拌。

我们平时在中国吃到的俄餐可能和在俄罗斯吃到的俄餐是风马牛不相及的两件事。就像在美国的中餐厅里点击率最高的菜是左宗棠鸡，大多数中国人必定会惊呼：这是什么鬼！

二

一切现实都有迹可循。

前两年，北京的起士林关门了，这家在天安门东侧南河沿大街上的老牌西餐厅是许多北京人的回忆。许多年前，我去吃过，奶油烤杂拌、大马哈鱼子、罐焖牛肉……多是中国式的俄餐。

其实起士林的起源是在天津，一个德国人开的。1900 年，德国二等兵阿尔伯特·起士林跟随德军侵入天津，算是德军炊事员。后来他留在天津，在法租界大法国路法国俱乐部对面（今解放北路与哈尔滨道交口附近）一间约 100 平方米的门面房里开了天津第一家西餐厅，店名就叫“起士林”。阿尔伯特掌灶，妻子菲蒂做女招待，德国人罗里斯当助理，餐厅内售卖德式、法式大菜，另开设窗口外卖各种口味的糖果和面包。后来与维格多利咖啡店合并，开始出售俄餐。

在不少人的回忆中，都有起士林的滋味。张爱玲在天津生活了 6 年，在她的回忆里，“姨奶奶不喜欢我弟弟，因此一力抬举我，每天晚上带我到起士林去看跳舞。我坐在桌子边。面前的蛋糕上的白奶油高齐眉毛，然而我把那一块全吃了，在那微红的黄昏里渐渐盹着，照例到三四点钟，趴在佣人背上回家”。

徐浩峰拍摄的电影《师傅》中，武界大拿郑山傲（金士杰饰）对陈识（廖凡饰）说：“天津的武行，没人能打五家。同样起士林的面包，没人能吃五个。”陈识不服，点了八个。比这个更令人印象深刻的却是白俄女子的大长腿，在片子里晃来晃去，惹人联想。

中国早年间的俄餐，大多与白俄贵族有关。

十月革命的一声枪响，带来了共产主义，也带来了俄罗斯移民。据统计，在1917到1920年间离开俄国的白俄移民人数估计在90万到200万之间。阶层主要为士兵和军官、哥萨克、知识分子、商人和地主，以及沙皇俄国政府的官员和俄罗斯内战期间各种反布尔什维克政府的官员。这些人大多数前往土耳其以及东欧的斯拉夫国家，另外一大批人则移居芬兰、波斯、德国和法国，还有一部分人辗转来到了中国。在中国，这些没有国籍的俄罗斯人聚集在上海、天津、哈尔滨等城市。

许多俄罗斯人在中国讨生活，有的从事与音乐相关的工作，有的从事与餐饮相关的工作，也有许多白俄女性操皮肉生意，成为妓女。在某种程度上，这些移民改变了城市的气质。

比如在上海，逢年过节家家都会做的一款“怀旧上海沙拉”，其中的沙拉酱不是常规的沙拉，而是蛋黄酱。做法很简单，将土豆和青豆煮熟晾凉后，与切丁的方腿肉加入蛋黄酱搅拌均匀即可，如果讲究一点儿可以放到冰箱里冷一下，口感更佳。这款沙拉其实就是白俄人带来的，当年在霞飞路（今淮海路）一带，有许多家俄餐厅，这些俄餐厅的味道融入上海，成为“海派西餐”的一部分。

除了上海沙拉，还有罗宋汤。罗宋汤几乎是在中国最流行的一款俄餐，罗宋其实是以前上海人对Russian的音译。传统俄式的罗宋汤发源于乌克兰，大多以甜菜头为主料，加上胡萝卜、土豆、牛肉、奶油一起熬煮，红色，酸甜，浓重。

在海派罗宋汤中，也有了各种各样的变形，“餐馆派”罗宋汤的代表是淮海西菜社，“弄堂派”清寡，加了番茄，有个酸爽的滋味，飘着几丝火腿肠。在物资匮乏年代，这些有点儿洋气的食物，也聊胜于无。

另外一道菜也是海派西餐的代表作：炸猪排。这道菜起源于奥地利炸猪排，在上海众多的海派西餐厅中常见，大大一片，裹面炸熟，切的时候要切成长条，其中的标配是辣酱油。这道菜也成了上海人的味觉记忆。北京有一些餐厅也有这款炸猪排，吃的时候，厨师会特别跟我强调用的是上海生产的黄牌辣酱油，而不是进口的喼汁。

三

1954 年，莫斯科餐厅在北京西直门展览馆开业。这是当时北京最高级的西餐厅,美食家赵珩回忆 20 世纪 50 年代的莫斯科餐厅:“当时他们的男服务员都穿白礼服、打着黑领结；女招待穿着黑裙子，外面罩小白围裙，头上戴着帽花，很漂亮，那是莫斯科餐厅真正有俄国风范的时期。”

1954 年 10 月 7 日出版的《北京日报》上记载了莫斯科餐厅刚开业时的情景：“大餐厅墙上挂着巨幅克里姆林宫油画，油画前有绿色的喷泉。餐厅四壁是嫩绿色大理石，明亮的大玻璃长窗上，垂着白色乔其纱和银灰色天鹅绒的窗帘。餐厅顶上是松枝、松果和雪花组成的石膏花饰。厅中间四根柱子上，包着铜片攒成的生气勃勃的鸟兽……这儿的厨房设备，差不多都是电气化的。有七个大型冰箱，两座大型电灶，还有煮咖啡、烤点心、炸油的各种电炉。厨房每层设有电动运送机，迅速把点心和菜肴送出去。”当时“老莫”所用的全部餐具，除瓷器由景德镇烧制外，全部由苏联供给，玻璃杯、水晶杯就有一万多件。

刚开业时的“老莫”不直接对外，主要服务苏联援华专家、驻华官员和留学归来的知识分子，还印制了一批“苏联展览馆莫斯科餐厅收据”发给各单位，由内部组织分配，拿到这张“入场券”的人再自己到店交钱就餐。一客份饭的价格分旧币一万、一万二、一万五和两万元（旧币一万元相当于新币一元）四种，包含汤、冷盘、主菜、面包、咖啡和冰激凌。

那时候，中苏友好，俄餐成为政治正确的西餐，受到人们的欢迎。去“老莫”吃一次饭，可以炫耀半年。对许多那个年代出生成长的人来说，“老莫”不仅仅是一家餐厅。后来莫斯科餐厅最著名的一次亮相，是在姜文的电影《阳光灿烂的日子》当中，一群人茬架未果，集体去“老莫”餐厅吃饭，作家王朔自己出来客串了个顽主的角色，众星捧月般端起一杯酒，对大家说：“四海之内皆兄弟。”然后一饮而尽。

在当时，北京为数不多的西餐厅往往是俄餐为主基调，最常见的菜式包括：大虾沙拉、红菜汤、奶油烤杂拌、大列巴面包……

在一个物质生活匮乏的年代，西餐仅仅是徒有其名，许多食材和做法都本地化了，即便到了2000年前后，北京的西餐还是残存着中式西餐的格调。我那时候去过莫斯科餐厅，吃到的不过还是奶油烤杂拌、莫斯科烤鱼，那时的服务员都是大妈，服务保持着冷漠，东西不好吃，不过是个念想罢了。

那时已经有了更为讲究的马克西姆法餐厅，这里更为时尚，甚至成为北京地下文化的策源地，崔健、左小祖咒等人都在这里演出，时尚开始成为一种需求。

四

2000年之后，北京的市场上出现了一批具有表演性质的俄罗斯餐厅，其中最有代表性的是基辅餐厅。这家餐厅不大，菜品常规，其中的亮点是有一群来自乌克兰、俄罗斯和白俄罗斯的歌唱家表演。

1991年，苏联解体，各加盟国经济崩溃，当年在各种国立表演机构的专业歌唱演员没有了生存空间。有中国商家看到机会，邀请这些专业的演员来中国驻场表演。我曾经去过不少家这种餐厅，这些歌手并非草台班子，而是真正专业的歌手，从嗓音到做派都给人很高的享受。唱的歌有俄罗斯民歌，每天都会重复的是《莫斯科郊外的晚上》《喀秋莎》和《甜蜜蜜》。

大概在2007年前后，海淀的万柳附近也有了一家这种风格的餐厅，叫喀秋莎音乐餐厅，屋子里装饰着白桦树林，空间更大，店主跟我比较熟，经常招呼我去吃饭看演出，几年之后，无疾而终。

其实在20世纪八九十年代的北京，俄罗斯文化最集中的区域是雅宝路，这条长度在500米左右的街上，恍惚一条俄罗斯街，所有的招牌都是俄罗斯文字。在当年，这里并不欢迎中国人，白帘子上用中文写着“谢绝入内”，用俄文写着“欢迎光临”。这里最多的是来自俄罗斯的国际倒爷，是东欧服装贸易的中心。

这里足够隐秘，也足够传奇，家家都能说出满火车的故事，当年在这里的专业词汇包括：倒爷、切汇、七星岛。外行人听着犹如江湖春典。

当年的倒爷往往是社会边缘人，在此一举翻盘成为人生赢家，玩的就是心跳，每天在刀尖中过日子；“切汇”是指换外汇的，不少人因为切汇身价百万，也有人锒铛入狱；“七星岛”则是当年藏在雅宝路的一家俱乐部，里面最著名的是俄罗斯姑娘，后来因为涉黄被查封，当然还有后来者叫巧克力俱乐部。

风风火火的年代，这里自然有风风火火的俄餐厅，著名的一家叫大笨象，主打俄罗斯餐，当年还有不少俄罗斯姑娘做服务生。来的客人也是以俄罗斯和东欧人为主，俄语是这里的通用语言。

日坛附近几乎成为俄罗斯餐的聚集地，别墅音乐西餐吧、芒果俄式餐厅、国雅西餐厅都在附近，菜品大体相似，与古早味的莫斯科餐厅味道相似。

2013年，俄罗斯和乌克兰之间的能源危机加剧。2014年，卢布大跌，俄罗斯经济危机爆发，平日里忙于数钱的商家毫无准备，雅宝路市场形势急转直下，传统贸易衰落，都改成电子商务了。2016 年，雅宝路开始疏解，政府准备在乌兰察布打造新的皮草城。到 2018 年，雅宝路的风流都成了传说，俄罗斯风格的餐厅也越来越少，大笨象早已经消失不见。

五

在漫长的时间中，俄罗斯的文化以及口味，潜移默化地融入中国人的生活。在哈尔滨，格瓦斯、大列巴、秋林红肠依然是百姓日常的食物。而在北京，人们想到俄餐就是红菜汤和奶油炒杂拌。

这是两种文化交融的历史，也是不断曲解、不断异化的历史。在日复一日的生活中，一切历史都成了当代史。

我到现在也没有去过俄罗斯，不清楚俄罗斯菜肴的真正面目，只能通过层层厚重的面纱，试图窥视一二。在我的想象中，如此幅员广阔的俄罗斯，不同气候，不同经度，不同民族，必然会有迥然不同的饮食风格。我也问过久居俄罗斯的朋友，他强烈推荐俄罗斯南部和高加索地区的食物，完全不是你想象的那种，口味丰富，烹饪技巧很多，有非常多你从来没有想过的食物。多的是我们不知道的美食，这些我都懂，这个世界本来也应该这样。

最后讲一个有趣的故事：在 20 世纪五六十年代，有一道菜肴可以比喻社会主义，这道菜叫土豆烧牛肉。赫鲁晓夫有一次出访匈牙利，他给群众演讲的时候描述共产主义的美好生活："到了共产主义，匈牙利就可以经常吃古拉希了。"他所说的实际上是"goulash"，无非是匈牙利的家常菜，即把牛肉和土豆加上红辣椒和其他调料用小陶罐子炖得烂烂的，汁水浓浓的，然后浇在米饭上，类似于常见的盖浇饭。"Goulash"被中国人潦草地意译为"土豆烧牛肉"，毛泽东还有诗为证，"还有吃的，土豆烧熟了，再加牛肉。不须放屁！试看天地翻覆"。

按照常规，似乎应该是"牛肉烧熟了，再加土豆"。

奇幻麻婆豆腐之旅

我从成都回来之后，颇上了麻婆豆腐的瘾，在家反复操练。到现在已经有口皆碑了。这个后果是，我在北京的川菜馆中，再也吃不下寻常的麻婆豆腐。另外一个后果是，麻婆豆腐拌米饭真是一绝，我忍耐了很长时间的碳水戒，破身了。

一

1952年，一个叫陈建民的四川自贡富顺籍厨师来到日本。

他1919年出生，半生奔波，在重庆的一家餐厅里当厨师，文化不高，手艺精湛。1948年，他去了台湾，也在香港工作过一段时间，后来在朋友的介绍下，来到日本。因为手艺好，慢慢就在日本落稳脚跟。1958年，他在日本开了一个属于自己的餐厅：四川饭店，总店位于东京赤坂。

餐厅慢慢做出了名堂，不少人慕名而来，吃一道“麻婆豆腐”。豆腐很早就从中国传到日本，日本民众惊喜于四川版本的麻辣风格的豆腐。也有电视台邀请陈建民去做节目，教给日本民众四川料理的手法。彼时的中国，正在经历灾荒，“美食”早已经从日常生活中去除，在物资紧缺的情况下，吃顿饱饭已是奢望，美食、饕餮、珍馐美馔、各路名菜、四方名厨都成了传说。而当时的日本，正在从二战的废墟中开始了经济发展，随着电视媒体的普及，寻常百姓从电视的菜肴教学节目中认识了陈建民和他的川菜料理。

麻婆豆腐由此成为在日本知名度最高的中华料理。

如今，陈建民的后人依然在日本经营着四川饭店，这也是日本最著名的中华料理。麻婆豆腐这一道菜也开枝散叶，成为日本的“国民菜”，几乎在每一家中华料理店里，都可以见到它的身影。

在我们小时候流行的日本动画片《中华小当家》中，也有一道名菜：魔幻麻婆豆腐。这道菜讲究六味一体，是指由辣椒所表现的辣为第一味，第二味是蒜苗的香，第三则是由辣椒的红、豆腐的白及蒜苗的绿所形成的色，第四是热所散发的烫，第五则是小山椒辣得舌头发麻，而最后的第六味则是用大豆做成的绞肉再拿去炸所呈现的酥。

这也是日本版本的麻婆豆腐典型风格，事实上，在日本餐厅里吃到的麻婆豆腐，都已经本土化了，这里的豆腐用的是当地产的豆腐，口感软滑细腻，而非四川版本的盐卤豆腐；麻辣的口感也简化了不少，同时加入了糖，口感偏甜，油的用量也有调整。我每次去日本，总会在固定的几家小店里，点一份日本版本的麻婆豆腐，拌一点儿米饭，口感也很好吃。

二

1993 年，一个英国姑娘来到四川成都，她的名字叫扶霞（Fuchsia Dunlop），因为一道麻婆豆腐开启了她传奇的中国味觉旅行。1994 年，她来到成都，进入四川大学，成为一名留学生。那个年代的成都舌尖往事，都被她写在一本书中：《鱼翅与花椒》。

从一个异乡人的见闻中，感受我们熟视无睹的中国，这是西方作家的独特视角。前些天，我重新看了一遍这本书，那些成都旧日街头的美好，从她的文字中扑面而来。一座麻辣鲜香的城市，就此展开。扶霞进入了烹饪学校学习烹饪，她是那个学校第一个留学生，她比许多中国人更了解四川菜，如今她也成了国际上中国饮食的专家。

在《鱼翅与花椒》中，她充满感怀地怀念20世纪90年代的成都。事实上，在整个20世纪90年代我从来没有去过成都，我所了解的川菜也无非是北方小城做出来的似是而非的一盘盘菜。

三

麻婆豆腐，几乎在国外最有名的中国菜，这道菜的渊源与得名，与一个脸上长着麻点的女人相关。

100多年前，在成都万福桥码头有一家小馆子：陈兴盛饭铺。万福桥是进入成都城的必经之旅，许多贩夫走卒都从此路过。傍晚时分，这些劳碌了一天的人已经饥肠辘辘，在码头上坐船回家前，用油篓子里剩下的油和市场上买来的最便宜的食材——豆腐，请桥边的陈兴盛饭铺代为加工。

饭铺的陈婆用豆瓣来烧制豆腐，又嫩又香又烫，深受挑夫们的喜爱，以至于很多食客也闻名而来，要求陈记烧这个豆腐。在当时的成都，流传开了一首竹枝词：“麻婆陈氏尚传名，豆腐烘来味最精；万福桥边帘影动，合沽春酒醉先生。”

“麻、辣、酥、香、烫、嫩、涠”，这是正宗的麻婆豆腐的七大绝妙之处。麻婆豆腐，麻字当先，“三麻合一”——除了麻婆脸上的“麻子”，还有勾芡时加入花椒面，装盘时撒花椒面。选四川本地产的花椒面，或是茂汶花椒，或是汉源花椒。

一道菜就此流传开来，陈兴盛饭铺也改名为陈麻婆豆腐。这家店到现在还在，成为许多慕名食客的打卡地，但是对于成都资深老饕而言，这里的麻婆豆腐不吃也罢，铁打的豆腐流水的食客，当年的风流早被雨打风吹去。甚至在十多年前，这家店也开到了北京，在北三环，后来无疾而终。

四

在最近 20 年的中国，川菜奉行，麻辣当道。川菜有强劲的侵略性，这种口味攻城拔寨，成为许多年轻人的热衷口味。然而许多川菜名厨，对此颇有微词，在一路高歌之下，川菜微妙的味觉，高级的呈现，都不复存在，一味麻辣之下，多是江湖菜。

最终的结局是:即便在成都，也很难吃到一份好吃的麻婆豆腐。

我从来不提“正宗”，因为时代变迁，口感变化，求正宗不过是缘木求鱼。但是好吃的麻婆豆腐总是要有要求的。

麻婆豆腐是一道国民菜，几乎每一个人都有自己的做法，万变不离其宗。在许多餐厅吃到的麻婆豆腐，不过是“豆瓣炒豆腐”，麻婆豆腐的精髓，已然飘忽。

我收集过不少麻婆豆腐的做法。美食家汪曾祺写过麻婆豆腐：

做麻婆豆腐的要领是：一要油多。二要用牛肉末。我曾做过多次麻婆豆腐，都不是那个味儿，后来才知道我用的是瘦猪肉末。牛肉末不能用猪肉末代替。三是要用郫县豆瓣。豆瓣须剁碎。四是要用文火，俟汤汁渐渐收入豆腐，才起锅。五是起锅时要撒一层川花椒末。一定得用川花椒，即名为“大红袍”者。用山西、河北花椒，味道即差。六是盛出就吃。如果正在喝酒说话，应该把说话的嘴腾出来。麻婆豆腐必须是：麻、辣、烫。

成都美食家车辐在他的《川菜杂谈》中，也提及过陈麻婆豆腐的传人薛祥顺制作麻婆豆腐的要诀，其中一个关键点在于“熠”，与上海的腌笃鲜中的“笃”同义，都是“小火咕嘟”的意思。

在这篇文章中，车辐先生写道：

他将清油倒入锅内煎熟（不是熟透），然后下牛肉，待到干烂酥时，下豆豉。当初成都口同嗜豆豉最好，但他没有用，陈麻婆是私人饭馆，没有那么讲究；下的辣椒面，也是买的粗放制作那一种，连辣椒面把子一齐舂在里面——只放辣椒面，不放豆瓣，这是他用料的特点。解放后加了豆瓣……然后下豆腐：摊在手上，切成方块，倒入油煎肉滚、热气腾腾的锅内，微微用铲子铲几下调匀，掺少许汤水，最后用那个油浸气熏的竹编锅盖盖着，在岚炭烈火下熠熟后，揭开锅盖，看火候定局；或再熠一下，或铲几下就起锅，一份四远驰名的麻婆豆腐就端上桌子了。

在微博上颇受好评的“美食家王刚”也有自己的做法。在王刚这里，底油加入了猪油，为了提香；加入了泡椒泡姜，为了增加风味；要加入刀口辣椒；要三次勾芡；最后出锅后不像许多厨师那样加入花椒面。

都是大同小异，每人有每人的做法，但是看过许多种做法之后，越发知道，为什么许多餐厅吃到的麻婆豆腐不好吃。原因很简单，这道菜虽然售价便宜，但是步骤流程火候丝毫不能简单，是道卖不了高价却很麻烦的一道菜。在成都的时候，我见到了樱园餐厅的创始人熊燕，她说在他们餐厅的菜单上没有麻婆豆腐，因为试过许多次，厨师的水平不叫人满意。

五

为了学习做好一餐好吃的麻婆豆腐，在成都，我们寻找了几个名厨探讨。成都美食家向东给了我们方向上的指引：

1. 豆腐最好选用卤水豆腐，下锅前先焯过，去除石膏和豆腥味。豆腐做的时候不能散。

2. 牛肉选取腱子肉，在油中炸得不干不老，油亮酥香。

3. 蒜苗采用本地新鲜翠绿的蒜苗，其馥郁的特殊香气可以给菜肴提香。

4. 豆瓣最好用陈年豆瓣，一般超市出售的豆瓣过于咸，没有经过时间陈酿，不够香。

5. 豆豉可以用永川豆豉。入锅之前要切碎。

6. 辣椒面选用二荆条或大红袍，香辣不烧心。

7. 花椒面当然是汉源的花椒最佳。要在装盘之后再撒入花椒面，因为在40度温度下，花椒香味最佳。

8. 明油选择芝麻油、红油、花椒油、花生油等适合不同菜肴的油类在出锅时淋上少许，以增加色香味。

我们又去了位于宽窄巷子的三川九味川菜体验馆，邀请了川菜大师彭子渝来指点大家亲自做麻婆豆腐。彭子渝大师须发皆白，恍如白眉大侠。他用成都话讲解川菜，娓娓道来，我们又亲自试了一遍，终于觉得可以做出一餐好吃的麻婆豆腐了。

大口组麻婆豆腐秘籍：

1. 豆腐：最好是卤水豆腐，也是四川话中的胆水豆腐。切成1.5~2厘米见方的方块，下开水焯一下，开水中放盐少许，去豆腥，塑形。

2. 下菜油，炒香牛肉末。许多人觉得麻婆豆腐的“酥”是牛肉末要酥，其实是四川话“酥烂”的意思，意思是火候要足。

3. 再下油锅，炒豆瓣和豆豉，豆瓣用陈年豆瓣才更香。炒出红油之后，加入姜末和蒜末，在同时加入辣椒末。这样辣椒末不会炒煳。

4. 加入肉汤或者高汤，没有的话，清水也行。

5. 加入豆腐，小心推，中火炖。

6. 三次勾芡，第一次稀一点。一次比一次少，一次比一次浓。具体勾芡时间，要看状态，凭经验。在第二次勾芡的时候，加入炒好的牛肉末以及青蒜。

7. 临出锅前加入一些明油，可以是红油，也可以是熬熟的菜籽油。

8. 出锅装盘，装盘之后，撒上花椒面。完成。

我从成都回来之后，颇上了麻婆豆腐的瘾，在家反复操练。到现在已经有口皆碑了。这个后果是，我在北京的川菜馆中，再也吃不下寻常的麻婆豆腐。另外一个后果是，麻婆豆腐拌米饭真是一绝，我忍耐了很长时间的碳水戒，破身了。

图书在版编目（CIP）数据

爱吃的人总会相遇 / 小宽著. -- 石家庄 : 河北教育出版社, 2020.12 （2021.4重印）

ISBN 978-7-5545-5754-9

Ⅰ. ①爱… Ⅱ. ①小… Ⅲ. ①随笔—作品集—中国—当代 Ⅳ. ①I267.1

中国版本图书馆CIP数据核字(2020)第066005号

爱吃的人总会相遇

小宽 著

出 版 人　董素山
统　　筹　刘贵廷
策　　划　胡杨文化　何崇吉
责任编辑　任晓霞　姬璐璐
装帧设计　St.Jiu
出版发行　河北出版传媒集团
　　　　　河北教育出版社　http://www.hbep.com
　　　　　（石家庄市联盟路705号，050061）
印　　制　北京中科印刷有限公司
开　　本　880mm×1230mm　1/32
印　　张　10.5
字　　数　210 千字
版　　次　2020年12月第1版
印　　次　2021年4月第2次印刷
书　　号　ISBN 978-7-5545-5754-9
定　　价　55.00元